Les Amants
du pont Jacques-Cartier

Opération Pyro (pseudonyme Saint-Ours), roman, Boréal, collection « Jeune », 1991.

L'Amour c'est tout, le hasard c'est autre chose, roman, Stanké, 1998.

Le Petit Bob, répertoire, Stanké, 2002.

Robert Brisebois

Les Amants
du pont Jacques-Cartier

thriller

 TRAIT D'UNION

ÉDITIONS TRAIT D'UNION
284, square Saint-Louis
Montréal (Québec)
H2X 1A4
Tél. : (514) 985-0136
Téléc. : (514) 985-0344
Courriel : éditionstraitdunion@qc.aira.com

Révision : Michel Therrien
Mise en pages : Andréa Joseph [PAGEXPRESS]
Photo de la couverture : José Cortès
Maquette de la couverture : Olivier Lasser.

Données de catalogage avant publication (Canada)

Brisebois, Robert, 1933-

    Les Amants du pont Jacques-Cartier

    ISBN 2-89588-018-2

    I. Titre.

PS8553.R544A85 2002   C843'.54   C2002-941568-3
PS9553.R544A85 2002
PQ3919.2.B74A85 2002

DISTRIBUTEURS EXCLUSIFS

POUR LE QUÉBEC ET LE CANADA
Édipresse inc.
945, avenue Beaumont
Montréal (Québec)
H3N 1W3
Tél. : (514) 273-6141
Téléc. : (514) 273-7021

POUR LA FRANCE ET LA BELGIQUE
D.E.Q.
30, rue Gay-Lussac
75005 Paris
Tél. : 01 43 54 49 02
Téléc. : 01 43 54 39 15

Nous remercions le Conseil des Arts
du Canada de l'aide accordée à notre
programme de publication.

Nous bénéficions d'une subvention
d'aide à l'édition de la SODEC.

The Canada Council | Le Conseil des Arts
FOR THE ARTS | DU CANADA

SODEC
Québec

Pour en savoir davantage sur nos publications,
visitez notre site www.traitdunion.net

À Louise

1

Dominique était assise à la terrasse d'un café, rue Saint-Denis. Des jeunes gens s'arrêtaient un moment, la fixaient pour attirer son attention, lançaient quelques blagues et poursuivaient leur chemin sans avoir réussi à lui arracher un sourire. Elle tournait timidement la tête et, le regard perdu, fixait au loin un point imprécis. Bien sûr, toutes ces manifestations de convoitise que les garçons se permettaient à son égard la flattaient. Elle se savait jolie. N'empêche qu'il n'était pas question d'user de cet avantage pour créer de faux espoirs ou pour distribuer des sourires insignifiants à de jeunes boutonneux sans manières. De toute façon, elle n'était pas venue à cet endroit pour flirter. Elle attendait Pierre.

En cette fin de matinée de juin, le soleil plombait sur la ville. Les automobilistes roulaient au hasard, le bras appuyé à la portière de leur voiture, avec l'air de donner un petit coup de coude amical à l'été qui se pointait en retard. « Salut, toi ! Il y a longtemps qu'on t'attend. » Ici et là, quelques dragueurs, trop pressés de sauter sur leur proie, trahissaient grossièrement leur plan en abordant de façon maladroite des jeunes filles effarouchées. Des employés de bureau, le veston jeté sur l'épaule, étiraient par les deux bouts l'heure du déjeuner. Les jeunes marchaient au soleil ; les vieux, à l'ombre. Toutes les femmes étaient jolies, et Dominique était délicieusement belle.

– Ma chérie, excuse-moi… Cela a été plus long que je pensais, dit Pierre en se tirant une chaise. Tu sais ce que c'est… J'ai dû attendre une heure avant de voir le directeur du personnel.

– Comment ça s'est passé ?

– Ça va. Je remplacerai durant la période des vacances. Je commence le 8 juillet.

Le jeune homme déplaça sa chaise pour être plus près de Dominique. Il l'embrassa dans le cou. La fragrance d'un parfum familier (celui-là même qu'il lui avait offert, la semaine précédente, pour son dix-huitième anniversaire de naissance) déclencha un élan lascif qu'il dut réprimer aussitôt. Elle avait horreur de ce genre de familiarité en public. Il se contenta de lui caresser doucement le bras. Elle tourna la tête. Ses beaux yeux, comme deux fragments d'anthracite mouillés, se posèrent sur lui. Elle sourit et repoussa tendrement la main du jeune homme qui s'aventurait sous la manche de sa robe.

– Qu'est-ce que tu bois ? demanda Pierre.

– Un Cinzano.

– Garçon ! Deux Cinzano.

– Je ne peux pas rester très longtemps, ajouta Dominique. Il faut que j'aille rejoindre mon père. J'ai des tas de courses à faire et j'ai besoin de la voiture.

– Ce soir, tu es libre ?

Par pudeur, elle fit mine d'hésiter en branlant la tête et en haussant les épaules, mais un sourire complaisant dissipa le doute. Elle aimait bien Pierre. Depuis six mois, ils se voyaient presque tous les jours. Elle l'avait rencontré lors d'une soirée chez des amis. Il était prévenant, passionné et toujours de belle humeur. Elle ne s'ennuyait jamais en sa présence. Il avait des projets plein la tête. Pierre tenait Dominique au courant de toutes ses aspirations et ne prenait jamais de décision importante sans lui en parler. C'est lui qui avait insisté pour la voir, après son entrevue. Il comptait sur cet emploi et voulait qu'elle soit à ses côtés pour lui annoncer la bonne ou la mauvaise nouvelle.

– C'est une excellente nouvelle, dit Pierre en se tortillant de satisfaction sur sa chaise.

– Quoi donc ?

– Bien… cet emploi. Je pense faire assez d'argent pour m'acheter une voiture… pas neuve, évidemment.

– Quand tu retourneras à l'université, en septembre, tu n'auras plus d'argent pour la faire rouler…

– Je me débrouillerai, dit-il sans conviction comme s'il voulait écarter, pour le moment, une telle éventualité.

C'était vrai. Comment ferait-il pour joindre les deux bouts ? Il venait de terminer sa première année de droit, et il n'était pas question d'abandonner ses études. Charles Lévis, son père, lui fournissait un peu d'argent de poche, au cours de l'année, mais il ne serait sûrement pas d'accord pour faire rouler, en plus, une « minoune » rongée par la rouille. Il aurait bien aimé avoir une voiture.

– Je pourrais la revendre à l'automne, peut-être même avec un petit profit, ajouta-t-il dans l'espoir que Dominique se montrât moins raisonnable pour un instant et qu'elle acceptât de partager son enthousiasme.

– Sois raisonnable, répondit-elle, tu sais bien que tu n'en as pas les moyens.

– Les moyens ! Les moyens ! Bon Dieu ! ça ne doit pas être si difficile. C'est plein d'autos à l'université. Comment se fait-il que les autres trouvent le moyen d'en avoir, et pas moi ?

Il était touché. Gonflé de vent, son amour-propre reçut une piqûre d'où sortit une mini-tempête qui s'essouffla aussitôt. De cette ambition soudaine, il ne restait plus rien, sauf peut-être un arrière-goût d'impuissance dont il avait du mal à se débarrasser.

– Bon, n'en parlons plus, trancha Pierre sur un ton qui laissait deviner qu'il abandonnait la partie de mauvaise grâce.

Son amie avait manqué de confiance en lui, et il aurait bien aimé qu'elle se sentît un peu coupable. Mais elle était trop habile et intelligente pour laisser passer une telle occasion de lui retourner la balle.

– Tu es libre de faire ce que tu veux, dit-elle. Je ne veux pas que tu penses que c'est moi qui t'empêche de dépenser ton argent à ta guise.

– Non, non, je crois que tu as raison, conclut Pierre.

Le manège n'avait pas réussi, et c'est lui maintenant qui se sentait coupable. Il avala la moitié de son verre de Cinzano et baissa la tête pour cacher son air piteux.

– Mon Dieu! lança Dominique, déjà midi. Il faut que je parte. Mon père m'attend.

Pierre lui prit la main et chercha à la retenir. Soit par orgueil, soit par faiblesse, il avait besoin qu'elle le rassure.

– Grand bébé, va! dit-elle en passant tendrement la main dans l'épaisse chevelure noire du garçon. Tu sais bien que je t'aime comme tu es.

– On se voit ce soir?

– Bien sûr.

Elle l'embrassa délicatement du bout des lèvres et se leva. Cette fois, il lui prit les deux mains, moins pour la retenir que pour admirer sa beauté. Le soleil des derniers jours avait légèrement bronzé son visage. Ses lèvres douillettes et charnues, qu'elle humectait d'un mouvement de langue à la fois sensuel et innocent, brillaient au soleil. Ses longs cheveux, son petit nez coquin et son corps élancé avaient quelque chose d'irréel, en cet après-midi d'été, à la terrasse d'un café. «Dieu qu'elle est belle!» pensa Pierre.

– Je vais être en retard, dit-elle en le suppliant.

– Je t'aime.

– Moi aussi, grand fou.

Elle profita de cet instant de confidence pour se libérer de Pierre qui lui serrait un peu trop fortement les doigts. Elle caressa gentiment la figure du jeune homme.

– À ce soir, mon chéri.

– Tu ne veux pas que je t'accompagne?

– Non, c'est inutile, dit-elle en sautillant entre les tables.

Elle fit un signe de la main et disparut dans la foule des passants. Ceux-ci étaient de plus en plus nombreux depuis quelques minutes. Les bureaux s'étaient vidés à l'heure du lunch, et les gens flânaient au soleil, plus intéressés à jouir de la douceur du temps qu'à s'entasser dans des restaurants sombres et mal aérés. La terrasse regorgeait de clients. Un homme s'approcha. Poliment, il demanda à Pierre s'il pouvait prendre la chaise restée libre, à ses côtés. Pierre fit signe que oui. La lourde chaise en fer émaillé passa à une autre table. Cette fois, il sentit plus profondément sa solitude. Il eut un moment d'angoisse. Peut-être, un jour, quelqu'un viendrait lui ravir Dominique, comme on venait de le faire avec cette chaise. C'était impensable. Il allait lutter jusqu'à la limite de ses forces. Pour la première fois, il réalisa qu'il avait une chose précieuse à défendre : l'affection de Dominique. Il avala le reste de son Cinzano d'une seule lampée.

* * *

Le climatiseur fonctionnait au maximum pour assurer un peu de confort aux clients qui fuyaient la chaleur accablante de la rue. Dès que Marcel Primeau et Henri Berger franchirent le seuil du restaurant, ils eurent la sensation de pénétrer dans un entrepôt frigorifique.

– Brrr ! fit Henri en se frictionnant les bras à la hauteur des biceps. C'est pas chaud.

Marcel interpella le patron qui bavardait avec des clients près du comptoir à salades.

– Dis donc, tu as décidé de nous faire geler, ce midi.

– Ah ! bonjour, messieurs. Veuillez m'excuser. Je vais demander de baisser un peu la climatisation. Suivez-moi, je vais vous donner une table près de la fenêtre. Vous y serez plus confortables.

Les deux hommes suivirent le patron qui se dandinait en agitant un long carton plié en deux et recouvert de plastique sur lequel figurait le sempiternel « menu du jour » pour « hommes d'affaires ». Les serveuses s'affairaient d'une table à l'autre dans leur uniforme de paysanne bretonne qui n'avait rien d'authentique mais qui était joli à regarder.

– Tu ne penses pas, dit Marcel, qu'on devrait essayer un autre restaurant, un de ces jours.

– Je ne vois pas pourquoi. Il n'y a rien d'autre dans les environs.

– Nous pourrions descendre jusqu'au centre-ville.

– Tu n'y penses pas ! C'est au moins une bonne demi-heure de marche, ajouta Henri qui avait renoncé, depuis long-temps, à ce genre d'effort inutile.

Marcel n'insista pas, sachant que c'était peine perdue. Il se plongea dans la lecture du menu à la recherche d'un plat nou-veau. Pas de surprise. Toujours la même chose : du poulet à la king ou du steak haché avec sauce et oignons frits. Henri était trop préoccupé pour consulter le menu. À tout moment, il tour-nait la tête du côté de l'entrée et surveillait chaque client qui entrait. Il avait l'air déçu et impatient.

– Tu attends quelqu'un ? dit Marcel.

– Oui. Dominique doit venir me rencontrer. J'espère qu'elle ne tardera pas trop. J'aimerais passer quelques minutes avec elle avant de retourner au bureau.

Pour Henri, sa fille était sa fontaine de joie et son unique souci. Quand elle était avec lui, il ne demandait rien d'autre à la vie. Depuis qu'elle avait fait ses premiers pas, un jour de la fête des Pères, il avait renoncé à tout défi, sauf à celui de veiller au bonheur de sa fille. Elle était sa seule raison de vivre. Être le plus souvent possible à ses côtés devenait l'ultime ambition qu'il nourrissait. Rien au monde n'était plus précieux que Dominique, rien n'était comparable à l'affection qu'il lui vouait, au point d'empoisonner l'existence de ceux qui vivaient autour de lui. Avec les années, bien sûr, il avait dû accepter qu'elle prît quelque liberté, qu'elle échappât graduellement à son emprise. Il s'y soumettait difficilement, et seulement parce qu'il n'avait pas le choix.

– Où allez-vous durant vos vacances cet été ? demanda Marcel qui cherchait davantage à amorcer une conversation qu'à satisfaire sa curiosité.

C'était toujours la même chose avec Henri. Il dressait une longue liste de projets et trouvait cinquante-six bonnes raisons de les écarter. Finalement, persuadé qu'il avait montré de la bonne volonté, il choisissait de rester bien tranquille, pendant un mois, assis dans sa cour à se faire dorer au soleil. Pendant ce temps, Dominique se baladerait des journées entières en voiture, tandis que Rollande, sa femme, trépignerait de rage dans sa cuisine. Aux derniers jours des vacances, il emmènerait son épouse dîner au restaurant. Après avoir bu un litre de vin rouge, il s'excuserait d'oublier qu'elle aussi, sa femme, avait besoin de vacances, qu'elle avait besoin de sortir de la maison et qu'elle méritait plus que l'indifférence nonchalante d'un grippe-sou pantouflard. Il ferait mine d'être triste et accablé en lui promettant, à la fin du dîner, que l'an prochain tout cela allait changer et qu'ils partiraient, tous les deux, en vacances «quelque part». Rollande ferait semblant de comprendre son désarroi et le rassurerait en lui disant qu'elle aussi, au fond, ne désirait pas tellement aller «quelque part», cette année; mais que l'an prochain peut-être, si c'est possible, elle aimerait bien aller «n'importe où» avec lui.

– Nous avions pensé à la Gaspésie, dit Henri. Rollande aimerait bien y aller, mais Dominique a peur de s'y ennuyer. Au Lac-Saint-Jean, nous y sommes allés, en 1957. Ça doit être encore la même chose. J'avais pensé à louer un chalet autour de Sainte-Adèle, mais il est un peu tard à ce moment-ci de la saison, et ça coûte très cher. Il reste les provinces maritimes, mais à moins de faire du camping, et l'on n'est pas équipé pour ça, il est presque impossible de se loger convenablement.

Marcel connaissait bien Henri. Compagnons de travail depuis dix-sept ans, ils déjeunaient ensemble chaque midi. Quatre ou cinq fois par année, Marcel invitait Henri et Rollande à dîner à la maison. Les deux couples passaient la soirée à parler de tout et de rien; vers minuit, Henri commençait à bâiller et insistait auprès de sa femme pour rentrer. En échange, Henri lançait la même invitation, pour ne pas être en reste. Henri était un travailleur consciencieux, ponctuel et méthodique. Chef comptable chez Brazeau & Fils depuis vingt ans, ses employés et ses patrons le respectaient tant pour son intégrité que pour sa compétence. Il n'avait jamais rien demandé à personne: ni avancement ni augmentation de salaire. Il prenait ce qu'on lui donnait; en retour, il faisait ce qu'il devait faire. Quand il avait été nommé vice-président à la production, Marcel avait tenté, une fois, d'obtenir de la direction qu'elle consentît à réajuster le salaire de son compagnon.

Il comprit bien vite que toute intervention de sa part, dans ce domaine, était malvenue. En somme, la valeur d'Henri était mesurée à l'aune de sa propre ambition. Il était considéré comme un modeste et sympathique gratte-papier. La direction n'était pas intéressée à l'élever au-dessus de cette condition, d'autant qu'il avait lui-même toujours manifesté une béate satisfaction de sa propre situation.

– Bon sang ! Henri, s'exclama Marcel. Pourquoi ne décides-tu pas, une fois pour toutes, de prendre de vraies vacances ?

– Ouais ! il faudrait bien que je me décide.

– Nous, nous allons faire un voyage dans l'Ouest, annonça Marcel. Vous devriez venir avec nous. Ça serait agréable.

– Faudrait que j'en parle à Dominique. Je ne connais pas ses plans pour l'été.

«Dominique, toujours Dominique, pensa Marcel. Quand va-t-il cesser d'organiser sa vie en fonction des caprices de sa fille ? Pauvre Henri.»

C'était entendu. Henri n'allait pas, peu importe la proposition, risquer de prendre une décision qui pût déranger les plans de sa fille. Il n'aurait jamais accepté de la contrarier. De toute façon, ce genre de voyage ne lui plaisait pas.

Dominique lui servirait aussi de prétexte. Henri avait décidé, depuis longtemps, qu'il passerait le mois de juillet, bien tranquille, à surveiller sa pelouse aseptisée et à cultiver des radis. Sa fille à ses côtés, matin et soir, sa femme qui bougonnerait bien un peu pour la forme, mais qui accepterait, encore une fois, d'être gardée en otage ; il ne voyait vraiment pas pourquoi il irait s'exténuer à voyager d'un bout à l'autre du pays, sans savoir au juste quel plaisir il allait en tirer. Sa vie de banlieusard douillet le comblait d'aise. Les vacances à la maison étaient le bienheureux présage d'une retraite qu'il anticipait. Il avait hâte de quitter Brazeau & Fils et tous ces chiffres qui dansaient dans sa tête ; la ville et son agitation trépidante qui lui tapaient sur les nerfs ; ces déjeuners infects au restaurant qui lui brûlaient l'estomac ; ces patrons hautains et prétentieux qui le traitaient comme un vulgaire commis ; ces longues files de voitures, matin et soir, hiver comme été ; l'air vicié de Montréal qui lui irritait les bronches ; enfin, sa joie était grande à la pensée que, le matin d'un jour prochain, il pourrait s'asseoir dans son fauteuil préféré, près de la fenêtre, pour lire son journal et roupiller sans déranger personne.

– En tout cas, si tu changes d'idée tu me le diras, lança sèchement Marcel pour couper court à une conversation qu'il avait lui-même suscitée, et qui commençait à l'agacer sérieusement.

– Ne te fâche pas. Tu me fais une suggestion… bon ! J'ai bien le droit de prendre mon temps pour y réfléchir. Tu penses que je suis incapable de me payer un voyage ?

– Ce n'est pas la question.

– Alors, pourquoi me bouscules-tu ?

– Je te bouscule ?

– Bien sûr que tu me bouscules. Tu voudrais que je te dise oui ou non tout de suite. Je ne peux pas… Faut que j'en parle à Dominique et à Rollande. Chaque année c'est pareil, poursuivit Henri en élevant le ton. Toujours la même chanson : « Bouge un peu… fais quelque chose… où vas-tu pendant tes vacances ?… tu ne vas pas rester à la maison. » J'en ai plein mon chapeau ! Un jour, je vais prendre le mors aux dents. Je vais sacrer le camp assez vite et assez loin, qu'on ne parlera jamais plus de vacances.

La personnalité ambiguë d'Henri l'inclinait à toutes les outrances. Piqué au vif, il n'eût pas hésité un instant à faire un geste imprévu ou à s'engager dans une aventure absurde. Ses sautes d'humeur cachaient des rages obscures, et lui seul savait qu'il ne faut pas brasser les cendres qui dorment au fond de ce volcan éteint. Poussé à la limite de sa patience, par une exaspération soudaine, il pouvait ou bien exploser comme une bête en cage ou nourrir, pendant des jours, un désir insatiable de vengeance. Toutefois, sa vie réglée au métronome lui offrait peu d'occasions de glisser hors de ses gonds.

– Écoute… excuse-moi. Je ne voudrais pas que tu penses que je suis fâché, enchaîna Henri.

La remarque de Marcel n'était pas assez sérieuse pour justifier une éruption volcanique, il regretta de s'être laissé emporter. Il ajouta :

– Après tout, tu as raison. Ce serait une belle occasion de faire un voyage ensemble. Ça me plairait bien. Je vais en parler à Dominique dès ce soir. Il ne faut pas m'en vouloir si des fois j'ai l'air de refuser de bouger. Tu me connais assez.

Henri était un homme doux et paisible. Il espérait le demeurer jusqu'à la fin de ses jours. C'était dans cet état qu'il se sentait le plus heureux. Il avait horreur des coups d'éclat et des esbroufes orgueilleuses. Il préférait les choses simples, les joies faciles, les bonheurs tranquilles et les petites choses de la vie quotidienne qui s'installent, bien à leur place, dans un univers réduit, tel un chat qui vient ronronner toujours sur le même coussin de velours. C'est pour cette raison aussi qu'il avait renoncé à l'ambition, à la fortune et au succès sous toutes ses formes. Il prenait si peu de place sur cette terre, désirait si peu de chose, qu'il eût été bien étonnant que quelqu'un pût lui en vouloir.

– Oublions tout ça, dit Marcel en attaquant sans plus tarder le potage que la serveuse venait de poser devant lui.

« Le problème d'Henri, songea-t-il, c'est Dominique. Elle prend une telle place dans sa vie que cela le rend vulnérable. Le pire, c'est qu'il ne s'en rend pas compte. Laissé à lui-même, libéré de ce boulet d'affection qui le retient chaque fois qu'il doit prendre une décision, Henri serait sûrement un homme plus sociable. Il a toujours peur de la déranger, de lui déplaire. »

Marcel leva discrètement la tête pour observer Henri qui continuait à surveiller les clients entrant dans le restaurant. Tout à coup, les yeux d'Henri se ranimèrent ; un large sourire dessina sur son visage, jusque-là impassible, une expression de joie et de bien-être si intense qu'on eût dit qu'il allait se mettre à crier.

Dominique apparut. Dans une robe rose cendré, légère et sans manches, elle se dirigea vers son père qui l'attendait les bras en croix, après avoir bondi de sa chaise en l'apercevant. Il l'embrassa sur les deux joues. Elle salua poliment Marcel, qui se leva pour l'accueillir.

Marcel était ravi, lui aussi, de la voir. Il savait que son compagnon, maintenant qu'il était près de sa fille, serait heureux et détendu. Bien sûr, Henri n'aurait d'yeux que pour Dominique. Marcel finit son potage et laissa le père et la fille s'échanger des propos anodins sur un ton de tendre affection.

– Je parie que tu n'as pas encore mangé, dit Henri.

– Je n'ai pas eu le temps. Je cours depuis le matin.

– Bravo ! tu vas déjeuner avec moi. Mam'zelle ! cria Henri, apportez un autre couvert.

– Je n'ai pas beaucoup de temps. Il faut que je passe prendre Mireille, que je retourne au centre-ville, que je…

– Tut, tut… coupa Henri sur un ton paternel. Fais-moi plaisir. Reste encore quelques minutes. Si tu es trop pressée, prends au moins un café.

– D'accord.

Henri s'informa de son emploi du temps depuis le matin : il voulait savoir à quelle heure elle avait quitté la maison, où elle était allée, qui elle avait rencontré. Elle répondit avec douceur et précision, comme si elle sentait que ses réponses le rassuraient, calmaient les inquiétudes et les angoisses qu'il éprouvait à son égard.

Marcel suivait le dialogue d'une oreille distraite, sans intervenir. Aux yeux d'Henri, il savait qu'il n'était plus présent. Seule Dominique était là. Il songea à la promesse qu'Henri lui avait faite, l'instant d'avant, de parler de vacances avec sa fille. «Il n'a pas du tout l'intention d'aborder cette question maintenant, et je suis certain qu'il ne lui en parlera pas, ni ce soir ni jamais.»

Dominique avala une dernière gorgée de café et se leva brusquement.

– Tu as vu l'heure ? Mon Dieu ! faut que je parte. Tu peux me laisser la voiture ? Tu es sûr que ça ne te dérange pas ?

La jeune fille aimait bien son père. Avec elle, il était gentil, affectueux et surtout fort généreux. Cependant, elle faisait de louables efforts pour ne pas profiter exagérément des largesses de son père. Il eût été si facile, pour elle, de l'exploiter, de lui arracher tout ce qu'elle désirait. Elle le sentait sans défense. Aussi, c'est avec beaucoup de ménagement qu'elle lui demandait un service. Elle faisait mine de croire qu'il était libre de refuser, mais savait très bien qu'il en était incapable. Cette délicatesse de Dominique ajoutait à son charme une pudeur attachante qui rendait encore plus grande la fragilité d'Henri.

– Pas du tout, répondit Henri, tu sais bien que ça me fait plaisir. Tiens, voici les clés. Sois prudente.

– Merci, mon petit papa.

Dominique embrassa son père et se dirigea vers la sortie. Il la regarda un instant se mêler à la foule des clients qui quittaient les lieux. Il sentit une joie sereine s'emparer de tout son être. «Quel bonheur, pour un homme, d'avoir une fille aussi gracieuse et intelligente à chérir», pensa Henri. Il jeta un regard en direction de Marcel qui finissait son café en silence. Il l'avait complètement oublié. Quand il était avec sa fille, un lourd voile d'indifférence tombait tout autour de lui. Il se sentit un peu coupable envers Marcel. Il chercha à attirer son attention.

– Eh bien, mon vieux, c'est une sacrée belle journée. Que dirais-tu d'une petite promenade au soleil avant de retourner au bureau ? suggéra Henri, sachant que son plan plairait à Marcel.

* * *

Mademoiselle Parrot était penchée sur sa machine à écrire où s'enroulait une large feuille de papier blanc traversé de minces lignes bleu tendre. Avec un soin propre aux vieilles filles méticuleuses, elle cherchait à aligner, à l'horizontale, une série de chiffres rébarbatifs dans des colonnes chapeautées d'un millésime. Elle consulta sa montre. Il était passé cinq heures depuis cinq minutes. Son impatience l'empêcha de se concentrer sur son travail. Elle attendait que son patron quitte le bureau pour filer à son tour. Il était au téléphone depuis un quart d'heure. Si la conversation se prolongeait encore quelques minutes, elle serait en retard à la maison, où personne ne l'attendait, du reste, mais cela avait comme fâcheuse conséquence de déranger son horaire de la soirée.

«Pourtant, pensa-t-elle, il n'a pas l'habitude de s'attarder au bureau.» Cela faisait quinze ans qu'elle était sa secrétaire, et la chose ne s'était produite qu'une ou deux fois. À tout moment, elle jetait un coup d'œil sur l'appareil où brillait un bouton lumineux indiquant par là que son patron était toujours au téléphone. «Qu'est-ce qu'il peut bien avoir à raconter à cette heure?» se demanda-t-elle. Généralement, il ne prenait jamais d'appels après 16 h 50, car il était aussi ponctuel le soir, au moment du départ, que le matin, à l'arrivée. Cette fois, c'est lui qui avait fait l'appel. Elle imagina qu'il devait s'agir d'une conversation personnelle et n'osa pas écouter au téléphone comme il lui arrivait de le faire, de temps à autre, par curiosité. Jamais par indiscrétion. De toute manière, elle finissait toujours par savoir qui avait téléphoné et à quel sujet. Il avait l'habitude de tout lui raconter. Elle regarda l'heure une fois de plus. À mesure que les minutes passaient, son impatience augmentait. Elle s'apprêtait à maugréer lorsque le petit bouton lumineux s'éteignit.

Henri sortit du bureau et s'adressa à sa secrétaire.

– Vous pouvez quitter, mademoiselle. Vous finirez tout cela demain matin.

D'un geste bourru, elle recouvrit sa machine à écrire d'une housse en vinyle, ramassa ses affaires et sortit en laissant tomber au passage un «bonsoir» sec et indifférent. Arrivée à la porte de l'ascenseur, elle commença à regretter son attitude. Après tout, il était un excellent patron. Durant toutes ces années, il avait été correct avec elle; poli, compréhensif, il l'avait toujours bien traitée et avait su se montrer généreux. Il lui faisait totalement confiance. C'est elle qui tenait sa comptabilité personnelle. Venant d'un chef comptable, cette marque d'appréciation ne passe pas inaperçue. En outre, il la consultait chaque fois qu'il avait un cadeau à offrir à sa fille ou à sa femme (le plus souvent, c'était pour sa fille). Elle décidait des choses à expédier au jour le jour, rencontrait les employés du service pour régler les affaires courantes et recevait ses confidences quand les choses ne tournaient pas rond. Si elle était retenue à la maison, il ne faisait pas d'histoire; au contraire, il lui arrivait de téléphoner pour prendre des nouvelles, pour la rassurer et l'inciter, si elle était malade, à prendre tout le temps nécessaire pour bien se soigner. «J'espère qu'il ne s'est pas rendu compte que j'étais de mauvaise humeur, se dit-elle. Demain matin, je profiterai de la première occasion pour lui témoigner mon dévouement.» Et elle s'engouffra dans l'ascenseur avec ses bonnes intentions.

Avant de quitter, Henri monta à l'étage des vice-présidents pour saluer Marcel, qui était retenu par des problèmes de production. Il entrebâilla la porte du bureau, s'allongea le cou et lança d'une voix étouffée :

– Salut !

– Bonsoir, mon vieux, lança Marcel.

– N'oublie pas de m'envoyer tes prévisions budgétaires pour le prochain semestre. Si tu manques de personnel, je peux t'envoyer quelqu'un du service, proposa Henri.

– Non, merci. Ne t'inquiète pas. Je mettrai tout mon monde là-dessus dès cette semaine.

– À demain, dit Henri en refermant doucement la porte.

Au même instant, Pierre-Antoine, le fils Brazeau et président de la compagnie, sortit de son bureau au fond du corridor, croisa Henri sans le regarder et fila jusqu'à l'ascenseur qui l'attendait. Henri pressa le pas pour rejoindre le grand patron et faillit se faire happer par les portes coulissantes de la cage au moment où il se glissait à l'intérieur. Les deux hommes restèrent debout, l'un contre l'autre, comme deux stalagmites figées dans la froideur du silence. Henri leva les yeux, hocha obséquieusement la tête, se racla la gorge pour attirer l'attention. Sa veulerie indolente n'eut aucun succès. Le président resta imperturbable. Pierre-Antoine Brazeau, peu liant de nature, semblait sec comme une facture, froid comme un bilan, hautain et brutal comme un huissier ; les sourcils tendus, il avait le visage grimaçant de celui qui cherche à résoudre un problème de géométrie. Les deux hommes sortirent de l'ascenseur, et Henri regarda avec admiration son patron disparaître dans une rutilante limousine. «En tout cas, se dit Henri, je n'aimerais pas avoir ses problèmes. Président, ça ne doit pas toujours être drôle. Les voyages, l'avion, les hôtels… Je comprends que certains jours il n'ait envie de parler à personne, surtout pas à ses employés. »

Une touffeur saisit Henri dès qu'il mit pied dans la rue. À cette heure du jour, en juin, le soleil s'entête à musarder dans le ciel comme un enfant qui n'est pas pressé d'aller se coucher. Sans la moindre brise, la chaleur du jour resta suspendue dans l'air avec l'oxyde de carbone et la suie qui s'échappaient des cheminées d'usines.

Après les longs mois d'hiver et un mois de mai pluvieux, les premières douceurs de l'été, malgré les effets insidieux de la pollution, eurent sur la vieille carcasse d'Henri l'effet d'un baume.

Il s'arrêta chez le marchand de tabac, au coin de la rue, pour prendre son journal et acheter des cigarettes. Ce détour rituel faisait partie de son itinéraire quotidien et, chaque fois, ces simples gestes lui rappelaient qu'il avait sur son existence un contrôle entier. Ces petites habitudes, c'étaient les siennes ; il les avait mises au point au cours des années et les entretenait avec délectation. Il était un robot, mais un robot pensant, en pleine possession de ses moyens ; car c'était lui, et lui seul, qui actionnait les manettes et appuyait sur les boutons. Il était branché sur un ordinateur infaillible, programmé pour lui assurer une parfaite sécurité. Tout changement qui survenait dans sa vie provoquait une agitation trouble. La répétition méthodique, jour après jour, de gestes prémédités lui procurait une félicité indicible en l'enfermant dans un scénario où chaque séquence de la vie était prévue. Loin de l'accabler, ce toujours-pareil le délivrait, le libérait de cette servitude impitoyable à laquelle sont soumis tous ceux qui cherchent dans le changement et les divertissements la paix de l'esprit et la sérénité du cœur.

* * *

Assise sur une petite chaise de toile, posée de guingois sur les dalles inégales d'un patio négligé, Rollande prenait sa bière-de-cinq-heures. Chaque jour, c'était le moment de sa pause bière. Elle aimait le goût légèrement amer de cette boisson. Elle prit une bonne gorgée. Un cerne se forma autour de sa lèvre supérieure comme une petite moustache de mousse blanche. Elle prit une longue respiration, déposa son verre et ferma les yeux. La journée avait été sans histoire, le souper était prêt, bien au chaud dans le four, et le temps lui filait entre les doigts comme l'eau d'un torrent qu'elle aurait voulu retenir.

Henri rentra du bureau en taxi. Les derniers vrombissements d'un moteur qui s'étouffe, une portière qui claque, un petit cri qui cache une fausse inquiétude : « Rollande, tu es là ? », vibrèrent à son oreille comme une complainte racontant l'histoire familière de la bonne femme de banlieue esseulée qui attend le petit-mari-qui-rentre-du-bureau. Elle n'ouvrit pas les yeux. Tout son univers était là, à ses côtés, et elle choisit de ne pas le regarder en face.

Après avoir fait le tour de la maison à la recherche de sa femme, Henri sortit dans la cour arrière.

– Tiens ! tu es là.

– Ah ! c'est toi ? dit-elle machinalement sans se rendre compte de l'absurdité d'une telle question.

– Le souper est prêt ? demanda Henri tout aussi machinalement et sans réaliser, lui non plus, qu'il venait de poser une question stupide.

Depuis vingt ans, le souper était toujours prêt. Les chemises d'Henri, bien amidonnées, étaient pliées en carré dans le tiroir du haut de la commode ; ses chaussettes, roulées l'une sur l'autre et bien pelotonnées, étaient rangées avec ordre dans le tiroir en dessous ; la maison proprette et accueillante, les meubles et les parquets astiqués avec un produit qui dégageait une odeur de citron. Tout respirait le confort au foyer. Henri était certain de retrouver sa pipe et ses pantoufles toujours au même endroit. Sa sécurité était totale. Il était à l'abri du changement et de l'imprévu. Pas de surprise désagréable. Les repas étaient toujours servis à l'heure, le menu varié et le budget familial administré avec un souci remarqué d'éviter le gaspillage. Chaque anniversaire faisait l'objet d'une célébration

modeste et joyeuse, sans oublier le traditionnel gâteau sur-
chargé de petites chandelles de couleur. Tout cela grâce à
Rollande. Elle était la reine du foyer, la maîtresse du roi, la
suivante de la princesse et l'intendante de la maison.

– Nous allons attendre Dominique, répondit-elle en rete-
nant, du bout des lèvres, un «cela va de soi» qu'elle choisit de
ravaler.

Il y avait entre la mère et la fille un peu de rivalité, mais
pas d'hostilité; un soupçon de jalousie, mais pas d'animosité.
Bref, des sentiments contenus qui se traduisaient parfois en de
légers accrochages verbaux sans importance et sans suite. En
somme, rien pour créer dans la vie de tous les jours un climat
irrespirable. Dominique se confiait souvent à sa mère. Celle-ci
acceptait la plupart du temps, même si c'était sur un ton
quelque peu détaché, de lui prodiguer les conseils que son
expérience de femme mûre l'autorisait à livrer. Elle était fière
de sa fille et appréciait ses qualités. En retour, Dominique
savait se montrer prévenante, polie et respectueuse. Ces sentiments larvés de rivalité et de jalousie que Rollande nourrissait
en secret étaient provoqués et entretenus par l'attitude
d'Henri. Celui-ci affichait une telle affection pour sa fille, une
telle préférence, que Rollande était inévitablement amenée à
défendre, sur son propre terrain et avec ses propres moyens, sa
position d'épouse et de maîtresse d'un homme aveuglé par un
amour presque incestueux pour sa fille.

– C'est une bonne idée, dit Henri. Je pense que moi aussi
je vais en prendre une.

– Tu veux que j'aille t'en chercher une? demanda-t-elle
sans bouger de sa chaise.

– Non, ne te dérange pas. Je peux y aller moi-même.

Henri rentra dans la maison et en ressortit aussitôt avec un
grand verre de bière surmonté d'un large col blanc. Il déplia
une chaise de toile appuyée au mur de la maison et vint s'asseoir près de sa femme.

– Dominique est venue me rencontrer ce midi. Elle avait
besoin de la voiture. J'ai oublié de lui demander quel était son
programme. Sais-tu au juste où elle est allée?

– Courir les magasins, comme d'habitude, dit-elle sur un ton à peine dissimulé de reproche.

– Pourquoi n'es-tu pas allée avec elle ? Tu aurais dû en profiter.

– Je n'avais rien à m'acheter, moi.

Rollande jouait la femme martyre, celle qui n'a jamais besoin de rien, qui n'a pas d'exigences, qui accepte tout sans dire un mot. Elle aurait aimé qu'il la prît en pitié. Ce n'était pas le genre de sentiment qu'elle souhaitait, mais c'était tout de même mieux que de subir l'indifférence.

– Allons donc ! s'exclama Henri. Avec le retour de l'été, tu dois bien avoir envie de t'acheter quelque chose de léger : une robe, des souliers. Tiens ! un nouveau maillot de bain, par exemple.

« Bon sang ! pensa-t-elle, il n'a rien compris, encore une fois. » Elle avait envie de lui crier : « Ce n'est pas d'une robe neuve que j'ai besoin. Je voudrais que tu t'intéresses à moi, que tu t'inquiètes de ce que je deviens, que tu trouves autre chose à me dire, quand tu rentres du bureau, que ce "tiens ! tu es là". J'aimerais que tu me fasses la surprise d'arriver, un soir, avec un petit bijou bon marché ou quelques fleurs à moitié fanées, achetées en solde chez le fleuriste du quartier. Pour l'amour du ciel, ouvre-toi les yeux. Ne vois-tu pas que je suis devenue un simple objet dans cette maison, une sorte d'accessoire ménager increvable et portant une garantie de trente ans ? Oublie ta fille un instant et regarde-moi. » Au fond, c'était surtout cette dernière phrase qu'elle avait envie de lui jeter à la figure.

Elle n'en fit rien. Elle choisit plutôt de faire simplement allusion à son amertume en ajoutant :

– Dominique a déjà trois maillots presque neufs. Il y en a sûrement un qui doit me faire.

Henri vida son verre d'un seul trait.

– Fais comme tu veux, répondit-il.

Sur le coup, il ne comprit pas très bien ce qu'elle voulait dire. Il n'arrivait pas facilement à faire la distinction entre la naïveté et le sarcasme.

Pourtant, il croyait aimer sa femme. Enfin, il l'aimait normalement comme on aime une compagne après vingt ans de vie commune. Il ne lui refusait rien, ou presque. Sur le plan matrimonial, il était irréprochable : buvait peu, ne sortait jamais seul, n'avait pas de maîtresse ; bref, il était sans reproche. Pour ce qui est de l'affection qu'il portait à sa fille, c'était tout à fait normal. Elle était jeune, jolie, séduisante et débordante de vitalité. Avec lui, elle savait se montrer enjôleuse. Que Dominique eût trois ou quatre maillots de bain neufs alors que sa femme n'en eût aucun, c'était le genre de situation inévitable.

Il se leva et marcha jusqu'au potager. Il protégea les plants de tomates et gratta le sol, avec ses doigts, autour de l'allée où, dix jours plus tôt, il avait planté des radis. La terre était sèche. «Ça va prendre un bon arrosage», pensa-t-il.

Ce petit détour par le potager était une diversion, une façon d'éviter de regarder la réalité bien en face ; car Henri refusait d'admettre qu'il avait depuis longtemps transféré à Dominique l'amour et l'affection qu'il avait déjà eus pour Rollande, comme un homme d'affaires retire les fonds qu'il possède dans une fabrique de carton pour les investir dans un commerce de papier fin.

Quand la voiture s'immobilisa à côté de la maison, Henri se précipita à la rencontre de sa fille. Il s'empara d'une brassée de sacs et de boîtes, et rentra dans la maison. Rollande s'affairait en silence autour de la cuisinière. Elle fit mine d'être très occupée pour mieux rester à l'écart. Puis, sur la table de la salle à manger, ce fut le dépouillement joyeux des emplettes du jour. Henri se montra intéressé à tout ce que Dominique avait acheté. «Oh ! que c'est joli !» s'exclamait Henri. Il jubilait chaque fois qu'elle ouvrait une boîte ou déchirait un sac. Des slips en soie rose tendre et bleu sarcelle, garnis de dentelle, des chaussettes blanches, un fichu mordoré, des chandails légers en jersey jonchaient la table et le tapis de la salle à manger. Rollande n'arrivait pas à avaler cette chose étrange qui lui faisait comme une boule dans la gorge.

D'un geste brusque, Dominique attrapa deux sacs et fit un bond dans la cuisine. Surgissant en arrière de sa mère, elle l'enlaça avec tendresse.

– Surprise ! Regarde, dit-elle en éventrant les sacs, je t'ai acheté une robe de la couleur que tu préfères.

Dominique tenait du bout des doigts une jolie petite robe jaune safran à encolure plongeante qui dégageait une odeur de coton frais.

– Je t'ai acheté aussi des sandales pour porter à la place de ces affreuses savates brunes que tu as toujours dans les pieds.

Surprise par le geste de sa fille et paralysée par l'émotion, Rollande resta figée sur place sans pouvoir prononcer un seul mot. La boule qu'elle avait dans la gorge prit du volume. Ses yeux s'embuèrent et deux lourdes larmes glissèrent le long de son nez. Du revers de la moufle qu'elle venait d'enfiler pour retirer du four un plat brûlant, elle essuya ces quelques larmes, puis se frotta le nez par petits coups saccadés comme si elle avait voulu cacher une émotion trop vive.

Dominique, trop souvent choyée par son père, ne comprit rien à ce qui se passait dans la tête de sa mère. Elle la prit par le cou pour la consoler.

– Qu'est-ce qu'il t'arrive ? dit la jeune fille.

– Rien, rien. C'est tout simplement l'effet de surprise. Je ne m'attendais pas à ça. Je suis bien contente. Je te remercie beaucoup d'avoir pensé à moi. C'est très gentil.

Henri, debout dans la salle à manger, assistait de loin à la scène. Il était bouleversé. Il avait envie d'aller se cacher, mais c'eût été admettre sa profonde indifférence pour Rollande. En même temps, il était heureux de voir que sa fille avait eu une pensée délicate pour sa mère. Il sentit monter en lui une infinie tendresse pour sa femme.

– Voyons, maman, dit-il en s'approchant de sa femme qui finissait de sécher ses larmes, tu sais bien que Dominique n'allait pas t'oublier.

– Ça fait du bien, dit-elle.

Henri réalisa, après cet incident, qu'il aimait sa fille encore davantage, si tant est que cela fût possible.

Le souper se déroula dans la joie et l'harmonie. Rollande avait retrouvé le sourire et Dominique était resplendissante.

Henri fit sauter le bouchon d'une bouteille de Pisse-Dru et tout le monde sortit de table encore gris de vin rouge.

Henri avait trop mangé et bu au-delà de ses habitudes. Il sortit pour fumer une cigarette. La rue était animée de cris d'enfants à bicyclette, du bruit assourdissant des tondeuses à gazon et du sifflement plaintif d'une scie mécanique qui s'attaquait à un tronc d'arbre récalcitrant.

Il fit quelques pas dans la rue pour se délasser. Un voisin le rejoignit.

– Salut, Henri, dit l'homme au visage percé de deux petits yeux de souris. Je n'ai pas encore fait mon rapport d'impôt de l'année dernière et je me demandais si tu n'aurais pas le temps de le faire d'ici quelques jours.

Henri fouilla au plus profond de son imagination pour trouver un mensonge facile qui lui eût permis d'éviter un tel pensum. Mais, comme il ne trouvait pas de mensonges prêts-à-porter, il choisit de lui dire la vérité.

– Je n'en fais plus de rapports d'impôt. Vous feriez mieux de demander à quelqu'un d'autre. Voyez-vous, mon vieux, après trente ans dans les chiffres, du matin au soir, j'aime bien quand je rentre chez moi, le soir, me consacrer à ma famille.

– Je vous comprends, dit le voisin. Je vais me débrouiller autrement.

L'homme accompagna Henri jusqu'au coin de la rue pour ne pas avoir l'air de lui fausser compagnie à cause du refus qu'il venait d'essuyer. Il savait qu'Henri n'était pas très serviable, mais ce n'était pas une raison pour se brouiller avec lui. Arrivé au coin, il le quitta poliment en prenant une autre direction.

De retour à la maison, Henri trouva le petit ami de Dominique, Pierre, assis sur le perron. Il n'aimait pas beaucoup ce garçon. Il avait l'air trop sûr de lui. Cet empressement qu'il avait de tout remettre en question : la politique, l'ordre, la discipline, agaçait Henri au plus haut point. Il était toujours plein de projets et ne semblait jamais satisfait de ce qu'il avait ; surtout, et ceci lui semblait très grave, il réussissait à entraîner

Dominique dans cette voie. Le jeune homme jouissait d'une vive intelligence, mais affichait un caractère ténébreux. Henri éprouvait beaucoup de difficulté à communiquer avec cet être obscur et mystérieux. D'ailleurs, quand il était en sa présence, Pierre parlait peu et cherchait à fuir. « Il a toujours l'air d'avoir quelque chose à cacher », pensa Henri. Au fond, il n'aimait pas le voir tourner autour de sa fille. Il aurait voulu la garder pour lui tout seul. Toutefois, il n'osait pas s'opposer à leurs relations de peur que Dominique en prît ombrage et lui reprochât son intransigeance.

— Bonsoir, dit Henri. Vous attendez Dominique ?

— Oui, répondit-il sèchement pour éviter d'avoir à engager la conversation.

Pierre trouvait le père de Dominique terne et ennuyeux. Les rares discussions qu'ils eurent sur des sujets d'actualité ou sur le comportement des jeunes tournèrent à la catastrophe. Henri n'aimait pas les jeunes. De plus, c'était un sujet sur lequel il n'avait pas grand-chose à dire. Ce vide était comblé par des clichés vieillis sur l'inconséquence et l'étourderie de la jeunesse. Il répétait toujours la même chanson : « Vous autres, les jeunes, vous ne pensez qu'à vous amuser. » Aussi Pierre évitait-il les occasions qui eussent pu assombrir davantage les rapports déjà tendus qui existaient entre lui et le père de son amie. Sans l'avouer à Dominique, il considérait Henri comme un vieux schnoque gâteux, dépourvu d'intérêt et jaloux comme un chat siamois.

Dominique apparut et mit fin à ce tête-à-tête désagréable. Elle portait une jupe beige et un chandail tête-de-nègre qu'elle avait achetés le jour même. Elle plastronna un moment avec fierté et ajouta :

— Eh bien ? Vous ne remarquez rien ?

— Tu es très jolie dans cet ensemble, dit son père. Ça te va très bien.

— J'ai toujours dit que tu avais beaucoup de goût pour t'habiller, renchérit Pierre.

— Merci.

Elle fit quelques pas sur la pelouse comme un mannequin qui présente une collection, virevolta sur place avec grâce et d'un bond sauta au cou de son père.

– Merci pour tout, mon petit papa, dit-elle en l'embrassant sur les deux joues.

Henri avait envie de la prendre dans ses bras et de la garder près de lui comme autrefois quand elle était fillette. Mais voilà: elle avait vieilli, il ne pouvait plus la retenir. Il la regarda s'en aller avec Pierre qui la tenait par la main. Le jeune homme était beaucoup plus grand qu'elle, et Henri eut l'impression qu'elle était encore une petite fille. «Quoi qu'il arrive, pensa-t-il, elle restera toujours mon enfant, ma fille et l'être le plus précieux au monde. Même si, un jour, elle se marie et quitte la maison; même si, pour une raison ou pour une autre, elle s'en va au bout du monde, je serai toujours près d'elle. En tout cas, assez près pour la voir tous les jours, lui toucher, l'embrasser. Rien ne réussira à m'en séparer, sauf...» L'idée de la mort lui passa par la tête et lui fit dresser les cheveux. «Alors là... je ne sais pas... se dit-il, peut-être que... c'est idiot. À mon âge, j'ai le temps de crever plusieurs fois...»

Henri alluma une cigarette. Le soleil n'était plus qu'un immense cercle rose qui se glissait derrière les maisons. La journée s'achevait pareille à toutes les autres, hormis le court incident qui avait tiré les larmes à cette pauvre Rollande. Il alla arroser son potager.

2

Un taxi roulait à vive allure dans les rues devenues désertes à cette heure de la nuit. Les feux rouges synchronisés du boulevard tournaient au vert en même temps. Le chauffeur accélérait pour traverser le plus grand nombre d'intersections avant d'être obligé de s'arrêter de nouveau à un feu rouge, puis repartait de plus belle pour attraper les autres feux verts comme un gamin qui s'amuse à chasser les «mouches à feu».

Le taxi s'arrêta devant un café de l'est de la ville. Un homme trapu et costaud descendit prestement de la voiture et jeta tout autour un regard inquiet. Il resta un moment sur le trottoir, sans bouger, comme s'il craignait de voir surgir quelqu'un de la ruelle qui débouchait de l'ombre. Les néons scintillants du café le baignaient d'une lumière tantôt verte, tantôt jaune. Il avait l'air d'un Martien affolé, perdu au milieu d'une grande ville. Il portait à la main une mallette en cuir noir. Il recula jusqu'à la porte en tournant la tête à gauche, puis à droite. Rassuré, il entra vivement dans le café.

Les feux de la rampe venaient de s'éteindre sur la minuscule scène où, un instant plus tôt, une jeune et plantureuse exhibitionniste offrait ses chairs molles et blanches aux regards libidineux d'une trentaine de clients, des hommes en mal d'excitation facile et luttant contre la solitude. Au fond, à une table appuyée contre le mur, deux femmes sans âge sirotaient d'un air blasé une boisson sans couleur. Le barman, appuyé sur le comptoir, discutait avec un client en fixant du coin de l'œil deux hommes installés à l'autre extrémité du bar. Le premier, très grand, les épaules larges et le crâne rasé, faisait penser à un forçat sorti d'un roman de Balzac ; le second, plus petit, blond avec une moustache mince et raide, avait des allures de danseur mondain. Ils avaient l'air de surveiller les silhouettes des clients qui se découpaient en taches sombres dans la fumée et l'obscurité du café.

L'homme à la mallette se dirigea vers une table libre au fond de la pièce. Il posa sa mallette par terre à côté de lui et attendit qu'on vînt le servir.

Au bout d'un moment, comme le garçon tardait à venir, il se leva de son siège et chercha à attirer l'attention en agitant les mains et en criant : « Charlie ! Charlie ! » Le garçon était occupé à servir d'autres clients. Une musique tonitruante emplissait le café, et sa voix se perdit dans le vacarme. Il resta debout en agitant les bras. « Voyons, baptême ! Il n'y a pas de service ici », maugréa-t-il.

Avant même qu'il eût pris le temps de se rasseoir, le forçat et le danseur mondain lui faisaient face.

– Qu'est-ce que tu as dans ta valise ? demanda l'homme au crâne rasé.

– Quoi ?

– Ne me fais pas répéter pour rien… Qu'est-ce que tu transportes dans ta valise ?

– Quelle valise ? dit-il sur un ton innocent.

Le géant le repoussa brusquement, renversa sa chaise, souleva la table et regarda tout autour. Le petit blond à moustache vint lui prêter main-forte. La mallette avait disparu.

Furieux, le forçat le saisit par le col de sa chemise.

– Ne fais pas le « smart », bonhomme. Où est passée la valise que tu avais quand tu es entré ?

L'homme à la mallette resta stupéfait. Il ne savait pas s'il devait se réjouir de ce qu'il lui arrivait ou hurler de rage. Il regarda, à son tour, à l'endroit où il avait posé la mallette. Elle n'y était plus. Il était inquiet et rassuré à la fois ; inquiet d'avoir perdu sa mallette, mais soulagé d'en être débarrassé.

– Qu'est-ce que vous me voulez? Toi, gros sale, lâche-moi, dit-il à l'homme au crâne rasé qui faisait deux fois sa taille.

– Tu fais mieux d'être poli, morveux, riposta le géant en le projetant sur une table voisine d'un simple geste de la main.

– Je n'ai pas de comptes à vous rendre.

– Nous voulons savoir où tu as mis la valise que tu avais en entrant.

– Vous voyez bien comme moi que je n'ai pas de valise. Alors, sacrez-moi la paix.

– Si tu essayes de jouer au plus fin, ça va te coûter cher.

– D'abord, qui êtes-vous? Je ne vous connais pas.

– Nous autres, on te connaît, dit le danseur mondain d'une voix frêle et sans émotion.

Le forçat continuait de regarder sous les tables, sous les chaises, et bouscula même quelques clients à une table voisine. Il s'adressa à l'homme à la mallette.

– Tu vas nous suivre.

– Où ça?

– Au poste.

– Ah bon! La police! dit-il sur un ton dédaigneux. Vous auriez pu le dire avant.

– On a quelques questions à te poser, dit l'homme au crâne rasé.

– Une minute! Vous n'avez pas le droit. Je n'ai rien fait, répondit l'homme à la mallette.

Le forçat le saisit de nouveau par le col; deux boutons de sa chemise cédèrent sous la torsion et roulèrent par terre. L'homme comprit rapidement qu'il était inutile de discuter et choisit de les suivre. Le trio sortit du café comme trois fêtards paisibles qui ont décidé d'aller finir la soirée ailleurs.

En face du café, une voiture les attendait. Le petit blond s'assit sur la banquette avant, les deux autres prirent place à l'arrière. Le voyage s'effectua en silence.

L'homme à la mallette sentit une main virile le saisir au poignet et le tirer hors de la voiture. Il n'était pas très grand et, lorsque les policiers l'accrochèrent sous les aisselles, il ne toucha plus par terre. Sa chemise sortait de son pantalon et ne tenait plus attachée que par un seul bouton, tel un vieux chiffon jeté sur ses épaules. Jusqu'alors, il ne pouvait se plaindre d'avoir été molesté mais, quand il entra dans le poste de police, il eut la sensation étrange d'être dans l'antichambre de la torture. L'éclairage cru de la pièce le fit ciller des yeux.

Ses derniers démêlés avec la police remontaient à cinq ans au moins. À la suite d'un vol chez l'épicier du coin, à l'époque où il habitait chez ses parents. Il avait alors quelque peu bousculé une vieille dame avant de se sauver avec le contenu du tiroir-caisse. La victime le connaissait bien et avait porté plainte. Les policiers l'avaient pincé alors qu'il sortait d'une taverne où il venait de boire, avec des amis, l'argent du vol. Furieux, les policiers l'avaient tabassé pour lui appendre qu'on ne doit jamais lever la main sur une vieille dame sans défense. Il avait reçu une sévère dégelée. Les policiers avaient une bonne expérience de ce type d'interrogatoire, et les coups n'avaient pas laissé de marques. Il se rappelait l'état dans lequel il s'était retrouvé le lendemain : courbatures, douleurs au dos, maux de tête, etc. Il s'était plaint en vain. Les policiers avaient tellement exagéré l'affaire de la bousculade de la vieille dame qu'il ne s'était attiré la sympathie de personne. Il avait à peine vingt ans et songeait avant tout à se libérer de cette fâcheuse aventure. Le juge s'était montré plutôt clément. L'accusé s'en était tiré à bon compte.

Les policiers emmenèrent l'homme à la mallette dans une petite salle entourée de tables et de comptoirs où trois policiers-bureaucrates brassaient de la paperasse. Debout, face au mur, les mains dans le dos, il dut rester dans cette position en attendant d'être interrogé.

Depuis cette fameuse affaire de voie de fait et de vol, il avait réussi à échapper au grappin de la justice, sans pour autant renoncer au crime. Encouragé par la clémence du juge, excité par l'estime calculée des gens du milieu qui firent semblant de le féliciter pour ses succès devant les tribunaux, il avait choisi le crime pour combler ses besoins les plus élémentaires comme ses désirs les plus extravagants. Il commit quelques crimes mineurs et fréquenta une bande de criminels dont la fatuité et l'orgueil n'avaient d'égal que leur habileté à échapper aux filets des policiers. Il était à la solde d'individus plus délurés que lui qui profitaient de sa cruauté et de sa naïveté en lui confiant des missions périlleuses.

Son association avec les truands lui rapportait de quoi vivre convenablement. En retour, il faisait partie d'un monde qui l'acceptait tel qu'il était : naïf et cruel. Ces dernières années, d'ailleurs, ces traits particuliers et ce caractère singulier s'étaient manifestés à diverses occasions. Naïf, il croyait facilement n'importe quelle histoire. Cruel, il pouvait de sang-froid rosser, écorcher ou même mutiler un être humain plus faible ou incapable de se défendre. Il avait déjà brûlé avec sa cigarette, pendant plus d'une heure, un étudiant malingre et chétif qui refusait de payer le « pot » qu'il avait acheté à crédit d'un membre de la bande. Le collégien avait failli y laisser sa peau, et le bruit courut chez les consommateurs de drogue qu'il valait mieux ne pas tomber entre ses mains. Des criminels d'expérience l'utilisaient pour certaines tâches délicates, mais avec certaines précautions. On ne savait jamais à quel moment cette cruauté débridée et morbide allait se retourner contre ceux qui en tiraient, à l'occasion, quelque avantage.

Au bout d'un moment, un des policiers-bureaucrates le prit par le bras et le traîna jusqu'au milieu de la pièce. Il lui ordonna de mettre les deux mains sur la tête et de tourner en rond, sur place. Il s'exécuta sans dire un mot, pendant que les autres policiers s'amusaient de ce manège. Il ne voulait pas les provoquer de peur de subir les mêmes sévices qu'il avait connus dans des circonstances analogues quelques années plus tôt. Comme toutes les personnes cruelles, il ne supportait pas la torture.

De faire ainsi la toupie, devant des policiers qui se moquaient de lui, il ne se sentit même pas ridicule. La peur et l'angoisse chassaient le grotesque. Il se voyait déjà confronté à une longue liste de délits qu'il avait commis depuis des années. Les policiers avaient réussi à le coincer et maintenant ils allaient le forcer à admettre ses crimes. S'il refusait, il serait passé à tabac. Il vit défiler dans sa pauvre tête ses premiers vols, le trafic de la drogue, le recel, la vente de marchandises volées, le transport de monnaie contrefaite, les règlements de comptes. Pour se rassurer, sa naïveté lui suggéra de croire que les individus qu'il avait si bien servis viendraient à sa res-cousse. « Ils ne me laisseront pas tomber », pensa-t-il. Il oubliait toutefois que dans le milieu on ne pardonne pas à ceux qui se font prendre.

Le forçat au crâne rasé sortit d'un petit bureau, au fond du couloir. Il éclata de rire en voyant son prisonnier tourner comme une girouette par un jour de grand vent. Il fit un effort pour reprendre son air sérieux et interpella l'homme qui avait perdu sa mallette.

– Allez, passe dans le bureau, dit le géant sur un ton bourru.

L'autre baissa les bras pour se soulager d'une position inconfortable.

– Laisse tes mains sur la tête, lança le policier.

Les rires fusèrent de nouveau. L'homme se dirigea vers le bureau, la chemise flottant sur son pantalon et les mains sur la tête comme les deux anses d'une cruche.

Le forçat le suivit et referma la porte derrière lui. La pièce était petite et fortement éclairée d'une lumière bleuâtre. Les murs étaient nus et l'ameublement, composé d'une chaise en bois, d'un fauteuil en similicuir et d'une table, semblait sorti directement de l'entrepôt des Disciples d'Emmaüs.

– Ça va, dit le policier, tu peux baisser les bras. Mainte-nant, tu vas me dire d'où venait la valise que tu avais en entrant dans le café et ce qu'elle contenait.

– Si j'avais eu une valise, vous l'auriez vue. Je ne sais pas ce que vous voulez dire.

– Écoute-moi bien ! Tu ferais mieux d'avouer tout de suite, sinon je prendrai les grands moyens.

Des images douloureuses s'imposèrent à sa mémoire. Mais, dans cette affaire de mallette, il voulait tenir bon parce que les policiers n'avaient aucune preuve en main.

– Je connais la loi, dit-il avec assurance. Vous n'avez rien contre moi. Si j'avais eu une valise, vous l'auriez trouvée quand vous avez foncé sur moi comme un déchaîné.

– Tu l'as remise à quelqu'un. À qui ? Parle !

– Il n'y avait personne. J'étais seul à ma table. Vous avez bien vu.

Le policier commençait à perdre patience. Il le fixa longuement, puis ajouta :

– J'ai bien envie… plus je te regarde, de te rafraîchir la mémoire. Tu aimerais ça, passer la nuit au frigidaire ? Il fait chaud, ça te ferait du bien.

L'homme à la mallette sentit un long frisson lui monter dans le dos. « Je pense que je vais passer un mauvais quart d'heure, se dit-il. Le pire, même si je voulais parler, c'est que je ne sais pas où est passée la valise ni ce qu'il y avait dedans. » Il réalisa, pour la première fois depuis des années, qu'il était cerné, que sa vie de petit malfaiteur bien tranquille allait prendre fin brusquement à la suite d'une affaire banale, qu'il était pris au piège et qu'il risquait maintenant d'aller passer quelques années à l'ombre. Sa seule façon d'en sortir était d'appeler au secours.

– Je voudrais téléphoner, dit-il.

– À qui ?

– À mon avocat. Vous ne pouvez pas me garder ici. Je n'ai rien fait.

Quelqu'un frappa deux petits coups secs et ouvrit la porte doucement. Un policier en uniforme d'officier apparut. Il fit signe au forçat de venir un moment dans le couloir. L'autre resta seul, debout, dans cette pièce sinistre.

Il craignait surtout que cette arrestation ne soit le début d'une longue enquête qui amènerait les policiers à découvrir tous les autres crimes qu'il avait commis. L'histoire de la mallette pouvait bien n'être qu'un prétexte pour le coffrer. Il était déprimé et abattu. Le bureau exigu où il se trouvait lui faisait penser à une cellule. Il se voyait déjà en prison pour des années.

Cette perspective le plongea dans une profonde nostalgie. Il revit le jour, pas si lointain, où il vivait chez ses parents avec sa sœur cadette, Monique, et son frère aîné, François. Son père, myope comme une taupe, au propre comme au figuré, ignorait des plus petits aux plus graves soucis de la vie familiale, et se berçait à longueur de journée dans une morne indifférence. Sa mère, immense et lourde, au souffle court et à la démarche de canard engraissé aux hormones, glapissait du matin au soir, sans autorité, contre l'insouciance des enfants et l'insignifiance du père. Monique attirait les garçons par la générosité de son corps. Son frère, qu'on appelait Frank, se débrouillait avec ruse pour soutirer à la vie le maximum de gratifications. Heureusement qu'il y avait Frank. Ce dernier était son meilleur ami et son plus fidèle protecteur. Quand, par cruauté, il commettait des gestes qui lui attiraient des représailles, souvent justifiées, il pouvait toujours compter sur son frère aîné pour le défendre et le protéger. Celui-ci n'hésitait pas à intervenir et menaçait tous ceux qui eussent voulu s'en prendre à son jeune frère. Un jour Frank quitta la maison pour aller vivre aux États-Unis, et la vie cessa d'être facile. «Lui, Frank, s'il était ici aujourd'hui, il ne me laisserait pas tomber», pensa-t-il. Il eut un accès de mélancolie qu'il chercha à dissiper en se prenant la tête entre les mains.

Le policier au crâne rasé rentra brusquement dans le bureau. Il avait l'air mystérieux et sournois. Il posa sur la table un mince dossier et en sortit une feuille blanche. Il interpella le suspect sur un ton calme.

– Ton nom ?
– Bernie Paquette.
– Bernie, ce n'est pas un nom.
– Bernard, si vous voulez.
– Ton adresse ?
– 600, rue Murray, appartement 802.
– Où travailles-tu ?
– En ce moment, je suis en chômage.
– Depuis quand ?
– Oh !… un an.

Le policier écrivit quelques mots sur la feuille posée devant lui et la remit dans le dossier. Il se renversa dans son fauteuil et fixa un moment Bernie qui sentit soudainement sa jambe gauche trembler. Quand il était anxieux, sa jambe se mettait à sauter comme ces jouets actionnés par des piles électriques qu'on voit danser sur le comptoir des magasins. Le policier semblait hésitant.

– Bon ! dit-il. Cette fois, tu vas t'en tirer. Mais tu ferais bien de pas trop croire en ta chance. Un bon jour, elle peut se mettre à tourner.

Bernie fut envahi d'un profond soulagement. Il n'en croyait pas ses oreilles. Une arrestation sans histoire, une balade en voiture, une heure d'attente, quelques questions sans importance ; voilà, il était libre. Il s'en sortait sans coups ni blessures. Il pouvait reprendre ses activités sans inquiétude.

– Tu peux t'en aller, lui dit le policier, mais dis-toi bien qu'on t'a à l'œil.

Bernie sortit en vitesse du poste de police sans même prendre le temps de remettre sa chemise dans son pantalon. Il prit une longue respiration et expira fortement, comme pour se débarrasser de l'air lourd et vicié que ses poumons, rendus hors d'usage par l'angoisse qui l'étreignait, avaient trop longtemps retenu. Il sauta dans un taxi.

« Il y a sûrement quelqu'un qui a pris ma valise... Si jamais je l'attrape... il va se faire serrer les deux gosses, se dit-il. C'est Johnny qui va être en beau baptême. Je ne sais pas comment je vais faire pour lui expliquer ça. »

Le taxi s'immobilisa devant le café.

Bernie se dirigea directement au bar. Il était à la fois inquiet et furieux. Le barman discutait avec un garçon de table. Il interrompit la conversation sur un ton qui ne laissa aucun doute sur l'urgence de la question.

– Est-ce que quelqu'un est venu pour me voir ?

– Non, répondit le barman, je n'ai vu personne.

– Johnny n'est pas venu ?

– Je ne l'ai pas encore vu.

Il retourna à la table où il avait été surpris par les policiers. Un jeune couple y avait pris place. Il poussa du pied une chaise libre et se mit à regarder sous la table. La jeune fille se leva pour lui laisser la place. Le garçon n'osa pas bouger. Bernie lui demanda :

– Vous n'avez pas vu une valise autour ?

– Non, dit le garçon en regardant, lui aussi, de chaque côté de sa chaise.

Bernie, saisi d'un sentiment d'impuissance, examina d'un œil rageur les clients assis aux tables voisines. Son regard de fauve donnait l'impression qu'il allait se jeter sur la première tête qui ne lui reviendrait pas. Il attendait que quelqu'un le toise pour bondir comme une bête sur sa proie innocente.

Debout près de la sortie de secours, un homme regardait Bernie s'agiter. Boudiné dans une veste de cuir bon marché, les épaules carrées comme des blocs de ciment, il était appuyé contre le mur et souriait malicieusement. Le visage suiffeux, lisse et imberbe, les lèvres minces, les cheveux rares et gras lui donnaient un petit air vicieux et sournois. Il était imposant par sa taille et repoussant par son allure. Il émit un sifflement aigu pour attirer l'attention de Bernie. Celui-ci se retourna et l'aperçut.

– Raoul ! Qu'est-ce que tu fais ici ?

Il fallut que son étonnement fût bien grand pour l'appeler « Raoul ».

On le connaissait surtout sous le nom de Ral. C'était un habitué du coin qui disparaissait de longs moments sans que personne sût exactement où il allait cacher sa solitude. De temps à autre, il réapparaissait mystérieusement.

– Tu as perdu quelque chose ? demanda Ral d'un air moqueur.

– Comment ? c'est toi qui…

Triomphant, Ral alla chercher la mallette qu'il avait cachée derrière le distributeur de cigarettes.

– Tu es chanceux, dit-il en remettant la mallette à son propriétaire. On peut dire que je t'ai sauvé la vie.

– Tu ne l'as pas ouverte… j'espère.

– Bien sûr que non ! J'ai fait ça pour te rendre service.

Les deux hommes se connaissaient depuis plusieurs années. L'infortune les avait réunis et le hasard avait fait le reste. Affidés de bas étage, ils offraient volontiers leurs services à tous ceux qui avaient quelque sale besogne à accomplir. Au début, ils avaient été mêlés à des coups sans importance. Avec les années, les gens du milieu avaient appris à leur faire confiance dans des « missions » plus hasardeuses et plus profitables.

Quand Ral s'absentait, Bernie travaillait seul. Il se défendait plutôt bien. Généralement, il traitait les affaires qu'on lui confiait avec célérité et sang-froid. Dans le cas de la mallette, il avait sans doute manqué de prudence, il s'était fié uniquement à sa chance et à cette bonne étoile qui le guidait depuis sa dernière arrestation, cinq ans plus tôt. D'abord, il n'aurait pas dû se présenter la mallette à la main au *Monte-Carlo*, sans prendre les précautions qui s'imposent dans ce genre d'opération. Heureusement, le gros Ral s'était trouvé là au bon moment pour corriger une maladresse qui aurait pu lui coûter cher.

Maintenant qu'ils étaient réunis, ils allaient s'engager ensemble dans de nouvelles aventures. Bernie aimait bien ce compagnon aux habitudes étranges et à la trogne hideuse, néanmoins discret et dévoué. Fort comme une paire de bœufs, son acolyte était d'un secours inestimable dans les bagarres et n'hésitait pas à frotter les oreilles à quiconque eût eu l'audace de se venger des cruautés de son ami. Pour tous les Shylock du milieu, il était un collecteur intransigeant, impitoyable et capable, lui aussi, des pires cruautés. Ils composaient un tandem redoutable et sans pitié.

– Ne restons pas debout, dit Bernie en se dirigeant vers une table cachée derrière une colonne.

– Qu'est-ce que tu transportes dans cette valise ? demanda Ral.

– Je ne sais pas. C'est du stock pour Johnny. Il doit venir le chercher.

Bernie avait posé la mallette sur ses genoux et la tenait à deux mains. Toutes ces émotions lui avaient donné soif.

– Commande-moi un double scotch… mais vas-y discrètement, demanda-t-il à Ral. Il craignait d'attirer l'attention et avait l'impression que tout le monde le surveillait.

– Mon Dieu ! tu n'as rien à craindre. Les policiers ne vont pas revenir ce soir.

– Je n'en suis pas si sûr, ajouta Bernie sur un ton maussade.

Ral se rendit au bar et en revint avec deux doubles scotchs. Bernie était nerveux. Il se sentait traqué, suivi dans chacun de ses déplacements. D'une seule lampée, il cala son verre.

– Les chiens m'ont laissé sortir pour savoir où j'allais, dit Bernie. Tu peux être sûr qu'ils sont autour. Ils doivent m'attendre à la porte. S'il fallait que Johnny se fasse pogner à cause de moi, les gars me descendraient tout de suite.

Le scotch lui avait à peine réchauffé le gosier. Il avait encore la gorge et la langue sèches. Il tourna son verre dans tous les sens. Il le porta à ses lèvres pour se rendre compte qu'il l'avait vidé. La mallette glissa sur ses genoux et faillit tomber par terre. Il la rattrapa d'un geste nerveux.

– Je ne peux plus rester ici. Il faut partir, lança tout à coup Bernie.

Sa jambe gauche recommença à trembler. Il se leva et pressa la mallette contre lui. D'un pas inquiet, il se dirigea en direction du bar. Personne ne porta attention à son geste, mais il lui semblait que tous les yeux étaient braqués sur lui et la mallette. Il ramassa ce qui lui restait de salive et interpella le barman.

– Si Johnny vient pour me voir, dis-lui que je l'attends chez moi.

L'autre esquissa furtivement un geste de la tête en guise de réponse.

– Tu m'as bien compris… chez moi, répéta Bernie. C'est très important. Si Johnny manque ce rendez-vous à cause de toi, tu vas y goûter.

Cette fois, le barman se fit plus clair dans sa réponse.

– O.K., je lui dirai.

Ral vida son verre en voyant revenir son copain d'un pas pressé. Il se leva. Les deux hommes jetèrent un regard circulaire dans le café. Chaque client était suspect.

– Sortons par-derrière, dit Bernie.

Comme deux voleurs inexpérimentés fuyant les lieux de leur premier coup, ils se précipitèrent vers la sortie de secours qui donnait dans une ruelle sombre et encombrée de poubelles puantes. Au pas de course, ils gagnèrent une rue voisine et sautèrent dans un taxi.

* * *

L'appartement de Bernie était à l'image du locataire. Naïf, par son ameublement sans goût et strictement fonctionnel. Cruel, par son désordre agressif et violent. Des bouteilles vides ou à moitié pleines traînaient dans la cuisine entre des assiettes crasseuses et des verres aux cernes gris et graisseux. Les tiroirs de l'unique commode et les placards avaient dégorgé dans le salon, sur le sol et un peu partout sur les meubles, de chaussettes recroquevillées, de chemises imprégnées de sueurs fétides et de pantalons abandonnés dans une posture obscène. Une lumière crue et directe accentuait sans clémence le désordre des lieux. De la fenêtre sans rideau, au huitième étage de l'immeuble, la ville s'étalait, lumineuse, au pied du mont Royal bossu et sombre.

Ral se laissa tomber dans un fauteuil et posa les deux pieds sur une table basse devant lui. Un cendrier plein de cendre et de mégots alla choir sur une carpette qui n'en était pas à ses premiers outrages.

– As-tu quelque chose à boire ? demanda-t-il.

– Sers-toi, répondit Bernie en se versant une rasade de scotch pur.

La soirée avait été mouvementée. Il n'avait pas réussi, malgré la tournure des événements, à se débarrasser complètement de l'angoisse qui le saisissait. L'alcool, qu'il continuait à prendre en grande quantité, n'était plus un sédatif efficace. Il vida la moitié de son verre d'une seule gorgée. Il grimaça.

Ral partageait en partie l'inquiétude de son copain. Les deux amis étaient liés pour le meilleur et pour le pire. Les mésaventures de l'un pouvaient entraîner de fâcheuses déconvenues à l'autre. Les gars du milieu ne feraient pas de distinction. Si Bernie commettait une erreur, Ral en subirait aussi les conséquences, et vice versa. Ils opéraient dans un monde sans nuances où la clémence n'existait pas. Inutile d'essayer de se disculper en plaidant l'ignorance ou l'absence. Les condamnations étaient toujours implacables, secrètes et sans appel. Jusqu'ici, leurs affaires s'étaient déroulées sans accroc, et c'était la seule raison pour laquelle on continuait à leur faire confiance. Les deux amis savaient parfaitement bien que le jour où les choses commenceraient à mal tourner pour eux, le milieu les laisserait tomber, en prenant soin de les éliminer du circuit.

— As-tu une idée de ce que tu transportes ? demanda Ral en mijotant un plan qui venait de lui passer par la tête.

— Je n'en sais rien, répondit Bernie.

— C'est peut-être de la drogue…

— … Ou des faux billets de 20 $.

— De toute façon, il doit y avoir un maudit gros paquet d'argent là-dedans.

Ral n'était guère plus intelligent que son compagnon, mais il était moins naïf. Si les choses devaient se gâter, se disait-il, aussi bien s'en tirer avec un bénéfice ; de toute manière, vol ou erreur, les conséquences seraient les mêmes.

— Moi, je pense qu'on devrait sacrer le camp avec le stock, dit Ral.

— Tu es fou ! Ils nous descendraient en moins de vingt-quatre heures.

— S'ils nous attrapent. On peut faire un maudit bon bout avec ce qu'il y a là-dedans, dit-il en montrant la mallette.

— Puis après… Tu penses que tu pourrais revenir dans le milieu… ?

— On se débrouillera.

— Non. Il faut attendre Johnny. D'ailleurs, il paie bien. Il m'a dit l'autre jour qu'il avait une grosse affaire à me confier. Ils sont bien organisés, tu sais. On peut faire le « motton » rapidement.

— Comme tu voudras, dit le gros Ral en se versant un autre verre de scotch.

L'alcool avait commencé à ralentir ses réflexes, et il n'était pas en air d'entreprendre une longue discussion sur un sujet aussi hasardeux. S'il était plus sage d'attendre Johnny pour lui remettre la marchandise et encaisser la récompense promise... Lui, Ral, n'avait pas d'objection. D'ailleurs, il faisait confiance à Bernie depuis des années, et cela lui avait profité largement. Quand il l'avait rencontré, il était dans la dèche, et son copain avait bien voulu le présenter aux gens du milieu. Au début, il ne faisait que seconder Bernie, ne prenant aucune initiative. Maintenant, il était plus sûr de lui grâce à son ami ; il pouvait exprimer son avis et même, à l'occasion, donner un précieux coup de main dans certaines affaires délicates.

Au retour de ses longues absences, Ral savait que Bernie était là, prêt à l'accueillir comme un frère et un ami. Chaque fois qu'il se réfugiait dans ce studio en désordre, rempli des objets familiers de son ami, il reprenait goût à la vie ; une vie au goût de scotch, de spaghetti trop épicé et de café noir. Quand Bernie avait des problèmes, des inquiétudes, il les partageait avec lui, même si cela devait lui amener quelque ennui. Cette situation était préférable à la solitude qu'il avait toujours connue.

Il était près de quatre heures du matin. La fatigue le saisit à la nuque et il appuya la tête sur le dossier du fauteuil. Il ferma les yeux. Il était fier de lui. Grâce à sa présence d'esprit, à son habileté de pickpocket, il avait subtilisé, sous le nez des policiers, cette fameuse mallette. Son geste avait empêché un beau gâchis. C'était la première fois qu'il avait l'impression d'avoir été utile à quelque chose. Il bomba le torse. Serait-il devenu par hasard un vrai professionnel, un individu plus utile par son astuce que par ses muscles ? Il osa un moment le prétendre. C'est pour cette raison qu'il avait voulu pousser plus loin son audace en suggérant de partir avec la mallette. « Je suis sûr, pensa-t-il, qu'il y a assez d'argent dans cette valise pour vivre bien des années, Bernie et moi, avec des tas de filles autour de nous, du scotch en abondance et un beau gros char noir avec le dedans rouge. » Il ouvrit un œil et aperçut son ami qui faisait les cent pas devant la fenêtre. Il voulut le rassurer.

– Tu t'inquiètes pour rien. La police n'a rien vu, et tu as toujours le stock en main.

– Comment ça se fait que Johnny n'a pas encore donné signe de vie ? dit Bernie sur un ton plaintif.

– Tu ne peux pas lui téléphoner ?

– Il ne veut pas qu'on l'appelle. Il dit qu'il est « bogué » par la police.

Ral se leva. La faim commençait à le tenailler. Il ouvrit le réfrigérateur. Sur la tablette du haut, quelques pots de cornichons, des betteraves dans le vinaigre, un sachet de crottes de fromage et des yogourts séchés ; en dessous, un litre de lait et douze bouteilles de bière.

– Tu n'as rien à manger, lança Ral sur un ton dépité.

– Il y a du spaghetti en boîte dans l'armoire.

Il ouvrit la boîte de conserve et frotta sur son jean crasseux une cuillère qui traînait sur le comptoir de la cuisine depuis le dernier repas. Il retourna s'asseoir.

– J'ai bien envie, dit Bernie, de retourner au *Monte-Carlo*.

– À cette heure-ci ? Il ne doit y avoir que le patron et le barman, dit Ral la bouche pleine de spaghetti et les lèvres peinturlurées de sauce tomate.

– Johnny est peut-être avec le patron.

– Tu sais bien que, quand il va apprendre que tu es ici avec le stock, il ne va pas niaiser au *Monte-Carlo*. Tu vas le voir arriver comme une balle.

L'expression « arriver comme une balle » fit sursauter Bernie. « Il m'a peut-être réservé une balle de son 38 », pensa-t-il. Il n'était pas très à l'aise avec Johnny. Il craignait ce petit homme précieux et élégant, cet esprit diabolique dans un corps de guimauve. Hypocrite comme un chat de gouttière. Il était imprévisible et sournois. Bernie avait travaillé avec lui à quelques reprises, mais il n'avait pas réussi à établir un véritable climat de confiance. Ce mini-caïd parlait peu, agissait avec prudence et semblait n'avoir de respect pour personne. Insaisissable, on ne savait jamais où le joindre. Il brassait ses affaires à coups de téléphone et avait la fâcheuse habitude d'arriver à l'improviste, comme une migraine. Sa petite taille l'avait forcé à prendre certaines précautions. Il était toujours accompagné d'un Noir massif et lourd, un ex-boxeur déchu, sourd-muet, qui parlait avec ses poings et n'entendait pas à rire.

La sonnerie du téléphone retentit dans la pièce. Bernie se précipita sur l'appareil.

– Allô… allô… allô?

Silence. L'interlocuteur mystérieux raccrocha.

– Ça, c'est du Johnny tout craché, dit Bernie en raccrochant à son tour. Il vérifie si je suis bien là.

– Il pense peut-être que tu veux lui tendre un piège, ajouta Ral.

– Tu es malade! répliqua Bernie à la fois irrité et inquiet. Il doit bien savoir que, si j'ai quitté le café pour me cacher ici, c'est pour protéger la marchandise. Je n'ai pas essayé de le fourrer. Pourquoi, toi, tu penses que j'ai voulu le crosser?

– Non, j'ai dit «peut-être que lui pense ça».

– Il n'a pas d'affaire à penser ça. J'ai toujours été «straight».

– Je sais bien. Tu n'as pas besoin de te fâcher. Tout ce que je veux dire, c'est que si tu décides de l'attendre, au lieu de sacrer le camp avec le stock comme j'ai dit tout à l'heure, il faut que tu sois certain qu'il ne va pas nous descendre comme des rats une fois qu'il va avoir le stock en main. Autrement, on ferait mieux de partir tout de suite.

– Je ne vois pas pourquoi il serait en maudit. J'ai le stock. Il n'a rien à dire, lança Bernie pour se rassurer.

Il jeta un coup d'œil à la fenêtre. En bas, dans la rue, s'étendait un long chapelet de voitures stationnées, groupées par dizaines, comme des graines enfilées que l'on fait glisser entre ses doigts en invoquant la protection mystérieuse et aléatoire des armées célestes. Il leva la tête. Au-dessus des gratte-ciel, l'aube grisâtre brossait le ciel d'une couleur métallique.

Johnny viendra-t-il seul, avec son gorille noir, ou sera-t-il accompagné de tueurs sans scrupules, capables de transformer une simple livraison de marchandise en un carnage monstrueux et inutile? Ral avait raison. Il eût été préférable de fuir plutôt que d'attendre sur place une fin stupide et sans cérémonie. Chaque minute comptait. Dans un quart d'heure, il serait trop tard. La bande allait bientôt faire son apparition devant l'immeuble, armes au poing. Quelques coups de feu, sans témoin, deux corps inertes et la police qui classe l'affaire : règlement de comptes. La jambe gauche de Bernie se mit à trembler de nouveau.

Il se dirigea vers la cuisinette. Il s'assit à table et, du revers de la main, repoussa tout ce qui traînait devant lui. Sur ses bras croisés, appuyés sur la table, sa tête fatiguée tomba lourdement. « C'est stupide ! pensa-t-il. Après tout, j'ai fait exactement ce que Johnny m'a demandé. J'ai été chercher la valise dans un casier à la gare centrale… Je me suis rendu au café… bien sûr les chiens m'ont pincé, mais tout s'est bien passé par la suite.

Bernie leva la tête et aperçut son copain qui dormait. Il sentit monter en lui quelque chose qui ressemblait à de la colère, une colère mêlée de crainte et de frustration, tempérée toutefois par une certaine prudence. Pendant que lui, Bernie, était en train de passer en revue peut-être les derniers instants de sa vie, Ral trouvait le moyen de dormir. Il eut envie de lui sauter dessus et de le frapper à grands coups de poing.

– Sacrement ! jura Bernie dans un cri de détresse qui fit sursauter son copain. Ce n'est pas le temps de dormir. Johnny peut être ici d'une minute à l'autre.

– Quoi, quoi ? dit Ral.

– Réveille-toi ! Je n'ai pas envie de me laisser faire si Johnny arrive. Es-tu armé ?

– Non.

Bernie fouilla dans les tiroirs de la commode et en sortit un 38 flambant neuf. Il vérifia s'il était chargé et le glissa dans la ceinture de son pantalon, au-dessus de la fesse droite. Il rabattit sa chemise sur l'arme.

– Je n'ai pas l'intention de me laisser faire, dit-il sur un ton de bravade.

Le port d'une arme lui procurait une certaine assurance. Il avait l'impression d'être protégé. Maintenant qu'il portait la violence à sa ceinture, il ne craignait plus la violence des autres. Il se sentait plus fort, moins vulnérable. Il ne pensait plus à sa propre destruction ; son esprit était totalement occupé par des tactiques visant à l'élimination de l'ennemi éventuel. Des images alimentaient son imagination d'une hécatombe sanglante de laquelle il sortait, lui, intact, vainqueur et enfin respecté de tous.

– Toi, dit Bernie, va te placer près de la porte de la salle de bain ; moi, je vais rester ici, dos au mur. Comme ça, ils ne nous prendront pas par surprise.

Bernie alla déposer la valise près de l'entrée.

– Si quelqu'un fait un faux mouvement, je tire.

– Et moi, dans tout ça, qu'est-ce que je fais ? Je ne suis même pas armé.

– Dès que ça commence à chauffer, tu te mets à l'abri dans la salle de bain.

Les deux hommes prirent leur position respective. Les premières lueurs du jour baignèrent la pièce d'une lumière timide. Bernie éteignit le plafonnier et reprit sa place, dos au mur, près de la fenêtre. Le studio, dans tout son désordre, offrait un décor de champ de bataille après les hostilités. Ral ouvrit de quelques pouces la porte de la salle de bain afin d'être prêt à se réfugier à l'intérieur rapidement en cas d'urgence. Le mélange de scotch et de spaghetti ne passait pas. Il réprima un haut-le-cœur. Pendant un moment, on eût pu entendre une mouche se récurer les ailes avec les pattes de derrière.

Soudain, deux petits coups secs dans la porte, un bruit de métal contre le bois, rompirent le silence. Bernie mit sa main droite derrière le dos et lança, après avoir avalé ce qui lui restait de salive :

– Entrez !

La porte s'ouvrit très lentement, centimètre par centimètre, puis un coup de pied la fit percuter contre un tabouret qui se trouvait à proximité. Un gros Noir, tout d'un bloc, immobile, apparut sur le seuil. Caché derrière cette masse sombre, un petit homme chétif, en complet gris clair, chapeau de paille, surgit et fit quelques pas dans le studio.

– Vous avez bien l'air bête, dit l'homme au complet gris.

– On t'attendait, Johnny, reprit Bernie en essuyant ses mains moites sur son pantalon.

– Le stock ?

– Il est là juste devant toi, sur la chaise. Tout y est, tu sais. Tu peux vérifier.

Le Noir entra et referma la porte.

– Vous êtes seuls ? demanda Bernie.

– Bien oui, pourquoi ?

– Je ne sais pas... je demandais ça... pour savoir.

– Lui, qui est-ce ? lança Johnny en regardant du côté de Ral.

– Ral. Un copain à moi. Tu le connais...

Johnny sortit une petite clé de sa poche et ouvrit la mallette ; il vérifia minutieusement le contenu et, d'un geste brusque, la referma.

– Tout y est, dit-il. Ça va. Mais j'ai su que la police t'avait accroché, ajouta-t-il en levant les yeux vers Bernie. Je n'aime pas ça.

– Ils n'ont rien vu, dit Bernie. Tout s'est...

– Je n'aime pas ça ! coupa Johnny en élevant le ton.

– Pourtant, je te jure...

– Je n'aime pas ce genre d'histoire.

– C'est moi, dit Ral, qui ai pris la valise avant...

– Toi, ne te mêle pas de ça... compris ? cria Johnny sur un ton vif. Si j'avais été au rendez-vous, je me faisais pincer. Tu sais ce que ça veut dire ? Aller en dedans pour cinq, peut-être même dix ans.

Bernie renonça à trouver de nouvelles excuses. Il réalisa que c'était inutile. Son esprit était davantage préoccupé à surveiller chaque geste, chaque mouvement de l'homme qui se tenait debout devant lui, la mallette à la main, le chapeau de paille rabattu sur les yeux. Il se tint prêt à intervenir. «Faudra faire vite car ils sont deux», pensa-t-il. Il sentit l'arme sur sa peau, solidement retenue par la ceinture de son pantalon. «Je me sacre à terre et je tire sur le gros nègre en premier», se dit-il en pensant aux nombreux films de gangsters qu'il avait vus au cinéma et à la télévision.

– En tout cas, dit Johnny, le principal c'est que tu aies réussi à livrer le stock. Maintenant, tu fais mieux d'être prudent parce que la police va te surveiller.

Comme Johnny s'apprêtait à partir, Bernie lui demanda :

– Qui va me payer pour le travail ?

– Reste caché ici. Je te ferai signe en temps et lieu.

– Je voudrais bien être payé, moi, dit Bernie avec amertume en pensant qu'on profiterait de cet incident pour lui ravir sa part.

Quand Johnny tourna le dos à Bernie en se dirigeant vers la sortie, le Noir fit deux pas en avant pour mieux couvrir la retraite de son patron. Le gorille sortit à reculons et referma la porte devant lui.

– Ouf ! fit Ral, on l'a échappé belle.

– C'est un joyeux trou de cul, ce Johnny, lança Bernie en retirant l'arme de sa ceinture. S'ils ne me payent pas… Tu vois ça ? dit-il en montrant le 38, je vais leur chauffer le cul.

3

Dominique apparut, le visage boursouflé de sommeil, dans le jardin où Henri, penché sur ses plants de tomates, admirait les premières fleurs qui éclataient au soleil. Elle s'approcha de son père pour lui faire la bise matinale. Elle se blottit entre ses bras, et Henri fut secoué par l'odeur charnelle de ce corps encore chaud de la tiédeur du lit. Il l'embrassa lentement en lui caressant les épaules et le dos qui flottaient dans un peignoir mal fermé. Il lui prit la main et fit quelques pas vers la maison. Hésitante à poser ses pieds nus dans la rosée fraîche, elle s'arrêta brusquement. Aussitôt, Henri la souleva dans ses bras et alla la déposer sur le seuil de la porte. Les bras de la jeune fille restèrent un long moment enlacés autour du cou de son père. Henri passa une main sous le peignoir et lui pinça la cuisse. Elle eut un petit cri sec et lâcha prise. Les deux rentrèrent dans la maison en riant et se taquinant.

– Ta mère n'est pas encore levée ? demanda Henri

– Non, je crois qu'elle a décidé de faire la grasse matinée.

– Et moi… dit-il en blaguant, qui va me faire mon petit-déjeuner ?

– Va t'asseoir. Je m'occupe de tout.

Henri prit place à table, dans la salle à manger, et regarda sa fille s'affairer dans la cuisine. Elle était belle à n'importe quelle heure du jour. Ses cheveux ébouriffés lui donnaient un petit air de beauté négligée. Il était séduit et envoûté par la grâce de sa démarche et la finesse de son corps. Tout à l'heure, au jardin, quand il l'avait prise dans ses bras, quand il avait pressé contre lui ce corps ferme et presque nu, il avait été envahi par un souffle étrange. Cela l'avait quelque peu chaviré.

– Quel est ton programme de la journée ? demanda Henri.

– Je vais rencontrer Pierre, à la Ronde, vers six heures.

– Cet après-midi, tu es libre ?

– Oui, pourquoi ? As-tu prévu quelque chose de particulier ?

– Marcel nous invite chez lui. Il vient de faire installer une magnifique piscine. À voir la sorte de journée qui s'annonce, c'est bien le meilleur endroit pour passer l'après-midi.

– C'est une bonne idée. Tu pourrais me déposer à la Ronde au retour.

Ce premier jour de juillet était le début d'un long weekend. Henri espérait passer le plus clair de son temps avec sa fille et il tirait déjà des plans pour la retenir. Toutefois, il ne voulait pas devenir le tyran sans scrupules qui mobilise ses enfants pour son seul plaisir. Il avait trop d'affection pour sa fille. La soumettre contre son gré à des obligations familiales lui paraissait odieux ; cela ne l'empêchait pas, par contre, d'utiliser de subtils stratagèmes pour l'attirer dans son giron.

– Demain, dit Henri, j'avais pensé aller faire du ski nautique chez l'oncle Armand, au lac des Sables.

– Pas trop tôt demain matin. Je prévois rentrer assez tard. J'aimerais bien dormir quelques heures de plus.

– Bon ! à l'heure qui te conviendra.

Dominique ne demandait pas mieux que quelqu'un organisât son temps libre. Ces deux longs mois de vacances allaient être ponctués de jours creux et ternes. Elle appréhendait l'ennui. Pierre travaillerait tout l'été, son père tournerait en rond, comme d'habitude, durant ses vacances, ses amis seraient soit en voyage, soit dans un chalet à l'extérieur de la ville. Si au moins elle pratiquait des sports… les journées seraient moins longues.

– Mon petit papa, dit-elle en lui apportant son petit-déjeuner, j'aimerais bien suivre des cours de tennis et de golf.

– Oh ! tu y vas un peu fort. Ce n'est pas tout de suivre des cours, il faut aussi avoir le temps de s'exercer.

– Nous pourrions jouer ensemble.

– Je suis trop vieux pour commencer à pratiquer de tels sports.

– Allons donc ! tu n'es pas trop vieux, ajouta Dominique. Ça te fera du bien ; tu vas réduire ta bedaine et tu seras encore plus séduisant.

L'idée de passer des heures, en plein soleil, à frapper sur une balle de golf ou sur une balle de tennis ne le séduisait pas particulièrement. Néanmoins, il ne voulait pas laisser passer une si belle occasion d'être avec sa fille, de partager avec elle de longues heures de loisirs. Tout ce qui le rapprochait de Dominique était sacré.

– D'accord, dit-il, mais il faudra que tu sois patiente. J'ai besoin de retrouver ma condition physique. Au début, faudra y aller doucement.

Rollande apparut et la conversation cessa aussitôt. Un silence agaçant s'installa. La jeune fille voulut corriger le malaise qui régnait et choisit de souhaiter le bonjour à sa mère en l'embrassant sur la joue ; puis elle se retira pour faire sa toilette. Henri sortit discrètement et retourna à son potager.

De la fenêtre de la cuisine, Rollande observa son mari qui bayait aux corneilles les deux pieds dans une allée de radis. Henri avait beaucoup changé avec les années. Il n'était plus le même avec sa femme. Il la fuyait plutôt que d'échanger des propos superficiels. Il avait du mal à cacher sa profonde indifférence. C'est pour cette raison qu'il avait été amené à s'occuper davantage de Dominique. Ou bien était-ce l'inverse ? Son affection démesurée pour sa fille avait-elle déchiré les derniers liens de tendresse qui le retenaient encore à une femme vieillissante, défraîchie et sans intérêt pour le corps et pour l'esprit ? Rollande savait que leur amour était marqué par l'usure du temps, leur passion emportée par l'érosion du quotidien ; mais elle eût souhaité qu'il fût possible de faire encore un bout de chemin ensemble, histoire d'être à l'abri de la solitude jusqu'au carrefour de la vieillesse et de la mort. Elle refusa de s'apitoyer sur son sort banal. Frêle esquif sur une mer houleuse, elle se laissait porter par les vagues en attendant des jours plus calmes, des secours inespérés, ou tout simplement l'inévitable naufrage. Elle sentit monter en elle un chagrin tranquille. La froideur d'Henri la libérait du même coup de l'obligation de se soumettre aux soubresauts d'affection de son mari pour lesquels elle éprouvait une insurmontable répulsion.

« Je ne sais pas, pensa Rollande, s'il aura un jour le courage de me quitter. Cela m'étonnerait beaucoup. Il n'acceptera jamais de changer ses petites habitudes. Quant à mes habitudes, elles sont également ici, dans cette maison, bien ancrées dans le train-train de la vie quotidienne. Il vaut mieux faire bon ménage avec l'indifférence que dépérir, seule, dans un studio trop petit. Je n'ai plus de famille et les seuls amis que je fréquente sont d'abord les siens. Je suis prisonnière de son univers ; un univers morne et ennuyeux, mais combien confortable. »

Henri piétinait sans trop savoir quoi faire de son corps. C'eût été si simple de rentrer à la maison et de lire son journal du matin. Mais il craignait un affrontement. Il s'avança jusqu'au patio, s'installa dans une chaise de toile et, la tête levée vers le ciel, exposa aux chauds rayons du soleil son visage blafard et ridé aux coins des yeux.

« Au fond, je ne demande pas grand-chose, pensa Rollande. Un sourire de temps à autre, une attention délicate, un mot gentil. C'est tout. Si nous avions une bonne discussion tous les deux, peut-être que les choses redeviendraient comme avant. En vingt ans, nous n'avons jamais vraiment abordé nos problèmes sous l'angle du couple. Mais comment amorcer une telle conversation ? Je me sens incapable de parler de ces choses-là ; lui n'en a pas le courage. » Elle eut soudain une idée. « Je vais me confier à Dominique. Oui, c'est ça ! Dominique va me comprendre. Elle est habile et sait comment il faut parler à Henri. Dès ce soir, je lui demanderai d'intervenir. Il aime tellement sa fille qu'il ne refusera pas de l'écouter. »

Dominique fit irruption dans la cuisine, vêtue d'un pantalon blanc et d'une blouse en soie bleu pâle ; au cou, un fichu marine. Elle portait à la main un sac de plage. Elle s'approcha de sa mère, plantée debout devant la fenêtre, le regard perdu et lointain.

– Tu n'es pas prête, lança la jeune fille sur un ton réprobateur.

– Oh! c'est joli. Le blanc et le bleu te vont très bien.

Rollande voulut se montrer gentille avec sa fille. Elle savait qu'elle devrait faire appel à ses charmes et à son pouvoir magique de persuasion. Rollande n'avait pas l'habitude des calculs mesquins. Sa prévenance sonnait faux et sa bienveillance mesurée n'arrivait pas à cacher sa gaucherie par trop évidente. Elle eût voulu ajouter autre chose d'aimable, mais les mots ne venaient pas.

– Mais où vas-tu, dit Rollande, avec ton sac de plage?

– Chez Marcel Primeau. Il nous invite à passer l'après-midi autour de sa piscine.

– Ton père ne m'a rien dit. C'est bien juste s'il trouve le temps de m'adresser la parole, dit-elle en guise de préambule à une longue série de griefs sur lesquels elle était bien décidée à attirer l'attention de sa fille.

– Si nous devons y aller, dit la jeune fille, autant partir tout de suite et profiter le plus possible de notre journée. Où est papa?

– Il est là sur le patio.

Dominique se pencha au bord de la fenêtre.

– Qu'est-ce que tu fais? Tu n'es pas prêt? dit-elle en cherchant son père du regard.

– Oh! c'est toi?

– Eh bien! on y va chez Primeau?

– Mais il est à peine onze heures.

– C'est le meilleur temps de la journée pour prendre du soleil, ajouta la jeune fille.

– Bon! comme tu voudras.

Rollande monta à sa chambre pour se préparer. Elle bourra de serviettes et d'un maillot son sac de toile rouge (son vieux maillot décoloré ferait encore l'affaire cette année). «Je ne sais pas s'il avait l'intention d'y aller seul avec sa fille, se dit-elle, mais, moi, j'ai bien l'intention de suivre.»

* * *

L'eau turquoise de la piscine scintillait au soleil. Tout autour, des corps bien en chair se prélassaient à l'ombre d'un parasol imprimé à grands motifs de fleurs bleues et jaunes. De temps en temps, un plongeur maladroit éclaboussait tout ce beau monde. Il s'ensuivait alors un concert de cris stridents et de hurlements, comme si on avait aspergé d'eau glacée une bande de gros matous frileux.

Henri et Marcel flottaient dans l'eau jusqu'au cou en discutant du coût exorbitant d'une piscine et de tous les frais que cela entraîne.

– Ça revient cher, dit Marcel, pour à peine deux mois d'usage. Ce sont les enfants et Fernande qui ont insisté ; moi, j'aurais pu m'en passer facilement. Surtout avec ce voyage qu'on doit faire dans l'Ouest, au mois d'août, je me demande bien quand on pourra en profiter.

– Je trouve que c'est bien agré… glou… glou… glou…

Henri n'eut pas le temps de finir sa phrase. Dominique venait de lui mettre les deux mains sur la tête et, en se soulevant au-dessus de l'eau, l'avait envoyé par le fond. Il refit surface en toussotant avec difficulté.

– Tu es complètement folle. Tu aurais pu me noyer, dit-il en cherchant à s'agripper à l'échelle qui se trouvait tout près de lui.

Henri reprit son souffle et choisit d'en rire. Sa fille le prit par le cou pour se faire pardonner. Il passa ses mains autour de la taille de Dominique. Sa peau était douce entre les deux pièces de tissu qui lui servaient de cache-tout. Le corps de la jeune fille, si léger dans l'eau, lui filait entre les doigts comme celui de ces femmes qui le visitaient dans son sommeil et qu'il n'arrivait jamais à saisir fermement. Il projeta Dominique à bout de bras, et elle disparut sous l'eau en nageant. Il regagna sa chaise longue en bougeant la tête par saccades pour faire sortir l'eau logée dans ses oreilles.

– Tu veux quelque chose à boire ? demanda Marcel.

– Pas après ce que je viens de prendre dans la piscine.

Étendu sur la chaise, dans un état de profonde béatitude, Henri sentait les chauds rayons du soleil embrasser son corps. Quelques gouttes d'eau perlaient sur ses jambes et sa poitrine. Il prit soudain conscience de ce bien-être physique.

Il venait d'atteindre le cap de la cinquantaine sans heurt ni problème majeur. Bien sûr, il avait connu certaines contrariétés : des fins de mois difficiles, la maladie qui rappelle à tout moment que le corps n'est pas immortel, la servitude du quotidien, l'ennui cadavérique des nuits sans passion. « L'œuvre de chair ne feras qu'en mariage seulement… » À condition de pouvoir y arriver. Malgré tout, la vie lui avait réservé, selon les circonstances, de grandes joies et de petites satisfactions : l'amitié de Marcel, l'affection de Dominique, les premières années de son mariage, le confort tranquille d'une maison de banlieue, quatre jours au soleil lors du congrès de l'Association des comptables, à Nassau, en février 1961. Que lui réservait maintenant l'avenir ? Prévoyait-il, à cinquante ans, corriger son tir, épauler de nouveau et choisir de nouvelles cibles ?

Il regarda Marcel et son épouse qui trônaient parmi leurs invités. Ils avaient des allures de gens bien, le geste élégant des bourgeois arrivés et entourés d'une faune complaisante et raffinée. Lui, il faisait preuve de beaucoup d'assurance dans la conversation ; elle, toujours souriante, attirait par sa simplicité et son charme. Ils étaient, à leur manière, des hôtes séduisants chez qui il fait toujours bon aller.

« Moi aussi, pensa Henri, je pourrais recevoir des tas d'amis à la maison, si seulement j'en avais les moyens. » Il eut le sentiment que bien des choses lui avaient échappé : la vie sociale, le succès matériel et professionnel. Tout cela n'était pas uniquement de sa faute. À force de se traîner au bureau chaque jour, il n'avait pas vu le temps passer. Personne, autour de lui, n'avait eu ni la finesse ni la lucidité de lui rappeler que son existence s'étiolait lamentablement entre quatre pieds de tomates et le crépitement lugubre d'une calculatrice électronique. « Si au moins Rollande m'avait encouragé à tenter de nouvelles expériences, à améliorer notre condition de vie… »

Maintenant, il était trop tard pour recommencer à neuf. Il eût bien aimé donner un grand coup de barre, tirer un trait vif sur son passé, mais tout cela lui paraissait si difficile, si lourd à affronter.

Il jeta un coup d'œil en direction de sa femme, assise en silence parmi les autres invités, sous le parasol fleuri. Elle semblait s'ennuyer. Tout le monde s'amusait à boire et à rire. À l'écart comme d'habitude, elle regardait cette société grouillante de joyeux viveurs avec les yeux froids d'une statue érigée dans un parc d'attractions.

«Pauvre Rollande! Elle a bien mal vieilli, pensa Henri. Elle ne s'intéresse à rien... même pas à moi.» En revanche, il s'était chargé seul de sa petite personne. Il avait développé l'habitude de se passer de sa femme. Il avait mis au point une série de petits gestes rituels sur lesquels il gardait un entier contrôle. De plus en plus, il s'enfermait dans la facilité et l'indifférence.

La vie avait poussé Henri à se retrancher dans la médiocrité, et Rollande n'avait rien fait pour l'en sortir. C'était, au fond, ce qu'il reprochait le plus à sa femme. Elle l'avait laissé s'enliser jusqu'au cou. Maintenant, il ne voyait plus d'issue pour échapper à sa triste situation. Il n'était pas question de demander quartier pour sa femme. Quand on renonce à faire de grandes choses, on préfère se consacrer seul aux choses insignifiantes. La médiocrité se vit dans la solitude.

Dominique était étendue sur une serviette-éponge, près de la piscine, les cuisses et le ventre rougis par le soleil. Elle saisit une cruche posée à portée de la main et répandit sur son corps brûlant un peu d'eau fraîche. Elle étendit les bras le long de son corps et ferma les yeux. Henri posa sur sa fille un regard admiratif.

«Heureusement qu'il y a Dominique... Grâce à elle, l'existence devient tolérable au jour le jour, pensa Henri. Je sais qu'elle est là, le soir en rentrant. Je peux la voir, lui toucher, lui parler. Elle m'offre aussi des raisons d'espérer, me donne le goût de faire des projets, de prendre des initiatives. Ce serait si merveilleux si elle pouvait être fière de son père.

Elle ne penserait plus à me quitter. Nous serions associés pour la vie dans la poursuite d'un bonheur commun. »

Henri mit rapidement un terme à ses ambitions fictives, sachant qu'il n'avait ni le courage ni les capacités de les réaliser. Pourtant, il était prêt à tous les subterfuges pour garder près de lui cette enfant devenue femme à son insu. Il connaissait toutes les ruses et tous les artifices pour séduire une enfant. Cependant, la complexité féminine lui paraissait impénétrable. Il était désarmé devant le trop subtil langage du caprice féminin. « Autrefois, je pouvais la prendre dans mes bras, se dit Henri. Tout cela était si naturel. À présent qu'elle est une femme, je ne sais plus comment m'y prendre. Je dois la regarder avec des yeux neufs, réapprendre à l'aimer, comprendre qu'elle n'est plus une enfant et respecter la femme qu'elle est devenue. C'est beaucoup me demander. »

Sur la pointe des pieds, Dominique s'approcha de son père qui somnolait au soleil. Elle secoua ses cheveux mouillés au-dessus d'Henri, et celui-ci sursauta quand les gouttelettes d'eau fraîche roulèrent sur sa peau huileuse.

– Il passe cinq heures, dit-elle. Comptes-tu partir bientôt ?

– Quand tu voudras. Je suis prêt.

Rollande ramassa ses effets. Elle n'était pas fâchée de partir. Elle avait poireauté tout l'après-midi sous le parasol à écouter les balivernes de tout le monde. Henri ne lui avait pas adressé la parole une seule fois. Elle était mal à l'aise. Elle avait le sentiment que tout le monde, surtout Marcel et son épouse, s'apitoyait sur son sort. « Vous avez vu Rollande, elle fait vraiment pitié. » Elle regrettait un peu d'être venue. Dans sa maison, avec sa petite bière-de-cinq-heures, elle était invulnérable ; ni l'indifférence ni la pitié ne parvenaient à l'ébranler. Elle était à l'abri des insultes et des commentaires désobligeants que les gens font à mi-voix. « J'aurais dû rester chez moi », pensa-t-elle.

Henri fit un détour pour déposer Dominique à la Ronde. Il avait l'air sombre et appréhendait le retour à la maison, le souper en tête à tête de deux solitudes, une longue soirée, debout dans le potager à regarder les étoiles ; puis les dernières heures d'un congé interminable rempli de faux-fuyants faciles.

– Ne rentre pas trop tard, dit Henri.

La jeune fille répondit d'un geste de la main et disparut dans la foule qui se pressait au tourniquet. Il eût tellement préféré qu'elle restât avec lui ce soir. Il résista, non sans peine, à une force étrange qui le poussait à courir derrière sa fille, à la rattraper, à la supplier de revenir. Il tourna la tête. Elle avait disparu.

4

Bernie était recroquevillé sur le bord du lit comme un ressort de montre. Il ouvrit un œil. Le soleil inondait la place et la chaleur du jour était suffocante. Il fit un premier effort pour se lever, mais sa tête retomba sur l'oreiller. La sueur perlait sur son corps poisseux. Il roula jusqu'au fond du lit entre des draps jaunis par un usage abusif. Il regarda Ral qui ronflait, tout habillé, sur le canapé. Il fit un nouvel effort et resta un moment assis au milieu du lit. La tête lui faisait mal. Il chercha à se rappeler où il avait passé la nuit, mais sa mémoire était percée de trous sombres. Il ne restait plus que des images floues, un café bruyant, des courses folles en voiture, une femme nue aux seins trop lourds ; dans la bouche, le goût âcre de la marijuana. Il ferma les yeux et tint sa tête entre ses mains. Johnny ne l'avait pas encore payé, et les gens du milieu le fuyaient comme la peste. Pourquoi ne lui faisait-on plus confiance ? À cause des policiers ? Allons donc ! une semaine avait passé depuis l'incident de la mallette, et à aucun moment il n'avait eu l'impression que les policiers étaient à ses trousses.

Bernie tenta de se lever, mais ses jambes refusèrent de le soutenir. Il s'assit au bord du lit. Ses cheveux étaient mouillés de transpiration. Il chercha à mettre un peu d'ordre dans ses idées. L'heure était grave. Si tout le monde les laissait tomber, Ral et lui, comment feraient-ils pour gagner leur vie ? Travailler comme tout le monde ? Pas question.

«Si seulement je peux mettre la main sur Johnny… pensa Bernie. Il m'abandonne, puis après va raconter aux autres que je suis un pas bon. Si les gars ne me donnent plus de travail à cause de lui, je vais lui serrer les gosses assez fort, le p'tit sacrement, que les joues vont lui gonfler comme des ballons. Il doit déjà avoir dit à tout le monde que je m'étais fait prendre par la police.» Il se mit à songer que le temps était venu pour lui de démontrer qu'il n'était pas un simple exécutant dont on peut se moquer facilement. «Je vais le descendre comme un chien, se dit-il. Après ça, les autres vont comprendre…»

– Ral, gros plein de merde, lève-toi, dit Bernie en lui lançant un oreiller par la tête.

– Quoi, qu'est-ce qu'il y a? répondit Ral.

– Il est passé six heures… C'est le temps que tu te lèves.

– Quoi, six heures du matin?

– Sors de la lune. Il est six heures du soir.

– Quel jour qu'on est? demanda Ral qui avait l'air de sortir d'un autre monde.

– Samedi, je pense…

Ral pinça les lèvres et se frictionna les tempes du bout des doigts. Il passa ses mains sales et calleuses dans ses cheveux hirsutes. Il avait le tour des yeux enflé et rouge. Sa bouche était sèche et pâteuse comme la fois où le dentiste lui avait placé sous la langue un petit aspirateur buccal pour lui siphonner jusqu'à la dernière goutte de salive. Il aurait bien aimé mastiquer un morceau de gomme à mâcher.

– La nuit a été dure, dit Ral en se dirigeant vers la salle de bain. Je n'ai même pas été capable de planter la grosse truie que j'ai ramassée au *Rainbow*. Elle était encore plus soûle que moi. À un moment donné, j'ai…

– Ta gueule! cria Bernie. Aujourd'hui, on a des choses plus importantes à faire. Il faut absolument retrouver Johnny et collecter ce qu'il me doit. S'il ne veut pas payer, il va falloir le descendre.

– Ça ne me fait rien… Mais, si les gars finissent par apprendre que c'est nous, ils vont nous chauffer le cul, dit Ral en se plongeant la tête dans le lavabo. On aurait dû sacrer le camp avec le stock… au moins on aurait de l'argent.

– C'est pas ce qu'on aurait dû faire qui est important, c'est ce qui nous reste à faire. Il ne faut pas laisser Johnny nous causer des ennuis. Il faut faire quelque chose.

Bernie réussit enfin à se tenir sur ses jambes et s'habilla en vitesse. Il se versa une tasse de café qu'il but en grimaçant, debout devant la fenêtre du studio. La soirée s'annonçait plutôt mouvementée. Johnny n'était pas un type facile à piéger : tapi dans l'ombre d'un gorille expérimenté et sournois, sans domicile connu, constamment en mouvement et des tas d'amis partout qui surveillent ses intérêts. « Il n'est pas facile à prendre par surprise », pensa Bernie. Il enfila un veston sport pied-de-poule d'une propreté douteuse. Il glissa son arme dans la poche de droite. Cette fois, il était bien décidé à appuyer sur la gâchette à la première occasion. « Tout le monde me donnera raison », se dit-il avec naïveté.

– On n'a pas de temps à perdre, dit Bernie. Si nous n'avons pas la peau de Johnny tout de suite, c'est lui qui aura la nôtre.

Les deux hommes quittèrent l'appartement. Ral suivait comme un mouton qui s'en va avec un autre mouton à la chasse aux loups. Au fond, il espérait que le loup ne soit pas dans les parages. Cette chasse ne lui disait rien qui vaille. Il préférait les frasques improvisées, les femmes aux corps usés qui se donnent au plaisir comme si cela devait être pour la dernière fois, l'alcool qui coule dans les verres comme par magie. Il avait encore collées à la peau les odeurs tenaces du scotch et des parfums bon marché de la dernière nuit. Bernie se retourna et fit signe à son compagnon de presser le pas.

Un taxi les déposa en face du *Monte-Carlo*. En ce début de soirée, le café était presque désert. Seules quelques danseuses étaient déjà là. Elles bavardaient dans un coin près du bar. Bernie et Ral se dirigèrent vers le fond du café, près de la sortie de secours.

– On est mieux ici, dit Bernie, on pourra sortir dans la ruelle si on est mal pris.

Une des danseuses se détacha du groupe et s'approcha des deux hommes. C'était une petite femme potelée, aux yeux ronds et lourdement maquillés. Elle portait des bas-culottes mauves et un maillot de même couleur. Ses cheveux, tirés à l'arrière, étaient attachés en queue de cheval. Elle n'était pas très jolie, mais comme danseuse à poil elle remportait un certain succès. Quand elle se dandinait sur la scène, son petit corps grassouillet avait les allures d'une poupée gonflable utilisée dans la recherche des plaisirs solitaires. Cette figuration d'accessoire érotique excitait les spectateurs, et elle recevait souvent de généreuses offres des clients qui désiraient faire avec elle «la bête à deux dos en se frottant le lard de belle façon». Bernie aimait bien lui aussi, après le spectacle, se retrouver avec cette jeune danseuse dans un lit bien chaud.

— Salut, Katy, dit Bernie en retrouvant le sourire pour la première fois depuis plusieurs jours. Viens t'asseoir avec nous.

Il fit signe au barman d'apporter à boire.

— Vous n'avez pas l'habitude d'arriver si tôt, dit la jeune fille.

— On cherche Johnny, dit Bernie qui avait déjà retrouvé son air sombre. Est-ce que tu l'as vu ces derniers temps ?

— Il est venu il y a deux jours, mais il est resté à peine cinq minutes. Il téléphone souvent au patron.

— Sais-tu où il se tient ?

— Je n'en sais rien. Vous avez des problèmes ?

— Il faut que je lui parle sans faute. Sa petite amie qui était danseuse, est-ce qu'il la voit encore ?

— Gigi ? Je ne sais pas. C'est bien possible. Il l'a installée dans un bel appartement, et elle a cessé de travailler. Il doit bien aller la voir de temps en temps.

— Tu sais où elle demeure ?

— Non. Je pourrais peut-être le savoir. Suzanne est encore très amie avec elle.

— Va lui demander.

— Elle n'est pas encore arrivée.

— Pour nous, vois-tu, c'est très important. Il faudrait avoir son adresse tout de suite.

– Si vous voulez attendre encore un peu, dit la jeune danseuse, Suzanne ne devrait pas tarder.

Ral enfila son verre d'un seul coup. Cet acharnement de Bernie à vouloir mener jusqu'au bout une entreprise aussi hasardeuse lui faisait peur. Il avait l'impression d'être engagé, bien malgré lui, dans une lutte décisive avec un ennemi bien organisé. Il se résolut à noyer son inquiétude dans l'alcool. Il se dirigea au bar et commanda un double scotch. Bernie resta seul avec Katy.

– La dernière fois que tu as vu Johnny, demanda Bernie, est-ce qu'il t'a parlé de moi?

– Non. Pourquoi?

– Pour savoir. Parce que je pense qu'il n'a plus confiance en moi. Il s'imagine que je veux le crosser. Ce n'est pas vrai. Je suis prêt à travailler pour lui n'importe quand… pourvu qu'il me paye. En tout cas, si tu le vois, j'aimerais bien que tu lui dises ça.

– Lui dire quoi? demanda Katy qui suivait d'une oreille distraite les propos de Bernie.

– Bien… ce que je viens de te dire… Ah! laisse donc faire, ajouta-t-il avec impatience.

Chez Bernie, cette détermination à agir dans des situations périlleuses finissait toujours dans le vague et l'imprécision. Même ses impulsions les plus vives avaient tendance à s'atténuer, à s'inhiber pour enfin sombrer dans l'indécision la plus totale. Une heure plus tôt, il était prêt à se venger et à tuer de sang-froid celui qui l'avait trompé. Maintenant, il mollissait, il cherchait à travers les excuses la voie du compromis. Si Johnny acceptait d'oublier l'affaire de la mallette et lui faisait de nouveau confiance, Bernie serait prêt à passer l'éponge. Toutefois, il eût bien aimé que Katy intervînt en sa faveur. Il était incapable, au fond, d'affronter Johnny, de lui parler d'homme à homme, d'aborder avec lui de telles questions. L'arme qui pesait dans la poche de son veston était le dernier argument qui lui restait.

– Tu sais, Johnny, dit la danseuse, je ne le connais pas tellement.

– Laisse faire, ajouta Bernie. Ce n'est pas grave. On va régler ça entre nous.

Le patron du café surgit de derrière le bar et se dirigea directement vers Bernie et Katy. L'homme était jeune et d'apparence soignée. Il avait le teint légèrement basané des Italiens du Sud. Sa démarche ne laissait aucun doute sur l'idée qu'il se faisait de sa personne. Il affichait une superbe assurance.

– Il faut que je te laisse, le boss s'en vient, dit Katy en rejoignant ses compagnes.

Le patron se planta, les deux mains dans les poches, devant Bernie.

– Salut, Roberto, dit Bernie intimidé par la morgue de son vis-à-vis.

L'Italien était l'homme de confiance des caïds du milieu. Depuis un an, Roberto dirigeait la boîte pour le compte de propriétaires anonymes, et ceux-ci l'utilisaient à diverses fonctions : messager, informateur, souteneur. Il ne prenait jamais d'initiatives et se contentait d'exécuter les ordres. Seulement les ordres qui venaient des « gros cigares » de l'organisation. Quant au menu fretin, il ne s'en préoccupait guère.

– C'est toi qui téléphones ici tous les jours depuis une semaine pour prendre des nouvelles de Johnny ? demanda Roberto sur un ton de reproche.

– Oui. Il me doit de l'argent. J'ai décidé de l'attendre et de m'expliquer avec lui.

– Il ne viendra pas. À ta place, je serais prudent. Tu le recherches peut-être pour te faire payer, mais lui il te court après pour te descendre. Tu ferais mieux d'aller voir ailleurs. Je ne suis pas intéressé à vous voir régler vos comptes ici.

– Où je peux le trouver ? demanda Bernie

– Je sais qu'il va souvent au *Dome Club* de ce temps-ci.

L'Italien souhaitait que cette dispute entre les deux hommes se déroule ailleurs. Les coups de feu, le sang qui coule, un macchabée qui traîne dans la place… autant d'événements qui attirent les policiers et finissent par causer des ennuis. Il avait reçu des ordres sévères de ses patrons :

«Pas de problèmes avec la police…» Aussi, il n'avait pas hésité à mettre Bernie sur une autre piste.

Ral rejoignit son compagnon. Il déposa sur la table deux verres de scotch pleins à ras bord.

– Dépêchez-vous de finir vos verres et allez régler vos petites affaires ailleurs. Je ne veux plus vous voir mettre les pieds ici, dit Roberto en se dirigeant vers le bar.

– Qu'est-ce qu'il lui prend? Il nous sacre à la porte? demanda Ral sur un ton indigné.

– C'est à cause de Johnny. Faut s'occuper de lui tout de suite. Non seulement il refuse de me payer, mais il se mêle de dire à tout le monde qu'il veut me descendre. Si c'est la guerre qu'il veut, il va l'avoir… puis une maudite!

Avant de quitter le café, Bernie s'approcha de Katy qui bavardait avec ses compagnes. Il la tira à l'écart et lui glissa à l'oreille:

– Je te téléphone dans la soirée. Si tu vois Suzanne, n'oublie pas de lui demander l'adresse de la petite amie de Johnny. C'est très important. Je compte sur toi.

Les deux amis sautèrent dans un taxi et se firent conduire au *Dome Club*. Ils y étaient venus quelques fois, mais n'étaient pas vraiment des habitués. Ils passèrent inaperçus. «Johnny ne doit pas se douter que je suis ici, pensa Bernie. Il est trop sûr de lui. Il pense que j'en ai peur. Je n'ai peur de personne. Tout ce que j'ai, je l'ai gagné de peine et de misère. Ce n'est pas lui qui va décider de mon sort. Ma peau vaut autant que la sienne.»

Les clients commencèrent à arriver en grand nombre. Et les deux hommes, assis près de la porte, examinèrent chaque visage qui passait sous les réflecteurs installés au-dessus du bar. La main droite dans la poche de son veston, Bernie caressait nerveusement son 38 chromé. Il savait à peine comment se servir d'une arme mais, à un mètre ou deux de distance, il était presque certain de ne pas manquer son coup. «Dès qu'il se montre, je fonce sur lui… se dit-il. Il ne faut pas que je lui donne une seule chance. Après, je descends le gros nègre et je me sauve.» Il n'avait jamais eu l'occasion de tirer à bout portant sur quelqu'un. Cette éventualité le remplissait d'une cruelle satisfaction. Il imaginait Johnny plié en deux, se tenant le ventre à deux mains, cherchant un endroit pour s'effondrer. Il le voyait par terre, les yeux hagards, un mince filet de sang au coin des lèvres. Il éprouvait une sorte de jouissance à la pensée que celui qui avait voulu le tromper était là, à ses pieds, se tordant de douleur et exprimant dans un ultime regard toute la peur de l'homme qui va mourir. Lui aussi, Bernie, avait peur de mourir, et cela n'inquiétait personne. Pourquoi, lui, s'inquiéterait-il de la mort des autres? Il se répéta à lui-même: «Ma peau vaut bien la sienne.»

Ral avalait coup sur coup des doubles scotchs. Il commençait à ressentir les effets de l'alcool. Il en avait assez également de dévisager les clients qui passaient sous les réflecteurs. Il n'était même pas certain d'ailleurs de reconnaître Johnny du premier coup, si ce dernier se présentait. De plus en plus, les objets avaient tendance à perdre leur forme et les visages leurs traits. Heureusement qu'il y avait quelque chose à boire, car il eût quitté les lieux depuis longtemps. Il préférait de beaucoup se soûler et passer la nuit avec une belle grosse fille affectueuse plutôt que de courir les bars à la recherche d'un homme trop habile pour tomber dans un piège aussi grossier. Il leva les yeux et aperçut Bernie qui se tortillait d'impatience sur sa chaise.

– Pour moi, dit Ral, Johnny ne viendra pas ici ce soir…

Bernie ne répondit pas et continua de scruter le visage de chaque client qui franchissait le seuil du café.

– … On ferait peut-être mieux d'aller voir ailleurs, poursuivit Ral.

– Roberto a dit que Johnny se tenait ici, répondit Bernie sur un ton agacé.

– C'est déjà plein de monde. Même si tu le descendais sur place, tu ne pourrais jamais t'en sortir… Et ce maudit gros nègre qui est toujours avec lui. Faudrait le surprendre tout seul. Ça ne nous donne rien d'attendre ici. De toute façon, il doit bien se douter qu'on le recherche.

Bernie essaya de réfléchir un moment. Ce que disait Ral avait un certain bon sens. Tout cela pouvait mal tourner. «Roberto nous a tendu un piège, et Johnny est peut-être déjà devant la porte, dans sa voiture, qui nous attend», se dit-il. Lutter contre ce petit caïd et ses amis était une entreprise risquée. Ils composaient une bande solidaire et bien organisée. Pourtant, il y a un instant, tout semblait si clair dans l'esprit de Bernie. Il avait imaginé un scénario sans bavures où tout se déroulait sans anicroche, comme au cinéma: Johnny se pointait au café en toute confiance, il l'abattait d'une balle ou deux, disparaissait ensuite dans l'ombre comme un tueur mystérieux que personne n'ose reconnaître. Il ne voyait plus les choses de la même façon. D'abord, il n'avait rien du beau et ténébreux assassin qui règle ses comptes avec élégance et va tranquillement finir la nuit dans les bras d'une maîtresse amoureuse et remplie d'admiration. Au contraire, il était maladroit, froussard et nerveux. Ral, son vieux copain, ne lui faisait plus confiance, Johnny se moquait de lui, Roberto le mettait à la porte du *Monte-Carlo*, les gens du milieu le laissaient tomber, il avait dans la poche une arme flambant neuve qu'il n'avait pas encore trouvé le moyen d'utiliser, il était sans travail et bientôt l'argent commencerait à manquer. Il lui restait seulement Katy, cette petite danseuse qu'il louait à l'occasion. Elle était gentille et douce. «Elle ne me laisserait pas tomber», se dit-il. La dernière fois qu'il avait fait l'amour avec elle, dans une petite chambre au-dessus du café, elle l'avait serré dans ses bras un bon moment et avait même fermé les yeux avec tendresse (les autres prostituées qu'il avait connues avaient toujours hâte d'en finir et le fixaient constamment d'un regard crispé). Au moment de la payer, elle avait même refusé le plein montant et lui avait glissé dans la main la moitié de la somme qu'il venait de lui verser.

Bernie vida son verre d'un seul trait et se leva brusquement. Il jeta autour de lui un regard inquiet. Il avait l'impression d'être sournoisement surveillé. Les amis de Johnny étaient peut-être tapis dans un coin, attendant le moment propice pour passer à l'action. Les événements des derniers jours s'étaient déroulés si rapidement, d'une façon si inattendue, qu'il n'avait pas eu le temps d'organiser sa défense. Il n'arrivait pas à surmonter la peur qui le tenaillait, cette peur d'être enlevé, battu, torturé et abattu enfin d'une balle dans la nuque, comme la chose se pratiquait généralement dans le milieu. Il se doutait qu'on l'eût déjà condamné à mort et que le moment de l'exécution fût arrêté. Il ne savait pas quand cela se produirait. Ce soir ? Demain ? Chose certaine, il était condamné.

Bernie descendit au sous-sol du *Dome Club* et téléphona à Katy. Il lui restait une chance : Gigi, la petite amie de Johnny. C'était le piège parfait. Johnny y viendrait sans doute seul, sans son gorille. Bernie l'attendrait pour lui régler son compte, dût-il tenir un siège de plusieurs jours et garder en otage l'ex-danseuse du *Monte-Carlo*.

– Je voudrais parler à Katy... Allô ! Katy ? C'est moi, Bernie. C'est pour l'adresse de Gigi. Est-ce que tu l'as ?... Bon, parfait ! Répète-moi ça tranquillement... Appartement 362. Je te remercie bien... Oui, je connais l'endroit.

Bernie rejoignit son copain et les deux hommes sortirent dans la rue. Ils se mêlèrent à la foule des passants et prirent le pas indolent des flâneurs du samedi soir. Bernie se retourna plusieurs fois pour s'assurer qu'ils n'étaient pas suivis. Au premier coin de rue, ils sautèrent dans un taxi.

L'immeuble de trois étages où habitait Gigi était modeste, et on accédait aux appartements sans être obligé de s'annoncer. Les deux hommes gravirent deux par deux les marches de l'escalier et frappèrent au 362.

Une grande brune aux yeux noisette, plutôt jolie et bien tournée, ouvrit la porte sans méfiance. Elle avait la tenue légère des femmes accueillantes qui ne lésinent pas avec leur corps. Sous son déshabillé vaporeux, ses longues cuisses minces et blanches s'offraient au plaisir des yeux en guise de prélude à des ébats amoureux. Elle sentait bon le savon parfumé.

– Qu'est-ce que vous voulez ? dit Gigi d'un air surpris.

Ral poussa la porte avec force et les deux hommes entrèrent dans la pièce. L'appartement était meublé avec goût, les fenêtres envahies de plantes vertes et de fleurs en pot ; un peu partout, des bibelots délicats ajoutaient une touche féminine et sensuelle à ce lieu réservé, semblait-il, aux plaisirs bâclés d'un visiteur toujours pressé et d'une hôtesse choyée et languissante. Le téléviseur montrait une image silencieuse et la stéréo murmurait en sourdine les lamentations d'une chanson rock.

– On veut voir Johnny, dit Bernie en mettant la main dans la poche de son veston.

– Il n'est pas ici, ajouta Gigi.

– Ça ne fait rien, on va l'attendre.

– Qu'est-ce que vous lui voulez?

– Lui parler.

– Vous ne pourriez pas faire ça ailleurs?

– Ici, on va être plus tranquille.

La jeune femme fut soudainement prise d'une troublante inquiétude. Elle connaissait Bernie de réputation. Elle le savait capable des plus basses cruautés. Quant à Ral, elle le connaissait peu. Le visage cireux de ce dernier exprimait tant de malveillance qu'elle resta saisie de frayeur. Bernie tapotait au fond de sa poche ce qui semblait être une arme. Johnny pouvait arriver d'un moment à l'autre, et Gigi eut le pressentiment que cette soirée se terminerait dans le sang. Elle était décontenancée. Impuissante à résister à ces deux intrus, elle chercha par la ruse à les éloigner.

– Johnny est en voyage, dit-elle. Je ne l'attends pas avant deux ou trois jours.

– On n'est pas pressé, dit Bernie.

– Pourvu que tu aies quelque chose à boire... nous autres, on peut rester aussi longtemps qu'il le faudra, ajouta Ral.

Elle comprit que son manège venait d'échouer. Elle songea un moment à trouver un moyen de prévenir son amant pour éviter le pire.

– Je peux essayer de lui téléphoner et lui demander de rentrer tout de suite... lui dire que vous l'attendez ici.

– Non! interrompit Bernie en se laissant tomber dans un divan moelleux. On aime mieux le prendre par surprise.

Ral s'approcha de la jeune femme et caressa du bout des doigts le fin tissu de son déshabillé.

– Ce n'est pas de la guenille, ça, dit-il. Johnny te traite bien, toi. Nous autres, il nous doit encore de l'argent.

– Si Johnny vous doit de l'argent, il va vous payer, dit Gigi en reculant de quelques pas pour échapper aux doigts du gros Ral.

– Il ferait mieux de se dépêcher... parce que nous autres on va se payer en nature... et c'est toi qui vas cracher.

Bernie éclata d'un rire grossier et niais. Gigi ramassa ce qui lui restait de sang-froid et menaça les deux hommes avec une étonnante assurance.

– Vous faites aussi bien de ne pas me toucher... parce que ça va vous coûter cher. Vous ne me faites pas peur. Si vous levez la main sur moi, j'en connais d'autres qui vont se charger de vos sales gueules.

Malgré cette bravade, elle sentait bien qu'elle n'aurait pas le dessus sur eux. Ils étaient armés et sans doute bien décidés à mettre leur projet à exécution. Johnny pouvait être retenu par ses affaires. Qui sait? Elle serait peut-être forcée de subir leur présence toute la nuit. Cette dernière éventualité lui faisait peur.

– Donne-nous quelque chose à boire, dit Bernie sur un ton arrogant.

– Je n'ai pas de boisson, répondit Gigi.

Ral s'en prit à un bahut de teck appuyé à la cloison du salon. Il en ouvrit les portes d'un geste brusque et répandit sur le sol son contenu hétéroclite. Il s'attaqua ensuite à un petit meuble de même bois qu'il vida avec une rage d'alcoolique frustré. Par la suite, ce furent les armoires, la lingerie, une commode. Tous les endroits qui pouvaient cacher de la boisson furent littéralement mis sens dessus dessous. Gigi restait plantée là, immobile, au milieu du salon. Ral s'approcha de la jeune femme et lui administra une gifle. Elle lança un petit cri aigu et se laissa choir dans un fauteuil, les bras repliés au-dessus de la tête pour se protéger.

– Salaud, dit-elle en pleurant.

Ral fonça sur l'ex-danseuse, la prit par un bras et la projeta par terre. Il se mit à quatre pattes au-dessus de la femme et retroussa ses vêtements jusqu'à la ceinture. Gigi se débattait avec la dernière vigueur, frappant son agresseur à coups de poing et à coups de genou. Il l'immobilisa en lui collant les épaules au plancher. Il se pencha pour l'embrasser. Elle lui cracha au visage. Fou de rage, l'homme la gifla à deux reprises. La tête de la jeune femme percuta contre le plancher, et un filet de sang apparut à la commissure des lèvres. Elle vint bien près de perdre connaissance. Ral en profita aussitôt pour lui écarter les jambes à l'aide de son genou droit. Il la serrait de plus en plus fort. D'un coup brusque des hanches, elle fit basculer l'homme qui perdit l'équilibre. Il se ressaisit, l'agrippa de nouveau et s'étendit de tout son long sur le corps épuisé de la jeune femme.

– As-tu besoin d'aide ? demanda Bernie qui assistait aux ébats de son ami avec la satisfaction d'un voyeur.

– Écarte-lui les jambes pendant que je lui fais son affaire, commanda Ral.

Bernie alla se placer à genoux aux pieds de Gigi, complètement immobilisée sous le poids de son assaillant. Il lui attrapa les chevilles qu'il écarta aussi loin qu'il put. Elle n'avait plus la force de résister. Ral plaça ses deux grosses mains sales sur le ventre de sa victime et se redressa lentement.

Tout à coup, un bruit de clé dans la serrure surprit Bernie. Il lâcha prise, courut jusqu'à la porte, sortit son arme et prit une position d'attaque.

– Grouille-toi, c'est Johnny, dit Bernie à mi-voix.

Ral se releva et courut rejoindre son compagnon. Pendant ce temps, Gigi retrouva ses sens et disparut par la porte de la cuisine qui donnait dans une remise. Les deux hommes retinrent leur souffle. Le bruit dans la serrure cessa. La jambe gauche de Bernie se mit à trembler comme jamais auparavant. Il braqua son revolver et fit signe à Ral d'entrouvrir la porte. Celui-ci hésita. Impatient, Bernie ouvrit lui-même la porte d'une main ; de l'autre, il brandit son arme à hauteur d'homme. Il n'y avait personne. Il avança prudemment et jeta un coup d'œil à l'extérieur, sur le palier ; il aperçut un homme, passablement éméché, penché devant la porte voisine, une clé à la main. « Excusez-moi, dit l'homme en gesticulant, je me suis trompé d'appartement. » Bernie referma la porte doucement et sentit un vif soulagement s'emparer de tout son être.

Au même instant, Gigi apparut au milieu du salon, les menaçant d'un fusil de calibre 12 au canon tronçonné. Le visage tuméfié, en proie à une violente colère, elle les interpella sur un ton hystérique.

– Maudits cochons ! Je vais vous tuer... Je vais vous tuer, cria-t-elle d'une voix étouffée.

– Tiens-toi tranquille, dit Bernie. C'était pour rire. On ne veut pas te faire de mal.

Elle tremblait de tout son corps et avançait lentement vers les deux hommes comme si elle voulait les abattre à bout portant. Elle ne semblait pas non plus se préoccuper de l'arme que Bernie tenait dans sa main.

– Elle est bien capable de tirer, dit Ral en se glissant derrière son compagnon pour se protéger.

– Allez-vous-en ou je vous tue, insista-t-elle avec rage.

Les deux hommes reculèrent de quelques pas. Elle avançait toujours, les menaçant à la fois de son arme et du regard. Ral ouvrit la porte d'un geste brusque et les deux compagnons sortirent en courant, sous les invectives et les jurons.

– Nous n'allons pas attendre ici toute la nuit, dit Bernie dissimulé dans l'encoignure d'une boutique située juste en face de l'appartement de Gigi. Elle a dû téléphoner à Johnny, et il n'osera pas venir sans prendre ses précautions.

Ral aussi en avait assez de cette chasse à l'homme improvisée. Il avait plus envie de faire la bombe, comme la nuit précédente, d'aller boire un bon coup, de fumer un joint avec des amis et de dormir dans les bras d'une fille docile. Les événements des derniers jours commençaient à l'irriter.

– On ferait mieux de s'en aller, dit Ral.

Les deux hommes marchèrent au hasard un long moment dans les rues animées de la ville. Le temps était doux et la nuit semblait propice à la flânerie. Bernie réalisa que le plan qu'il avait mis au point au début de la soirée était maintenant compromis. L'affrontement avec Johnny serait une fois de plus remis à plus tard. « Je serai tranquille, se dit-il, le jour où j'aurai sa peau. » Mais il savait que ce n'était pas facile. Au fond, sans se l'avouer vraiment, c'était beaucoup plus la peur d'être abattu le premier que le désir de se venger qui le tenaillait. S'il avait la certitude que Johnny ne cherchait pas à le liquider, ou à le faire liquider par des hommes de main, il mettrait immédiatement un terme à son projet. Mais comment savoir ? Johnny n'était pas le genre d'homme à revenir sur une décision. S'il avait condamné Ral et Bernie, ceux-ci devraient s'attendre à tomber dans ses filets un jour ou l'autre.

– Tu n'as pas l'intention de marcher comme ça toute la soirée, dit Ral sur un ton agacé.

– On pourrait s'arrêter pour manger.

– Pas ici, ajouta Ral. J'aimerais mieux aller à un endroit où ça bouge un peu, où il y a des femmes… La petite vache ! si elle ne s'était pas tant débattue, je l'aurais plantée. Elle m'a excité en maudit !

– Allons prendre un verre quelque part. Après, on verra.

Les deux hommes montèrent dans un taxi. Bernie décela beaucoup d'impatience et de contrariété chez son compagnon. Il sentit que Ral cherchait un exutoire, qu'il était prêt à se livrer à toutes sortes de débordements. Quant à lui faire entendre raison, c'était peine perdue. Ral paraissait frustré à la suite de son échec avec Gigi. Ses revers sexuels le conduisaient généralement à user de violence envers les femmes. Il était excité par l'échec, enhardi par le défi de posséder ce qui lui échappait. Bernie comprit tout de suite que la nuit qui s'annonçait serait consacrée à la satisfaction de la libido de Ral ; ce qui ne lui déplaisait pas non plus dans les circonstances, ayant lui-même grand appétit pour ce genre d'assouvissement.

– Où vas-tu comme ça ? demanda Ral.

Bernie haussa les épaules et demanda au chauffeur de les déposer près de l'entrée du pont Jacques-Cartier. Arrivés à destination, ils s'engagèrent à pied sur le pont. Au loin, les lumières multicolores qui montaient des manèges de la Ronde scintillaient dans le ciel comme un feu de Bengale. À leurs pieds coulaient les flots noirs du fleuve, mélange confus d'eau douce et d'immondices.

5

Henri avait du mal à fermer l'œil. Il passait trois heures du matin et il était encore là, étendu sur le dos, dans la même position depuis minuit, sans pouvoir trouver le sommeil. Il s'était couché, du reste, le cœur lourd et l'esprit agité de sombres pensées. La soirée avait été longue et pénible. Seul avec sa femme, il avait marmotté sans arrêt, pour lui-même, des griefs, des complaintes, des souhaits. Il n'avait pas eu bien sûr le courage de les exprimer à haute voix. D'ailleurs, Rollande ne l'avait pas non plus invité vraiment à se livrer. Elle était demeurée distante et silencieuse, le corps et l'esprit totalement accaparés par la télévision. De temps en temps, il avait jeté un coup d'œil en direction de sa femme, histoire de deviner ce qu'elle pensait, de surprendre peut-être un regard furtif qui trahirait une inquiétude, une interrogation. Rien. Elle s'était montrée aussi capable que lui de manifester, voire de maintenir sans broncher, une impénétrable indifférence. Les heures s'étaient ainsi écoulées dans un duel de froideur et d'apathie.

Maintenant, il était allongé aux côtés de sa femme, livré à des réflexions suggérées par le calme de la nuit. «Je sais, pensa Henri, que Rollande me reproche de m'éloigner d'elle de plus en plus... mais, bon sang ! qu'elle fasse un petit effort. Pourquoi ne cherche-t-elle pas à se rapprocher de nous, Dominique et moi ? Nous pourrions être très heureux. Nous formerions un trio solidaire, réuni par l'affection et la tendresse.

Mais non… au lieu de ça, elle préfère jouer les martyrs, traîner son air de chien battu toute la journée. Au fond, elle cherche à me culpabiliser, à me faire sentir que j'ai cessé d'être un mari le jour où je suis devenu un père. C'est facile à dire, mais les cordes sur lesquelles on fait jouer nos sentiments amoureux ne sont pas inusables. Que notre fille se soit taillée avec les années une place de choix dans mon cœur ne devrait pas lui faire oublier les années d'attachement et d'amour que nous avons connues ensemble. Pourquoi me refuse-t-elle le droit d'aimer ma fille à ma façon? Les égoïstes ne savent pas vieillir. Ils se réfugient dans l'espoir d'amours exclusives, d'admiration sans partage, aussi illusoires que l'immortalité des corps. »

Henri se retourna sur le côté à la recherche d'une position plus confortable. Il faisait chaud dans la chambre, et les moiteurs de son corps l'incommodaient. Il repoussa les couvertures au pied du lit. Sa nudité lui apparut soudain comme un outrage à l'élégance. Il se retourna sur le ventre. « Je me demande bien pourquoi elle se plaint, se dit-il en pensant à sa femme. Je n'ai jamais eu d'autres femmes dans ma vie ; même si quelquefois je me surprends à rêver à des folles aventures, je ne trouverai jamais le bonheur et la paix dans les bras d'une autre. C'est vrai que je ne suis plus l'amant idéal, ni le mari parfait… après tout, je n'ai rien du héros. Je n'ai jamais réalisé de grandes prouesses, et la vie que je mène entre le bureau et la maison n'est guère propice aux exploits. Qu'on me laisse seulement donner libre cours à mon affection pour Dominique… c'est tout ce que je demande. Elle est ma seule raison de vivre. »

Il n'arrivait pas à trouver le sommeil, ce n'était pas uniquement à cause de toutes ces idées qui lui trottaient dans la tête. Depuis minuit, il n'avait cessé de prêter l'oreille à chaque bruit qui montait de la rue : une voiture qui ralentit et s'arrête, le murmure d'une conversation, des pas dans l'allée. Il savait qu'il ne pourrait pas s'endormir avant que Dominique ne soit rentrée. Chaque fois, c'était la même chose : dès qu'elle retardait, il se rongeait d'inquiétude.

Il se leva, enfila sa robe de chambre et se rendit à la cuisine. L'horloge marquait quatre heures et demie. Il sortit à l'extérieur pour s'assurer que Dominique n'était pas en train de bavarder avec Pierre, à la porte, comme cela lui arrivait quelquefois. L'aube redoutable éclairait d'une lumière triste le quartier silencieux. Les véritables pressentiments naissent dans l'arrière-fond que notre esprit ne visite jamais. «Un accident est si vite arrivé», se dit-il. Il vérifia si elle n'était pas dans sa chambre. Sur le couvre-lit rose et blanc, disposé avec soin et sans un pli, reposait le toutou en peluche qu'il avait offert à sa fille lorsqu'elle avait trois ou quatre ans. «C'était le bon temps... pensa-t-il. Je savais, en rentrant du bureau, qu'elle était là, qu'elle serait là le lendemain, et ainsi tous les autres jours. Et ces longues marches que nous prenions ensemble dans les rues du quartier, main dans la main... Aujourd'hui, elle est devenue une femme imprévisible, insaisissable ; de plus en plus, sa vie se déroule à l'extérieur, avec des personnes que je n'ai jamais vues, que je ne verrai peut-être jamais. Ce monde est en train de l'ensorceler, de la séduire, de l'arracher à mon affection.» Il s'approcha de la fenêtre, de sorte qu'il put observer chaque voiture qui débouchait de la route principale. Il resta un long moment les yeux fixés sur le carrefour. La circulation était clairsemée. De minute en minute, l'inquiétude le gagnait davantage.

Henri tenta d'échapper à cet état trouble, à cette appréhension d'une souffrance qu'il refusait d'envisager. Il erra dans la maison comme un écureuil en cage, allant d'une fenêtre à l'autre, d'une porte à l'autre, constamment à la recherche d'un signe, d'un indice, d'un encouragement qui eussent pu le libérer de cette anxiété qui le taraudait. Sa patience aussi l'abandonna. Il eut envie de parler à quelqu'un, de faire quelque chose, afin que la crainte d'un malheur qui le hantait en vînt à lâcher prise. Il retourna dans sa chambre et secoua Rollande qui dormait paisiblement.

– Tu sais l'heure qu'il est ? demanda Henri.

– Qu'est-ce qui te prend ? dit Rollande à demi réveillée.

– Il est cinq heures du matin et Dominique n'est pas encore rentrée.

– Et puis ?

– Et puis !… Et puis ! tu trouves ça normal, dit Henri sur un ton indigné.

– Elle a dû s'amuser un peu plus longtemps que d'habitude, aller chez des amis…

– Des amis ! Quels amis ? Elle passait la soirée avec Pierre à la Ronde ; la Ronde est fermée depuis longtemps. Où veux-tu qu'elle aille ? À cinq heures du matin, les gens sont couchés.

– Mon Dieu ! s'exclama Rollande, les yeux grands ouverts, assise au milieu du lit. Dominique a dix-huit ans, ce n'est pas une enfant. Quand bien même qu'elle s'amuserait, une fois, jusqu'aux petites heures du matin. Ce n'est pas un drame.

– Elle pourrait téléphoner.

– Tu crois que les jeunes ont le goût de téléphoner à leurs parents à cinq heures du matin pour leur dire qu'ils s'amusent ?

Henri réalisa que Rollande ne partageait pas son inquiétude, mais il n'était pas rassuré pour autant. Il s'assit au bord du lit et plongea sa tête dans ses mains. La fatigue s'empara soudain de son corps ; son esprit, toutefois, était traversé de sinistres images, trop obsédantes pour qu'il puisse enfin trouver le repos.

– Tu devrais t'étendre et essayer de dormir, dit-elle avec douceur.

« Évidemment, ce n'est pas moi qui pourrais lui causer une telle inquiétude », se dit Rollande. Henri s'étendit sur le dos et ferma les yeux. Ce fut, entre deux gisants lourds de silence et de tristesse, un dialogue de sourds et de muets. « J'aurais dû lui offrir d'aller la chercher à la Ronde à la fin de la soirée », se reprocha-t-il. « Sa fille finira par le rendre fou », pensa-t-elle. « Où est Dominique en ce moment ? Avec qui est-elle ? Qu'est-ce qu'elle peut bien faire ? » songea Henri. « Pauvre enfant ! se dit Rollande. Aussi longtemps que son père vivra, elle l'aura toujours sur les talons. »

Henri réussit enfin à s'assoupir. Cette fois, c'est Rollande qui n'arrivait plus à dormir. L'attitude d'Henri l'inquiétait bien davantage que le retard de sa fille. Avec les années, elle avait toujours hésité à se l'avouer vraiment. Henri devenait gâteux, surtout dans ses rapports avec Dominique. Elle soupçonnait son mari d'être capable des pires bêtises pour garder sa fille près de lui, pour étendre sur elle son empire et sa domination. Même si elle était laissée-pour-compte dans cet échange de sentiments, Rollande appréhendait le jour où un conflit éclaterait entre Dominique et son père. Sans doute influencée un jour par un homme qui voudra la garder pour lui-même, la jeune fille finira par manifester un sentiment d'indépendance que son père n'acceptera jamais. Elle redoutait qu'Henri ne pût supporter une telle séparation. Tout pouvait se produire à ce moment-là. Elle n'osait pas admettre qu'il était capable d'aller jusqu'au crime, jusqu'à la destruction : la sienne, celle de sa fille ou celle encore d'un rival. Cette pensée lui traversa l'esprit. Pour Henri, Dominique était le centre de sa vie et tout le reste n'avait aucune importance. Son travail ? Il était insignifiant et sans gratification. Sa famille ? C'était Dominique, point final. La fortune ? Elle lui avait depuis longtemps échappé et il savait qu'il ne la rattraperait jamais. Les plaisirs de la vie ? Il n'avait ni le courage d'en profiter ni l'audace de les rechercher. Rollande se méfiait des personnes qui vouaient leur existence à un seul être ou au triomphe d'une cause unique. Pour elle, ces personnes s'engageaient inévitablement dans une voie sans issue. Quand on s'identifie à une fragile possession, on risque de tout perdre. Ce n'était pas son cas à elle. Ces années passées entre l'aspirateur et la laveuse lui avaient enlevé tout désir de posséder quoi que ce soit. D'abord, les êtres qu'elle avait aimés et chéris se détachaient d'elle graduellement ; ensuite, les objets qui l'entouraient avaient quelque chose de dérisoire, et elle n'avait pas le sentiment de les posséder vraiment. Bien sûr, elle se réjouissait de l'usage qu'elle en faisait, mais elle eût été capable de s'en séparer sans sombrer dans la neurasthénie. « Lui, il est trop vulnérable, pensa Rollande. Dès qu'il s'agit de sa fille, il perd tous ses moyens. »

Henri ouvrit les yeux. Il passait sept heures. Il eut comme un serrement au creux de l'estomac qui l'empêcha de respirer à l'aise. Il se leva d'un bond et marcha jusqu'à la fenêtre. Le temps était humide et chaud, d'épais nuages gris recouvraient le ciel. Il demeura insensible au monde extérieur. Une seule question l'obsédait : où est Dominique ? Il se retourna vers sa femme :

– As-tu une idée de ce qu'elle peut bien faire ? demanda-t-il d'un air ahuri.

– Je n'en sais rien.

– Ce n'est pas son habitude de passer la nuit dehors sans avertir.

– …

– Il lui est peut-être arrivé quelque chose, je ne sais pas… elle est peut-être tombée malade et Pierre a oublié de nous informer, dit Henri. Je vais téléphoner aux parents de Pierre. On verra bien.

Il se dirigea vers le téléphone. Il espérait qu'au bout du fil quelqu'un le rassurât. Juste un mot d'encouragement, c'est tout ce dont il avait besoin. Sa joie de la savoir saine et sauve ferait le reste, il retrouverait alors le calme et la quiétude. La sonnerie du téléphone à l'autre bout n'achevait plus de vibrer. Il insista inutilement. « Allons, qu'est-ce que vous attendez ? Répondez ! » Il laissa sonner encore quelques coups. Il raccrocha nerveusement, attendit un moment et recomposa de nouveau. « Je me suis peut-être trompé en composant la première fois. » Pas de réponse. Cette fois, son impatience était mêlée de colère. Il s'adressa à sa femme.

– Veux-tu bien me dire pourquoi ils ne répondent pas ?

– Tout simplement parce qu'ils ne sont pas là, dit Rollande. Ils ont dû s'absenter pour le week-end.

– Et Pierre ? Il devrait être chez lui.

– Il est avec Dominique…

– À moins que… (L'idée que les deux jeunes gens puissent être seuls dans la maison, tendrement enlacés, le heurta de plein fouet. Cette image le mit hors de lui-même.) Le petit salaud ! s'il a débauché ma fille, il va s'apercevoir que c'est un exploit qui coûte cher.

— Calme-toi, dit Rollande. Tu ferais mieux d'attendre et de discuter de tout cela avec Dominique avant de t'emporter. Elle va sûrement vouloir donner son avis.

— Tu ne vas pas croire que c'est elle qui a entraîné Pierre ?

— Non, bien sûr. Mais des fois... si elle était consentante.

— Tu es folle ? Dominique n'est pas la fille à se jeter au cou du premier venu.

— Elle connaît Pierre depuis six mois... et tout laisse croire qu'elle l'aime bien.

— Ce n'est pas une raison pour coucher avec lui.

— Tiens ! dis-moi donc, alors, pour quelle autre raison deux jeunes gens normaux consentiraient à coucher ensemble.

— Je n'en sais rien... mais Dominique, ce n'est pas la même chose.

— Bien sûr ! c'est ta fille, ta fille chérie. Et tu crois qu'à cause de cela elle va refuser de devenir une femme, d'être une femme, dit Rollande, qui sentit naître en elle le désir depuis longtemps refoulé d'être méchante, du moins un peu méchante. Pourquoi, enchaîna-t-elle, Dominique aurait-elle besoin de ton consentement si elle a envie de se donner à un jeune homme qu'elle aime ?

— La question n'est pas là, ajouta Henri qui cherchait à éviter d'engager la discussion sur ce sujet.

— Alors, c'est quoi le problème ?

— Tu ne comprends pas.

— Oh oui, je comprends très bien.

— Alors, garde tes réflexions pour toi. Je ne suis pas en air de discuter de ces choses-là ce matin.

— Comme tu voudras. Mais, un jour ou l'autre, tu seras bien obligé de faire face à la réalité.

Henri feignit de ne pas entendre la dernière remarque de sa femme et se dirigea vers la salle de bain. Rollande resta étendue sur le lit, un léger sourire sur les lèvres. Elle ressentait une petite satisfaction, une modeste réparation aux offenses qu'elle avait subies ces derniers temps. Elle n'était pas allée jusqu'au bout de sa pensée, mais elle avait quand même réussi à faire naître chez Henri un léger trouble. Il avait refusé de discuter, il était donc à court d'arguments. Ce fut pour elle une petite victoire qui la remplissait de confiance, comme le joueur de poker qui est en train de tout perdre et qui voit tout à coup la chance lui sourire. Toutefois, elle ne se fit pas d'illusions. Son mari resterait aveuglé par l'affection qu'il vouait à sa fille et continuerait d'être sourd à toute démonstration raisonnable.

– Où vas-tu comme ça ? demanda Rollande en apercevant son mari en train d'enfiler un pantalon.

– Je veux en avoir le cœur net. Je fais un bond chez Pierre.

– Tu vas te rendre complètement ridicule… Et, même si tu les surprends ensemble, qu'est-ce que ça va changer ? Qu'est-ce que tu vas lui dire ?

– Je trouverai sur place les mots qu'il faut, ajouta Henri sur un ton sec et tranchant.

– Tu devrais te rappeler qu'elle est majeure et qu'elle est libre de faire ce qui lui plaît.

Henri sortit d'un pas décidé et sauta dans sa voiture. Sa colère et son irritation chassaient l'anxiété, comme des coups de marteau chassent le silence. Il roula en direction de la demeure de Pierre avec une seule idée en tête : faire entendre à ce jeune homme un peu trop entreprenant que sa fille n'est pas de celle que l'on bouscule dans un lit à la première occasion. « Ce n'est pas un garçon pour elle, pensa Henri. Il est hypocrite et sournois. Je ne vois vraiment pas ce que Dominique peut trouver à ce grand flanc-mou. » Tous les griefs envers Pierre qu'il avait ancrés au fond de lui-même pour ne pas contrarier sa fille remontaient maintenant à la surface. « … En plus, il est prétentieux et arrogant », se dit-il.

Arrivé sur les lieux, Henri fit le tour de la maison. C'était un modeste bungalow de briques beiges entouré de pétunias et de rosiers sauvages. Il sonna à la porte d'entrée. Pas de réponse. Il revint dans la cour arrière, monta sur une table de pique-nique et frappa aux fenêtres. Personne. Il mit ses deux mains en visière, les appuya à la vitre de la porte-fenêtre qui donnait dans la salle de séjour. La maison était vide comme un vaisseau fantôme à la dérive. «Pour l'amour de Dieu, où sont-ils allés? se dit Henri qui sentait sa colère faire place à la peur, à cette inquiétude qui l'avait bouleversé toute la nuit. Peut-être sont-ils repartis, juste un peu avant que je n'arrive», pensa-t-il pour se rassurer. Un voisin taillait ses rosiers. Il s'approcha de la palissade et s'informa des allées et venues de la famille Lévis. L'homme, abrité sous un large chapeau de paille, lui répondit n'avoir vu personne.

– Ils sont partis jusqu'à mardi, ajouta le jardinier du dimanche.

– Et Pierre, le fils?

– Je ne l'ai pas vu non plus.

Henri resta un bon moment planté au milieu de la cour, la tête basse. Il avait l'air de tomber des nues.

Ce qui semblait être, au début, une simple incartade prenait maintenant l'apparence d'une fugue. À moins qu'il n'y eut une autre explication à ce long retard inhabituel. «Pourvu qu'il ne lui soit rien arrivé…» se dit-il. Plus l'écart de conduite se prolongeait, plus il se sentait prêt à pardonner. Ce qui avait pu se passer durant cette nuit avait de moins en moins d'importance. Seul comptait pour lui l'instant où il reverrait Dominique. Il ne savait pas s'il devait rester là à attendre, ou retourner chez lui et reprendre avec Rollande cette stérile dispute au sujet de la liberté de Dominique, ou encore parcourir les rues à la recherche d'une piste, d'un signe…

Henri choisit de rouler au hasard des rues. En ce dimanche matin de juillet, la ville paraissait abandonnée et déserte, comme si un fléau avait frappé ses habitants. L'aspect sinistre du décor qui l'entourait, les soucis qui l'accablaient depuis la nuit, amplifièrent son tourment et lui crispèrent le visage. Ce qui avait été de l'inquiétude, puis de l'anxiété, se transformait en une sorte d'affolement tous azimuts: ou bien Dominique avait passé la nuit avec Pierre, et c'était très fâcheux; ou bien elle était tombée malade et on avait dû la transporter d'urgence à l'hôpital, et c'était dramatique; ou bien, pire encore, elle avait été victime d'un grave accident, et c'était tragiquement insupportable. L'angoisse le saisit comme dans un étau. Il serra les poings pour réprimer un haut-le-cœur. Sa vue commençait à se brouiller, et il s'arrêta un instant pour reprendre ses sens. Il en profita pour téléphoner à la maison. Rollande avait peut-être reçu des nouvelles, Dominique était peut-être rentrée. Son espoir s'avéra de courte durée. Personne n'avait donné signe de vie.

Henri passa l'après-midi à errer comme une bête solitaire. Le monde autour de lui n'était plus qu'un vaste ensemble de silhouettes aux contours incertains. Il devenait de plus en plus insensible aux objets et aux êtres qu'il côtoyait. Il était épuisé, crevé, et seul l'espoir de sortir enfin de ce long cauchemar l'empêchait de s'effondrer. À tout bout de champ, il téléphonait à Rollande pour prendre des nouvelles. Toujours rien. L'incertitude lui rongeait l'âme. Il voulait savoir… savoir à tout prix. Il cherchait désespérément à mettre un terme à toutes les folles hypothèses qu'il échaufadait et qui se bousculaient dans son esprit agité comme autant de messagers de malheur. Savoir, c'était déjà commencer à accepter le pire. Son incertitude ressemblait à une torture de l'âme, comme la mort qui tarde à s'annoncer et qui ricane sur le seuil de la porte. Il ne se faisait pas d'illusion sur son courage en cas de catastrophe. Il n'avait jamais manifesté beaucoup de cran dans l'adversité, ni connu de grands malheurs qui eussent pu éprouver sa résistance aux calamités.

Les heures s'écoulaient implacables et sans réponse. La nuit naissante arrachait au ciel les derniers lambeaux de lumière, et les fenêtres éclairées perçaient les façades grises des édifices de la ville. Henri passa de l'incertitude au désespoir, de l'affolement à la panique. Tout lui semblait maintenant perdu. Il cessa de téléphoner à la maison où Rollande, du reste, commençait à montrer des signes d'inquiétude. Elle avait épuisé ses batteries d'explications faciles et ne trouvait plus rien à dire. Il était seul, seul et désemparé. S'il réussissait à entrer en contact avec le monde extérieur, à enfermer dans des phrases, dans un dialogue rassurant, son angoisse, il pourrait s'en arracher, s'en libérer. Mais il n'avait personne à qui parler, personne à qui se confier. Pourtant, il ressentait le besoin d'agir. Il fallait sauver Dominique, si c'était encore possible, et se sauver lui-même, si c'était utile et nécessaire dans les circonstances.

Henri entra dans le premier poste de police qu'il trouva. Un constable, vêtu d'un uniforme bleu, l'accueillit poliment. Les deux hommes se regardèrent sans dire un mot. À l'instant où Henri ouvrit la bouche pour s'expliquer, n'y tenant plus, il éclata en sanglots. Tout son corps tressaillit sous le coup de l'émotion. Il n'arrivait plus à retenir sa douleur et se laissa aller de tout son soûl. Le constable se montra patient et attendit qu'Henri eût terminé sa crise de larmes.

– Allez, maintenant expliquez-vous calmement, lui dit le policier.

Henri gémit quelques mots par saccades, entrecoupés de sanglots et de reniflements bruyants. Il se moucha avec discrétions, s'essuya les yeux et poursuivit son récit. C'était pathétique : sa petite fille était disparue, il fallait chercher partout, la retrouver, parce que lui ne survivrait pas à tant de douleur.

– Mais elle est disparue depuis quand, votre fille ? demanda le constable.

– Depuis la nuit dernière.

– Elle a quel âge ?

– Elle vient d'avoir dix-huit ans.

Le policier fronça les sourcils et jeta un regard de coin à Henri. Il ne savait plus s'il devait en rire ou s'attendrir. «Une fille de dix-huit ans qui passe la nuit dehors, il y a pas lieu de faire un drame», pensa-t-il. Mais le vieux lui faisait pitié.

– Dans quelles circonstances a-t-elle disparu ?

– Elle a rencontré son ami vers six heures, hier soir à la Ronde, et elle n'est pas revenue.

– Mon pauvre monsieur ! il n'y a vraiment pas lieu de vous inquiéter. Vous savez, ici, on voit ça tous les jours des jeunes filles qui partent en week-end avec leur petit ami.

– Oui, mais ma fille, ce n'est pas pareil. Si elle avait voulu partir avec ce garçon, elle m'aurait averti, elle aurait trouvé le moyen de me téléphoner. J'ai plutôt l'impression qu'il lui est arrivé quelque chose… un accident peut-être… Je ne sais pas…

– Écoutez, ne vous tracassez pas pour rien, dit le policier sur un ton rassurant. Vous allez me donner son signalement et, dès que nous aurons des nouvelles, nous communiquerons avec vous.

Henri débita les coordonnées d'usage, fournit un portrait circonstancié des deux jeunes gens (il tira d'un vieux portefeuille de cuir noir une photo de Dominique qu'il remit au policier). Le tout fut complété par une description presque maniaque des vêtements que Dominique portait lorsqu'il la vit pour la dernière fois. Il pensa aux emplettes qu'elle avait effectuées quelques jours auparavant : le pantalon blanc, la blouse en soie bleu pâle. Il eut l'impression qu'elle était là devant lui, bien vivante. Il insista même avec exagération sur une petite chaîne de cou qu'il lui avait offerte au dernier Noël et qu'elle roulait sans cesse entre ses doigts quand elle était nerveuse ou contrariée. Le policier eut du mal à le suivre et, mine de rien, escamota les derniers détails superflus. Henri quitta le poste de police abattu et découragé. Il enleva ses lunettes et se frotta violemment les yeux. Il ne lui restait plus rien d'autre à faire que de rentrer à la maison…

* * *

– Henri, viens manger, lança Rollande. Tu n'as presque rien pris depuis deux jours. N'attends pas d'être malade.

Henri se tenait assis, songeur, sur le patio, la tête dans les mains, les coudes sur les genoux. L'état d'apathie morbide dans lequel il était plongé depuis plusieurs jours, malgré les dizaines de valiums qu'il avait avalées, le détournait de toute préoccupation, physique ou autre. Il n'avait pas plus envie de manger que de parler. Il n'avait surtout pas le cœur à entendre des discours, des remontrances et encore moins des conseils et des encouragements. Une seule chose importait : Dominique était-elle encore vivante ; si oui, où était-elle ?

Dès qu'il entendit l'appel de sa femme, Henri se leva et, en direction opposée à celle d'où venait la voix, disparut entre les massifs de pivoines qui bordaient le terrain. Rollande le suivit des yeux. «Pourvu qu'il ne perde pas tous ses esprits», pensa-t-elle.

En dépit des coups de téléphone répétés à la police – ils avaient même alerté la Sûreté – ils restaient toujours sans nouvelles. Les heures, les jours passaient et l'état mental d'Henri se détériorait. Il passait son temps dans le salon ou sur le patio, assis comme le penseur de Rodin ou debout comme une statue de pierre, sans parler. Si quelqu'un lui adressait la parole, il changeait de place, tel un automate mû par une étrange mécanique. Henri avait rompu tout lien avec sa femme. Il ne lui adressait plus la parole et agissait comme si elle n'existait pas. La nuit, il dormait n'importe où ; le jour, il la fuyait. Isolée et solitaire, Rollande faisait contre mauvaise fortune bon cœur, et bon ménage. Sa résignation la réduisait à un sort sans originalité. Il eût été vain de vouloir corriger par des explications inopportunes un climat rendu malsain et pénible en raison des heures tragiques qu'ils vivaient tous les deux. «Le temps arrange bien des choses», pensa Rollande. Elle n'oubliera jamais sa fille, mais elle cessera de souffrir de cette fatale et définitive absence, un peu comme on regrette, sans souffrir, son enfance et sa jeunesse lorsqu'elles ne sont plus qu'un souvenir lointain, à jamais enfoui dans les replis du temps passé.

Une voiture de police s'immobilisa devant la porte. Henri l'aperçut de loin et se précipita au pas de course en direction de la maison. Il arriva essoufflé, les lunettes de travers dans le visage. Il était nerveux et agité.

– Avez-vous des nouvelles ? Avez-vous des nouvelles ? dit Henri d'une voix haletante.

– Vous êtes bien monsieur Berger, dit le policier en descendant de voiture.

– Oui, c'est moi.

– Ne restons pas ici, j'ai à vous parler.

Henri précéda le policier et les deux hommes entrèrent dans la maison. En les apercevant, Rollande laissa partir un sanglot étouffé et porta la main à sa bouche. Elle eut soudain l'intuition que cette visite cachait une mauvaise nouvelle.

– Vous êtes bien les parents de Dominique ? demanda le policier qui cherchait un moyen de briser la glace.

– Oui, ajouta Rollande d'une voix neutre.

Henri se laissa tomber dans un fauteuil. Il n'avait plus la force de poser des questions et se contenta de fixer le policier d'un regard éperdu.

– Vous m'excuserez si je vais direct au but de ma visite, dit le policier qui n'en était pas à sa première mission du genre. Je ne veux pas prolonger votre peine par des détours inutiles. Nous avons retrouvé votre fille. Deux pêcheurs ont aperçu son corps qui flottait sur les eaux du fleuve. Nous nous sommes rendus sur les lieux et nous l'avons immédiatement identifiée à partir du signalement que monsieur Berger avait fourni à la police quelques jours auparavant. Une heure plus tard, à environ cinq cents mètres plus loin, nous repêchions le corps de son ami, Pierre Lévis. L'enquête est en cours et nous vous fournirons plus de détails dans les heures qui vont suivre.

– Mon Dieu ! s'exclama Rollande. Qu'est-ce qu'il s'est passé ?

– Comme je viens de vous le dire : pour le moment, je n'ai pas de précisions. Dès que le médecin légiste aura produit son rapport, nous vous tiendrons au courant. Soyez sans crainte, rien ne sera négligé. Nous ferons tout notre possible pour éclaircir cette affaire.

– Êtes-vous bien sûr que c'est Dominique ? demanda Rollande qui espérait trouver, dans une erreur possible d'identification, une dernière raison d'espérer.

– Il n'y a aucun doute, chère madame. Avec la photo et la description que votre mari a fournies, nous n'avions aucune chance de nous tromper, dit le policier qui voulait écarter tout faux espoir.

Rollande tourna la tête vers son mari. Il était immobile et silencieux. Le choc qu'il venait de subir le plongeait dans un gouffre. L'univers tout entier s'engloutissait en lui et Henri, à jamais dépouillé du monde, se décomposait en lui-même dans ce vide dont aucun mot, aucune image ne pouvait cerner le contour infini. Elle le dévisagea comme au sortir d'un cauchemar.

6

Henri se réfugiait dans sa chambre et n'en sortait plus que pour satisfaire, de temps à autre, un besoin naturel. Deux fois par jour, Rollande franchissait le seuil de cet antre englué d'angoisse, déposait sur la table de nuit un plateau de nourriture, et en ressortait aussi vite sans dire un seul mot. À quelques reprises, elle l'avait entendu parler seul, à voix basse, mais elle n'avait pas saisi ce qu'il se racontait. Une fois, elle avait osé coller son oreille à la porte. La nuit, Rollande se retirait dans la chambre de Dominique et, avec l'aide d'un somnifère prescrit par le médecin, parvenait à dormir sans trop de difficulté. Elle avait défait un tout petit coin du lit, juste ce qu'il fallait pour se glisser sous les couvertures, elle n'avait ouvert ni la penderie ni les tiroirs de la commode. Elle se sentait encore trop vulnérable. Le drame était trop récent. Elle préférait attendre quelques jours avant de s'exposer à d'aussi vives émotions. Pour l'instant, elle languissait dans la monotonie, l'oisiveté et la peur. Le jour viendrait pourtant où elle devrait affronter, seule, un mélange d'obligations matérielles, de responsabilités morales et de corvées sociales. Une fois l'enquête du coroner terminée, des échéances se dresseraient devant elle, à court et à moyen terme : la famille qui rappliquerait sûrement, les obsèques, les courses à faire. Il fallait aussi s'occuper du cas d'Henri. Lorsqu'elle réalisa combien le fardeau qui l'attendait était lourd, elle fut prise d'un sentiment d'impuissance, d'une sorte de faiblesse qui lui enlevait toute capacité d'agir. «Je n'y arriverai jamais toute seule», se dit-elle.

Sur ces entrefaites, Marcel Primeau fit son apparition. Il avait suivi de près toutes les étapes du drame. Retenu à l'extérieur de la ville depuis le début des événements, il était demeuré en contact avec les Berger. Aussitôt mis au courant de l'accident, il avait eu une pensée pour son ami de longue date. Il savait combien Henri aimait sa fille, ce qu'elle représentait pour lui. Il avait tout de suite imaginé la gravité de l'épreuve que son compagnon de travail traversait. Marcel avait multiplié les coups de téléphone dans un effort pour réconforter Henri, encourager Rollande, offrir ses services; bref, il avait vécu, même à distance, chaque instant du drame en communion de sentiments avec ses amis. Maintenant, il était là, prêt à intervenir à tout moment en cas de naufrage.

– Comment est-il? demanda Marcel.

– Au plus mal. Il ne quitte plus sa chambre.

– J'ai bien l'intention d'avoir une longue conversation avec lui. En attendant, as-tu besoin de quelque chose?

– Je ne sais vraiment plus par quel bout commencer.

– Ne t'inquiète pas, je m'occupe de tout.

– Pour commencer, est-ce que les policiers ont fourni des précisions sur ce qui s'est passé? demanda Marcel avant de montrer à Rollande le journal qu'il tenait sous le bras.

Il voulait s'assurer qu'elle fût au courant des détails, afin de lui épargner le choc brutal d'un récit journalistique.

– Oui, ils ont parlé d'accidents, de meurtres... C'est terrible! Je ne veux pas y penser, avoua Rollande.

– Parce que le journal, ce matin, en parle longuement. Ils en sont encore aux hypothèses, semble-t-il.

Un journal à sensation étalait en première page des photos, un titre en caractères gras: «Deux jeunes gens précipités en bas du pont Jacques-Cartier.» L'article, dans les pages intérieures, rapportait que les policiers n'écartaient pas, pour le moment, l'hypothèse du meurtre crapuleux et gratuit. «Selon les renseignements recueillis, disait le journal, les deux jeunes gens auraient été vus pour la dernière fois en fin de soirée, samedi dernier, alors qu'ils s'engageaient à pied sur le pont Jacques-Cartier.» Plus loin, le journal précisait : «Tout laisse croire que la jeune fille aurait été molestée, pour ne pas dire davantage. Un policier a même laissé entendre que les enquêteurs auraient trouvé, sur une large plate-forme située sous le tablier du pont, des pièces de vêtements appartenant à la jeune fille.» Puis suivait toute une série de détails : le nom et l'adresse de la jeune fille, le nom de son ami ; des suppositions déballées sur un ton indigné – peut-être un meurtre révoltant, un accident inexplicable.

Marcel déposa le journal sur la table de cuisine. Rollande y jeta un coup d'œil rapide, mais lorsqu'elle aperçut la photo de Dominique à la une, la même photo qu'Henri conservait précieusement dans son portefeuille, elle détourna aussitôt la tête. Elle qui se délectait, à l'occasion, à lire des récits de faits divers, l'idée de parcourir une chronique où elle se sentait émotivement concernée souleva en elle une répugnance instinctive. Cette tragédie familiale lui paraissait déjà assez pénible à supporter, à surmonter, qu'elle trouva grotesque qu'un deuil privé pût devenir un divertissement populaire.

– Maintenant, parlons de toi, dit Marcel. Comment te sens-tu ?

– Plutôt fatiguée et inquiète.

– Inquiète pour Henri ?

– Pour Henri et pour moi. Je me demande ce que je vais devenir s'il continue à se laisser aller de cette façon.

Rollande vit sa sécurité menacée par la détérioration de son univers, un univers aux frontières étroites, délimitées par le quotidien et la servitude. Si Henri s'écroulait, cela signifiait pour elle l'effondrement et la ruine. Son destin était lié, et ce bien malgré elle, à celui de son mari. Pour se libérer, à l'aide de ses propres ressources, de cette sujétion qui la confinait à un rôle de courtisane fragile, vulnérable, cela eût supposé une autonomie des moyens qu'elle se sentit incapable d'organiser. Sauver Henri, c'était se sauver elle-même, du moins pour le moment, le temps de se retourner et de faire l'inventaire de ses capacités.

– Il faut que tu parles à Henri, dit Rollande d'une voix suppliante, que tu lui fasses comprendre que moi aussi j'existe. Il semble oublier que Dominique était ma fille autant que la sienne, et que j'ai besoin qu'il m'aide à traverser ces moments pénibles.

– Comment étaient vos relations avant l'accident ? J'ai cru comprendre…

Rollande l'interrompit sur un ton résigné.

– C'est vrai que nous n'avions plus grand-chose à nous dire. Il était tellement épris de Dominique que je ne comptais plus dans cette maison, surtout depuis quelques mois. J'aurais bien voulu comprendre ce qui se passait, mais j'en étais incapable. Graduellement, les ponts se sont coupés. La mort de Dominique n'a rien arrangé ; au contraire, il semble avoir rompu tout lien avec moi depuis qu'il a appris la nouvelle.

Marcel réalisa que Rollande était trop consciente de la situation dans laquelle elle se trouvait, trop lucide aussi pour se satisfaire d'encouragements stéréotypés, de banales généralités. Les mots qu'il avait envie de lui dire lui paraissaient vides de sens, comme ces vieux clichés qu'on déballe dans les salons mortuaires. Ce dont Rollande avait le plus besoin, c'est quelqu'un qui eût pris sa place dans un moment pareil. Ce qu'elle attendait de Marcel, ce n'étaient pas des mots, mais des gestes ; car les arguments qu'on pouvait lui présenter, elle se les était rabâchés sans cesse au cours des derniers temps. Marcel ne voyait pas ce qu'il pouvait ajouter.

– Écoute, je n'insiste pas. Je comprends, c'est l'essentiel. Cependant, je voudrais que tu saches que je ne t'abandonne pas et que tu pourras toujours compter sur moi, c'est tout.

– Le plus urgent, c'est de parler à Henri, dit Rollande.

– Je suis également venu pour cette raison.

À cause de sa formation d'ingénieur, Marcel était rompu aux solutions rapides et concrètes. Il évitait les détours inutiles, les tergiversations sans fin. Il abordait les problèmes de la vie de tous les jours avec la même détermination, la même célérité, qu'il affrontait ceux qui se posaient dans sa vie professionnelle : en fonçant tête première avec l'intention bien arrêtée d'en arriver à une réponse définitive et satisfaisante. S'il se sentait entraîné sur une fausse piste, il ne perdait pas de temps, il refaisait ses calculs. C'est dans cet état d'esprit qu'il décida d'engager le dialogue.

Henri était étendu sur le lit, la tête appuyée sur un monticule d'oreillers. Il avait la barbe longue et le teint livide. Dans la fenêtre entrouverte, une draperie sombre flottait sous la brise légère, et la lumière du jour, bloquée par l'épaisse étoffe à ramages, jetait dans la pièce une lueur blafarde.

– Salut, mon vieux ! C'est moi, Marcel. Je ne suis pas venu pour te rendre Dominique, j'en suis incapable. Je ne suis pas venu non plus pour te demander d'oublier, c'est inutile. Je suis venu pour te dire que les morts sont avec les morts, les vivants avec les vivants, et que, pour le moment, tu es des nôtres.

Marcel s'avança près de la fenêtre et tira la draperie. Henri cilla des yeux et tourna la tête pour éviter la lumière.

– Je ne connais pas tes plans, ni les idées qui t'habitent en ce moment, ajouta Marcel d'une voix ferme. Mais je sais que tu es en train de tout gâcher. D'abord, l'existence même de ceux qui vivent encore près de toi et qui t'aiment bien. Quant à ta fille, si tu poursuis dans cette voie, son souvenir deviendra, pour toi et pour les autres, absolument insupportable.

– Qu'est-ce que tu veux que je fasse ? dit Henri sur un ton plaintif.

– Lève-toi, fais ta toilette, marche un peu autour de la maison, prends un bon repas. Ensuite, puise au fond de toi-même tout le courage qui te reste et exploite-le jusqu'à la limite de tes forces.

– ...

– Abandonne ta fille à son sort fatal. Vivre, c'est gagner, du moins jusqu'à la prochaine mise. Mourir, c'est perdre tout à fait. Traite le fantôme de Dominique comme on traite ceux qui perdent au jeu de la vie. Fuis les perdants car ils attirent la malchance. Il y a dans le courage une sorte de volonté plus ou moins cruelle. Laisse-toi aller à cette saine cruauté, à cette dureté louable, qui libèrent l'esprit et délivrent le cœur. Toi qui as toujours été tendre avec ceux qui vivaient près de toi pour témoigner de ta bonté, sois maintenant féroce avec les morts pour montrer que tu n'es pas méchant avec les vivants.

Henri dévisagea son ami d'un regard étonné. Tout ce que Marcel disait tombait dru, serré. Henri avait du mal à digérer tous ces propos. Sa tête flottait entre le néant et le passé. Toute incursion dans le réel l'écrasait, le tyrannisait. Il retrouva son confort dans le silence, dans le secret de ses angoisses, dans une bulle hermétique gonflée au souffle d'une certaine folie. Il baissa la tête en signe d'abandon et se réfugia dans un mutisme absolu.

Marcel resta un long moment, assis au pied du lit, sans parler. «Ma présence ici, pensa-t-il, finira bien par déranger son univers de solitude.» Tout avait commencé sur un ton enlevé. Il était entré dans le vif du sujet un peu brutalement, sans trop s'en rendre compte, comme s'il avait abordé des questions de production chez Brazeau & Fils. Dès le début, il avait apostrophé Henri de verte façon. Celui-ci n'était peut-être pas prêt à comprendre cette logique d'ingénieur, ce raisonnement d'un homme tout compte fait étranger au drame, épargné des blessures que cette mort laissait derrière elle. «J'aurais dû traiter Henri avec un peu plus de ménagement, se dit-il, j'ai sans doute été trop direct. Je ne lui ai pas laissé le temps de vérifier ni son courage ni sa volonté d'en sortir. Je l'ai assommé en partant.» Marcel entama de nouveau la conversation, mais cette fois sur un ton moins solennel, plus humain.

– Juste avant de venir ici, je me suis arrêté au bureau… Tous prenaient des nouvelles de toi… Ils ont bien hâte de te revoir, tu sais. Mademoiselle Parrot ne m'a pas laissé une seule minute : elle voulait savoir comment les choses allaient pour toi, comment tu te remettais du choc que tu venais de subir. Ils aimeraient bien tous te rendre visite… si jamais tu es prêt à les recevoir.

Marcel insista longtemps sur le sort d'Henri, sur le souci que ses compagnons de bureau se faisaient pour lui ; le comptable était la principale victime du drame qui venait de se produire. En fait, Dominique n'existait plus et tout apitoiement sur son sort était inutile et sans intérêt. C'était une affaire entre vivants. Il fallait amener Henri à se réconcilier avec ce monde qu'il cherchait à fuir.

– J'en ai profité pour parler au président… ajouta Marcel dans un long monologue un peu décousu. Tu sais, tu peux prendre tout le temps nécessaire avant de retourner au bureau.

Henri resta impassible. Le bureau, la maison, puis les gens qui s'agitaient en ces lieux… Tout cela lui paraissait bien loin, dans un autre monde qu'il avait déjà quitté. Mais où se situait-il, lui, entre-temps ? Il n'en savait rien. Il était là, planté au milieu du malheur, comme au milieu d'un océan aux rives incertaines. Il devait cesser d'imiter la mort, reprendre le collier de la dure réalité, affronter les vivants, se battre pour renverser le destin qui le saisissait à bras-le-corps, qui l'étouffait. Ce que Marcel venait de lui dire, ce qu'il mijotait lui-même depuis quelque temps, tout cela prenait place tranquillement dans le désordre de son esprit, comme des meubles trop nombreux qu'on cherche à disposer dans une pièce trop petite. Il lui fallait s'initier au courage, faire l'apprentissage de la vaillance. Malgré la bonne volonté de son ami, le désarroi de Rollande qui le rendait un peu coupable, il sentait bien qu'il était seul ; les autres, tous les autres, se limitaient à lui dire quoi faire. Mais agir ? Par où commencer ? Se lever, marcher dans le quartier, faire sa toilette… comme Marcel venait de lui suggérer. Ces gestes n'étaient rien d'autre que du maquillage. Il aurait voulu partir à la conquête de la paix intérieure, armé de cran, bardé d'audace, bouleversant tout sur son passage, tel un chevalier sans peur et sans reproche. Il aurait aimé s'engager dans une entreprise téméraire, étonner la galerie en bombant le torse avec assurance, lancer un grand cri de guerre et affronter le péril d'intrépide façon. Il ne voulait surtout pas sortir de cette torpeur résignée qui l'abattait avec les mêmes traits, avec la même veulerie, qui le distinguaient au moment d'y sombrer. L'homme qu'il avait été s'était brisé sous le choc. Il était condamné à renaître ou à disparaître. Sans trop bien saisir toutes les exigences de cette réincarnation, ni la nature exacte de celle-ci, il sentait tout de même qu'elle était indispensable à son salut, à sa survie. « Je dois montrer un autre visage, ou me cacher à jamais», pensa-t-il. Mais pourquoi ? Quelle incitation mystérieuse le pousserait à rassembler enfin ses esprits et son courage pour devenir un homme nouveau ? Sauver Rollande ? Conserver l'amitié de Marcel ? L'un ou l'autre de ces motifs, ou les deux ensemble, lui parurent trop peu exaltants ; sans une excitation vive qui donne le vertige, il ne parviendrait jamais à dénouer en lui les liens qui le retenaient prisonnier de la mort de Dominique.

– Est-ce que je peux faire quelque chose pour toi dans l'immédiat ? demanda Marcel, que sa bonne volonté retrouvée figeait dans des phrases de plus en plus creuses.

« Quand j'aurai trouvé ce qu'il faut faire, se dit Henri, je le ferai moi-même. Cela ne ressemblera en rien à ce que j'ai déjà fait. Tout le monde sera dérouté. » L'idée d'une rupture entre le passé et le futur immédiat se déployait au fond de lui-même dans toute son étendue. « Pour sauver le Henri qu'ils ont connu, ils devront d'abord découvrir le Henri qui va renaître. » Mais comment faire passer son message en clair ? Il s'enfermait dans un silence opiniâtre, dans une apathie morbide, à décourager les plus entreprenants pourvoyeurs de soutien moral.

Marcel se dirigea vers la porte et lança à la cantonade avant de sortir :

– Vouloir s'introduire dans la vie d'autrui est toujours une entreprise hasardeuse. Il faut respecter les gens et leur mystère. Et savoir demeurer disponible. C'est tout ce qui me reste à faire.

Marcel retourna auprès de Rollande. Elle était au téléphone. La conversation semblait laborieuse. Rollande appuya le combiné sur sa poitrine et se tourna vers Marcel.

– C'est un homme. Il veut parler à Henri à tout prix.

– Qui est-ce ?

– Je n'en sais rien. Il ne veut pas dire son nom.

– Passe-le-moi.

Marcel discuta quelques minutes avec l'homme au bout du fil. Celui-ci s'obstinait à vouloir parler à Henri. Il était question de Dominique, de renseignements de la plus haute importance, de l'urgence de la situation. Marcel chercha à faire comprendre à ce mystérieux personnage qu'Henri n'était pas en mesure de venir au téléphone. L'homme revint à la charge avec ténacité. «En tout cas, se dit Marcel, ça ne lui fera pas de tort de parler à quelqu'un.» Il retourna auprès d'Henri.

– On te demande au téléphone. On veut absolument te parler.

– ...

– C'est un homme qui ne veut pas s'identifier... qui prétend avoir des renseignements très importants à te communiquer au sujet de Dominique.

Henri leva la tête et ouvrit grands les yeux. «Je suis sûr qu'elle est vivante, se dit-il, on s'est trompé... Tout est clair maintenant. On a voulu m'éprouver, me faire peur. La jeune fille que la police a repêchée dans les eaux du fleuve, c'était une autre ; la vérité va sortir du sac, les farceurs seront confondus. L'homme au bout du fil connaît la vérité.» Il se leva d'un bond et se précipita vers le téléphone.

– Oui, allô! c'est moi, Henri Berger. Qu'est-ce qu'il y a?

– Est-ce que je peux vous rencontrer? demanda l'homme d'une voix posée.

– Tout de suite?

– Le plus tôt possible.

– C'est bien au sujet de ma petite fille, n'est-ce pas? s'assura Henri.

– Exactement.

Henri se retint pour ne pas éclater en sanglots. «Il ne faut pas que je pleure, se dit-il, ce n'est pas le moment. Mon cauchemar s'achève.»

– Vous êtes sérieux, j'espère? demanda Henri.

– Très sérieux.

– Où dois-je vous rencontrer?

– Au café *Trinidad*, rue Sainte-Catherine. J'y serai dans une heure. Vous me reconnaîtrez à la rose jaune que je porterai à la boutonnière de mon veston, dit l'homme.

Henri raccrocha d'un geste lent. Avec un aplomb imperturbable, une gravité de héros triomphant, il se dirigea vers la salle de bain. Rollande et Marcel, cloués sur place, sans rien comprendre à ce qui se passait, se regardèrent un moment. Ni l'un ni l'autre, toutefois, n'osèrent lui poser de questions.

Deux clients seulement se trouvaient dans l'établissement lorsqu'Henri se pointa au café. Il dut attendre un moment que sa vue s'habituât à l'obscurité des lieux et chercha du regard l'homme qu'il venait rencontrer. Celui-ci n'était pas encore arrivé. Henri alla s'asseoir près du bar, face au petit hall qui donnait accès au café, et commanda un cognac. Malgré l'espoir qu'il avait senti naître en lui lors du coup de téléphone, il était nerveux, tendu. Ces derniers jours avaient été particulièrement pénibles et il éprouvait une grande fatigue physique et mentale. Qui était cet homme? Qu'avait-il à lui dire? Il se sentit oppressé. «Sur le coup, j'ai cru que Dominique était encore vivante, qu'on l'avait enlevée, qu'on me téléphonait pour me demander une rançon. Mais pourquoi cet homme s'exposerait-il à être démasqué en venant lui-même me rencontrer?» Le doute chassa l'espoir, comme de gros nuages gris chassent le beau temps. Il but son cognac par petites gorgées. «On veut peut-être me faire chanter…» Ses mains tapotaient son verre ballon. Il sortait d'un cauchemar effroyable et là, dans ce café presque désert, il refaisait connaissance avec lui-même. Le souvenir des derniers jours lui renvoyait des images floues, indécises, aux contours difficilement saisissables. Dès l'instant qu'il avait quitté la maison, sauté dans sa voiture, il avait rompu avec une certaine vision des choses. Les êtres et les objets qu'il avait laissés derrière lui perdaient aussi de leur intensité.

Henri aperçut un homme de petite taille, debout près de la porte, scrutant les lieux d'un regard fureteur. Il portait une rose jaune à la boutonnière. Henri se leva pour attirer son attention. L'homme le rejoignit à la table.

Les salutations d'usage se déroulèrent brièvement et sans cérémonie. L'homme s'adressa à Henri:

– Je crois que vous serez intéressé par ce que j'ai à vous dire.

– De quoi s'agit-il?

– Comme vous le savez sans doute, votre fille a été lâchement assassinée par deux individus d'une cruauté écœurante, deux monstres abominables.

Le château d'espoir qu'Henri s'était construit après le coup de téléphone, et qui s'était effrité par la suite quand le doute avait commencé à le ronger, venait de s'effondrer définitivement. Libéré de toute illusion trompeuse, de toute promesse fallacieuse, il se cramponna à la réalité avec un calme inattendu.

– Êtes-vous de la police ? demanda Henri.

– Surtout pas. Croyez-moi, je suis mieux informé que la police.

– Vous savez quoi au juste ?

– … Que votre fille et son ami ont été emmenés de force sur un palier situé sous le pont Jacques-Cartier. Là, les deux types en question, chacun leur tour, ont violé la jeune fille et battu son copain, avant de les pousser en bas du pont ; la jeune fille d'abord, le garçon ensuite.

Henri sursauta, foudroyé, abasourdi par ce qu'il venait d'entendre. Ce court récit éveilla en lui des visions horrifiantes : Dominique flottait dans le vide, les bras tendus, les cheveux aux quatre vents. Comme l'éclair, il vit briller la chaîne de cou qu'il lui avait offerte. Henri éprouva le même vertige fatal qu'elle avait ressenti en plongeant vers le fleuve. Sa souffrance imitait celle qui précède la mort, une sorte de négation totale du passé, une inconscience du présent, une incertitude éternelle du futur. Il imagina les deux hommes sur place, qui riaient. Ils étaient sales, hideux, répugnants. Il laissa mordre sur lui la haine, la colère ; cela le calma un peu d'avoir ainsi fait de lui une proie consentante. Sa fureur chassa la souffrance, l'angoisse, le chagrin. Il choisit de ne pas lutter contre cette morsure.

– Comment connaissez-vous tous ces détails ? demanda Henri.

– Les deux assassins ont tout raconté à une danseuse avec qui ils ont passé la nuit. Je la connais bien, et elle m'a tout raconté.

«Je ne connais pas cet homme, et pourtant je n'hésite pas à le croire», se dit Henri. Sa haine montait comme la fièvre, lui brûlait le visage. Il était révolté. Son impuissance à agir tout de suite, à riposter sur le coup, excitait en lui un désir de longue et patiente vengeance.

– Vous n'avez pas averti la police, s'assura Henri.

– Jamais. Sous aucun prétexte. Si vous décidez d'alerter la police, moi je ne sais plus rien. Vous ne trouverez personne qui acceptera de parler. Et ces deux chiens sales vont continuer de vivre paisiblement, sans remords, à l'abri de toute justice. J'ai pensé que vous ne voudriez pas laisser passer une si belle occasion de venger votre fille.

«En tuant Dominique, c'est moi qu'on a tué», se dit Henri. Il était en transit vers un autre monde, une autre vie. Tout son passé le quitta comme s'écarte un mendiant loqueteux. L'idée de voir le reste de son existence prendre une direction nouvelle se fixa dans son esprit. Sans avoir encore de forme précise, son avenir se dessina tranquillement sous les traits d'objectifs obscurs et d'intentions floues.

– Si vous voulez les liquider, moi je suis prêt à vous aider à retrouver les deux hommes.

«Ce ne sont pas vraiment des hommes, pensa Henri. Ce sont des bêtes cruelles, dénaturées. Ils ont abandonné leur droit à la vie en tuant sans raison deux êtres innocents. Leur enlever la vie, c'est leur retirer un droit qu'ils ont déjà perdu.» Il ferma les yeux et baissa la tête. TUER-VENGER, des mots étranges, des mots rouges et noirs de sang et de mort, des mots dégageant une lancinante impression d'abcès non débridés. Corrosive comme l'acide, la haine s'échappa d'Henri en lourdes volutes.

– Qui sont-ils? demanda sèchement Henri, maintenant prêt à connaître l'identité des assassins de Dominique.

– Bernie Paquette, un personnage d'une grande cruauté; il est accompagné d'une brute nommée Raoul, mais mieux connue sous le nom de Ral. À l'heure actuelle, je sais qu'ils s'apprêtent à quitter le pays. Ils songent à aller se cacher chez le frère de Paquette, Frank, qui dirige une entreprise d'import-export dans une petite ville de la côte est des États-Unis. Vous pourrez facilement les retracer.

L'homme sortit de sa poche un bout de papier sur lequel étaient inscrits le nom et l'adresse de l'entreprise de Frank Paquette, et auquel était agrafée une photo récente de Bernie. Il tendit le papier à Henri.

– Je n'ai pas la photo de l'autre. Mais je crois qu'avec ces renseignements vous n'aurez aucun mal à les reconnaître. Je vous préviens qu'ils sont dangereux.

Henri regarda longuement la photo que venait de lui remettre l'homme assis en face de lui. Une houle de rage amère lui monta à la gorge. La mine hargneuse de Bernie, son regard cruel de bête à l'affût, soulevèrent chez Henri une fureur contenue. Il serra les poings et pinça les lèvres pour éviter d'écrabouiller de rage le verre ballon qu'il tenait dans ses mains. Il eût craché sur cette photo, n'eût été le dégoût que lui inspirait un tel geste. Il prit le papier et le glissa dans sa poche.

– S'ils avaient fait ça à ma fille, dit l'homme, je n'hésiterais pas un instant à les couper en morceaux. C'est le genre de crime que je ne pardonnerais jamais.

L'homme se leva lentement, presque cérémonieusement.

– Maintenant, il vaut mieux nous quitter, dit-il. Moi, je n'ai plus rien à dire, j'ai dit tout ce que je savais. C'est à vous de jouer. Vous pouvez laisser porter les choses ou appeler la police… comme vous voudrez. Mais cela ne vous conduira nulle part. En tout cas, si j'étais à votre place, je saurais quoi faire. Enfin, je vous demande de ne pas chercher à comprendre mon intervention dans cette affaire.

L'homme allongea le bras vers Henri.

– Je vous souhaite bonne chance, dit-il en lui serrant la main. Je crois que nous n'aurons pas l'occasion de nous revoir.

– Est-ce que je peux au moins savoir votre nom ? demanda Henri.

– Johnny, dit-il en se dirigeant vers le bar où un gros nègre l'attendait, debout, appuyé contre un tabouret.

Henri regarda les deux hommes s'éloigner du bar d'un pas précipité comme s'ils venaient de commettre un mauvais coup. Perplexe, il se mit à penser à ce petit homme maniéré, élégant, qui était venu froidement lui raconter des faits troublants. « Il a toutes les apparences d'un gangster, se dit-il, pas d'une brute, d'un gangster assez raffiné pour être cruel. » Il tira de sa poche le bout de papier que lui avait remis Johnny. Il relut l'adresse, examina avec attention la photo. Toute son offensive des prochains jours, des prochains mois, était là, étalée en plan de campagne, sur ce feuillet révélateur. Par où commencer ? Jusqu'où pouvait-il aller ? Il ne le savait pas très précisément. De toute façon, il ne voulait plus retourner en arrière. Trop de choses lui rappelleraient Dominique vivante, heureuse de vivre ; les objets qu'elle avait utilisés, imprégnés de son odeur, de son haleine ; les êtres qu'elle avait coudoyés, touchés, aimés. C'était refaire sans cesse la même route qui conduit à la mort. Il fallait prendre un autre chemin. Celui du châtiment, de la punition, n'était pas à écarter. « Dieu seul sera mon juge », pensa-t-il.

Henri sortit du café en marchant comme un automate. Il déambula dans les rues de la ville durant plus d'une heure, sans penser à rien. Il ressentit soudain une vive brûlure à l'estomac et une douleur sous l'omoplate, du côté gauche. Il entra dans un restaurant et commanda un grand verre de lait. La douleur à l'estomac se calma. La maladie allait-elle l'empêcher de poursuivre son but ? C'eût été trop facile de se donner comme prétexte à la lâcheté un malaise subit et sans gravité apparente. « Ma santé a toujours tenu le coup, se dit-il, elle tiendra bien encore quelques mois de plus. » Il regagna sa voiture.

Arrivé chez lui, Henri se retira dans sa chambre. Il était épuisé, se sentait malade ; à ses aigreurs gastriques s'ajoutait maintenant une forte nausée. Instinctivement, il se recroquevilla sur lui-même dans un effort pour chasser la douleur. Il entendit Rollande parler au téléphone, mais n'attacha aucune importance à ce qu'elle disait. Cela le laissait, du reste, totalement indifférent.

« Je vais me reposer. J'ai besoin de refaire mes forces », se dit-il. Il ferma les yeux et s'imagina en train de poursuivre, sur des routes inconnues, dans des bourgs infects, deux hommes traqués comme des bêtes et inconscients du danger. Son imagination le grisait d'images fantastiques, de scènes exaltantes ; la folle du logis lui tendait une main salvatrice. Sa vie ne tenait plus qu'à un fil… le fil de la vengeance ; il ne répondrait plus à aucun appel… sauf à l'appel de la vengeance.

7

Bernie était agacé par la nonchalance de Ral qui s'éternisait au comptoir-lunch de la gare.

– Dépêche-toi ! lança Bernie. Tout le monde est déjà dans l'autobus.

Ral agrippa son boudin de toile kaki, flasque comme la carcasse éviscérée d'une bête qu'on traîne au dépotoir. Tout ce qu'il possédait était entassé dans ce sac poisseux et sale. Derrière lui, aucun être qui l'attende, aucun objet qui le relie à un souvenir quelconque, seulement la ville anonyme et hostile où son enfance se dissolvait dans l'oubli. Cette nouvelle destination lui réservait peut-être la promesse d'une vie nouvelle, de nouvelles rencontres, d'aventures qui procurent au corps des plaisirs, des jouissances, qui remplacent toutes les autres formes de gratification. En se dirigeant vers le quai de la gare, il se sentit soudain envahi par une étrange sérénité, une sorte de tranquillité bienfaisante qui le rendait tout entier disponible à l'imprévu. Il ne demandait rien, n'exigeait rien. Tout ce qui pouvait lui arriver était le bienvenu. Ça ne pouvait pas, pensait-il, être pire que ce qu'il avait connu jusqu'à présent. Pour Ral, partir c'était un peu revivre. Il avait confiance en Bernie. Son copain saurait comment organiser la vie de tous les jours. Avec lui, il ne craignait rien. Bernie saurait aussi tirer avantage des situations qui se présenteraient à eux dans cette ville, dans ce pays, inconnus.

Bernie, assis au fond de l'autobus, fit signe à Ral de venir prendre place à ses côtés.

– Tu parles d'un hostie de beau truck, dit Ral en prenant ses aises dans le fauteuil moelleux. On se croirait dans un vrai salon.

D'aussi loin qu'il pouvait se souvenir, Ral n'avait jamais fait de longs voyages, et les quelques déplacements qu'il avait été obligé de subir ne s'étaient jamais effectués dans un tel confort. Il songea au temps des pique-niques dominicaux que les autorités de l'orphelinat organisaient à la plage Mon Repos. Les enfants étaient entassés dans un immense véhicule carré, brinquebalant, à la suspension rigide. Il en redescendait toujours avec la nausée ou la diarrhée.

Dans cet autobus moderne, souple, qui l'emportait dans un pays où, dit-on, l'été commence en avril et se termine en novembre, ses années d'orphelinat lui parurent si reculées, si lointaines qu'il eut la sensation d'avoir existé, il y a très longtemps, dans une autre vie. D'autres souvenirs plus proches se bousculèrent pour solliciter son attention, mais il les chassa en faisant le vide autour de son passé. Il ferma les yeux, s'étira les jambes sous le fauteuil devant lui et soupira d'aise.

– Vers quelle heure qu'on arrive ? demanda Ral sur un ton détaché.

– Vers la fin de l'après-midi.

– Moi, je pourrais rouler comme ça toute la journée et toute la nuit. C'est comme si j'étais sur un tapis volant au-dessus des nuages.

– As-tu déjà été en avion ?

– Non, jamais. Mais j'aimerais ça en maudit.

– Moi non plus, je ne suis jamais allé. Je te jure qu'un jour j'en ferai un voyage en avion. J'aimerais ça aller au Mexique.

– Moi, c'est au Japon que j'irai, dit Ral. Il paraît que tu peux avoir une fille pour une semaine… pour toi tout seul.

– Ça coûte cher en tabernacle, par exemple.

– Même pas ! Je connais un gars qui est allé… pour une centaine de piastres, tu peux emmener une fille avec toi pendant plusieurs jours.

– Au Mexique aussi il y a des belles femmes.

– Oui, mais les Japonaises, ça a l'air que tu peux leur faire faire n'importe quoi… puis elles font ça avec le sourire.

Ral rêvait de femmes dociles, douces et aimantes. Il n'avait jamais eu beaucoup de succès avec les femmes. Il était repoussant par ses manières rustres, son air de brute féroce. Il n'avait connu que les plaisirs de l'amour vénal. Si la vie était ainsi faite qu'il pût acheter une femme comme au temps de l'esclavage, il eût été comblé par l'existence ; qu'elle fût noire ou jaune, belle ou laide, sale ou parfumée, il l'eût prise avec joie, sinon avec amour. Tout son corps brûlait du désir de posséder une femme pour lui tout seul ; une femme teddy-bear, en velours satiné, qu'il caresse, qu'il colle contre sa peau, la nuit, pour s'endormir ; une femme-singe à qui il enseigne des trucs, des gestes inlassablement répétés sur son corps-objet. Les douces vibrations du véhicule, la chaleur charnelle du fauteuil en peluche, l'évocation des filles au pays du Soleil-Levant, l'excitèrent jusqu'à l'inconfort. Il mit la main dans sa poche et se soulagea discrètement.

– C'est vrai, dit Ral sur un ton approbateur, au Mexique aussi les femmes doivent être chaudes. Quand penses-tu qu'on pourra y aller ?

– Dès qu'on aura de l'argent.

– Penses-tu que ton frère va nous trouver du travail ?

– Ne t'inquiète pas. Frank a une bonne business. Il fait de l'argent, c'est écœurant. Il est millionnaire… je ne sais plus combien de fois.

– Pourquoi n'es-tu pas allé travailler pour lui avant ?

– Bah ! dit Bernie sur un ton indifférent. Je suis allé travailler pour lui, il y a deux ans, mais j'aimais mieux revenir à Montréal et travailler à mon propre compte. J'aime bien garder mon indépendance.

Bernie ne disait pas toute la vérité. Les relations avec son frère s'étaient quelque peu détériorées au cours de cette rencontre, deux ans auparavant. À l'époque, il demeurait chez Frank et s'occupait de menus travaux d'entretien autour de la maison : peinture, jardinage, bricolage (Bernie était passablement habile de ses dix doigts). Il était nourri, logé et recevait en plus un modeste salaire. Il ne sortait jamais et, comme son travail ne l'occupait que quelques heures par jour, il passait de longs moments étendu au soleil, au bord de la piscine, à boire du scotch. Mary, la compagne de Frank, une grosse rouquine, gourmande comme un carcajou, passait ses journées à bouffer du chocolat et à lire des romans cochons. Au début, les rapports entre Mary et Bernie étaient cordiaux, sympathiques et presque chaleureux. Lui savait se montrer serviable, faisait des courses, passait l'aspirateur. Elle, en retour, était prévenante, lui préparait des petits plats, faisait son lit, rangeait ses vêtements. Il était heureux et comblé. Enfin, elle n'était plus seule dans cette grande maison à longueur de journée, Frank passant le plus clair de son temps à l'extérieur pour ses affaires. Bernie n'était pas bavard, ce qui convenait parfaitement à Mary, le plus souvent plongée dans ses romans à dix sous ou endormie dans une longue chaise de jardin. À l'heure des repas, toutefois, elle échangeait quelques balivernes niaises, entrecoupées de gloussements de satisfaction. La rouquine, trop heureuse de raconter sa vie à quelqu'un, dissertait sur ses malheurs de femme incomprise (elle avait toujours rêvé d'être comédienne, mais personne ne reconnaissait son immense talent) et follement amoureuse d'un homme aussi jaloux qu'impitoyable. Elle narrait avec émotion ses débuts avec Frank, ses premières disputes, et avouait sans ambages sa totale dépendance envers Frank, volontairement consentie d'ailleurs. Elle était bien avec son compagnon et craignait toujours de le perdre. Le jeune homme écoutait en silence le récit des joies du concubinage et se gonflait d'envie de vivre, lui aussi, un jour, une expérience aussi excitante. Quand Frank rentrait, Bernie se retirait dans sa chambre au sous-sol, ou dans la salle de jeux attenante au garage. Son frère l'intimidait. Il ne savait jamais quoi lui dire. Il craignait aussi d'avoir à donner des détails sur la nature des travaux qu'il avait exécutés durant la journée. Non qu'il se sentît coupable de négligence, mais la crainte que son frère le trouvât fainéant le traumatisait. Frank travaillait beaucoup (au moins, il avait l'air très occupé), faisait beaucoup d'argent, savait parler aux femmes et se faire aimer d'elles, tandis que lui, Bernie, végétait au crochet d'un frère qui l'avait toujours protégé et défendu. Cette situation provoquait chez lui une sorte de malaise qui le forçait à s'isoler quand Frank entrait à la maison. Bernie préférait rester seul avec Mary. Au fil des jours, du reste, s'était établie une certaine familiarité entre lui et la maîtresse de maison. Elle le considérait un peu comme son jeune frère; mais lui, au contraire, commençait à la reluquer d'un œil pas du tout consanguin. Il la trouvait appétissante avec sa poitrine généreuse, ses lèvres charnues et humides, ses fortes hanches, ses deux grosses fesses bombées en saillie. Ajoutant l'audace au désir, d'une familiarité un peu naïve, il était passé à des privautés d'abord hésitantes, mais vite insolentes. Il commençait à prendre pour une invitation prometteuse les postures lascives de la rouquine, toujours étendue dans une chaise longue, les jambes écartées et ballantes. Tous ces livres pornographiques qu'elle lisait devaient bien lui donner quelques idées. La cellulite n'était pas, pour Bernie, un empêchement majeur à la concupiscence, il s'était approché d'elle un jour et avait caressé ses grosses cuisses en peau d'orange. Elle lui avait décoché un sourire presque maternel. Quand il avait plongé la main dans le soutien-gorge de son maillot, elle l'avait interrogé d'un regard pitoyable. Mais lorsqu'il s'était aventuré, d'une main nerveuse, de l'entrecuisse jusqu'au mont de Vénus, elle l'avait saisi au poignet d'un geste brusque. Il avait reculé sans dire un mot. Au soir du même jour, alors que Mary prenait une douche, Bernie avait tenté de forcer la porte de la salle de bain. Elle avait eu peur et s'était mise à crier avec hystérie. Il avait battu en retraite, attendant un moment plus propice. Mais Mary ne lui avait laissé aucune chance. Le lendemain, elle l'accusait, à tort d'ailleurs, et devant Frank, de lui avoir chipé ses bijoux. Il s'était défendu d'une manière maladroite, et son frère l'avait invité à quitter la maison dans les prochaines heures.

– Quand j'ai téléphoné à Frank avant de partir, dit Bernie, je lui ai expliqué que j'avais besoin de son aide. Il m'a dit: «Pas de problème! Amène-toi à l'entrepôt et je verrai ce que je peux faire.» Même si je ne l'ai pas vu depuis deux ans, je suis certain qu'il ne me laissera pas tomber.

– Tu lui as dit que tu n'étais pas seul, j'espère.

– Il le sait. J'ai dit : « J'emmène un ami avec moi. » Tu vas voir, c'est un gars à qui on peut se fier.

À la stabilité de l'autobus qui roulait à vitesse régulière, au ronronnement du moteur, Bernie s'endormit. Ral s'abandonna à la rêverie, dans l'euphorie d'un optimisme béat. Tout maintenant était possible : l'argent, les femmes, les voitures. « Si je travaille assez longtemps, pensa Ral, la première chose que je vais m'acheter, c'est une auto. » Une femme qui « marche », une voiture qui roule : l'alpha et l'oméga de toute son existence. Il avait démissionné d'à peu près toutes les autres formes de possession. Abonné, depuis son enfance, à des rêves modestes, des désirs simples, il en avait fait son lot dérisoire. Il avait perdu toute notion de l'essentiel ; la moindre chose qu'il convoitait était du luxe et du superflu. « Eh bien, mon vieux Ral, se dit-il, pour une fois que tu as de la chance, tu vas pouvoir enfin avoir quelque chose à toi tout seul. Je vais tous les faire chier. » Il ne pensait à personne en particulier quand il disait TOUS. C'était le monde entier qu'il voulait impressionner. Ce monde qui, à coup d'indifférence, de dédain, de froideur, l'avait écrasé, piétiné, dépouillé de son âme, et réduit à la plus simple expression d'un corps déréglé. Son visage se rembrunit, partagé entre des rêves trop voluptueux et des réalités trop brutales.

L'autobus s'immobilisa à la frontière et un douanier américain y monta s'enquérir de l'identité et de la destination des voyageurs, ainsi que de la durée et du but de leur séjour aux États-Unis. Ral manifesta un peu de nervosité. Bernie ouvrit calmement un œil et répondit aux questions sur un ton pondéré.

– Pourquoi toutes ces questions ? demanda Ral d'une voix inquiète.

– C'est toujours comme ça quand on entre aux États-Unis, répondit Bernie.

– Il n'a pas fouillé les bagages.

– Non. C'est quand on rentre au Canada qu'ils nous fouillent. Tu n'es jamais allé aux États ?

– Jamais.

– Tu vas voir, en revenant, la douane canadienne va nous fouiller pour voir si on ne cache pas des cigarettes ou de la boisson. Les Américains, eux, ils s'en sacrent. Ils les vendent moins cher.

– Tu veux dire que le scotch est meilleur marché aux États ?

– Tu parles ! Tu peux avoir un quarante-onces pour à peu près la moitié du prix que tu payes chez nous.

Le scotch à prix réduit s'ajoutait aux délices de ce voyage vers l'Eldorado des plaisirs à la portée des bourses modestes. « Ça doit être la même chose pour les femmes », pensa Ral. Cette partie de l'Amérique qu'il connaissait mal lui apparut soudain comme un lieu de prédilection. Au fond, s'il n'avait jamais rien eu, s'il avait été, toute son existence, bousculé par des événements fâcheux, c'était sans doute, pensa-t-il, à cause du hasard qui l'avait fait naître dans un pays rude, avare de bonne fortune et de chance, et en même temps hostile à ceux qui n'étaient pas assez veinards pour en profiter. « Si j'avais vécu aux États, je suis certain qu'aujourd'hui je serais riche, se dit Ral. J'aurais pu devenir joueur de baseball ou acteur à Hollywood. » Ses rêves chevauchèrent ses regrets comme un cow-boy inexpérimenté sur un « bronco » débridé.

– Supposons que ton frère nous donne du travail, dit Ral, on n'est pas obligé de rester là à travailler pour lui pendant des années.

– Qu'est-ce que tu veux faire d'autre ?

– Je ne sais pas. On peut partir notre propre business… Faire de l'argent.

– Tu es fou ! Tu ne sais rien faire, moi non plus.

Ral se renfrogna. Qu'il ne sût rien faire, c'était bien évident. Il n'avait jamais imaginé qu'il pût se distinguer dans le monde des affaires, pas plus d'ailleurs que dans d'autres domaines. Toutefois, il acceptait mal que son ami fût si catégorique dans son jugement. « Des fois, ça m'agace quand Bernie croit qu'il est seul à tout savoir, se dit Ral. N'importe quoi, il sait toujours tout d'avance. Là, il décide qu'on ne sait rien faire, qu'on est bon à rien. Ce n'est pas si certain que ça.

Si quelqu'un nous donnait une chance, on pourrait bien se tirer d'affaire nous autres aussi.» Ral n'y faisait jamais allusion ouvertement, mais il croyait que bien des mésaventures eussent pu être évitées si Bernie l'eût écouté plus souvent. «C'est comme l'affaire de la mallette, se dit-il au fond de lui-même. S'il m'avait écouté, on serait parti avec la marchandise; au moins on aurait de l'argent, même si on a Johnny sur les talons.»

Ral se pelotonna au fond de son fauteuil.

– Tu me réveilleras quand on arrivera, dit-il.

Sans répondre, Bernie tourna la tête du côté de la fenêtre. Le morne paysage qui se déroulait le long de l'autoroute mit un peu de tristesse dans ses yeux. Il pensa à son frère Frank. Celui-ci avait été bien gentil d'accepter de le tirer d'embarras une fois de plus. Il avait même paru presque heureux d'avoir de ses nouvelles. Mais, après ce qui s'était passé deux ans plus tôt, Bernie était inquiet de se retrouver face à face avec son frère. Mary vivait-elle toujours avec lui? Comment serait-il accueilli? Il avait roulé sa bosse de bien étrange façon ces dernières années. Tout ce monde qu'il laissait derrière lui était hostile: des victimes, des complices se ligueraient peut-être contre lui pour exiger des comptes (Johnny et sa bande étaient un exemple qui lui ouvrait les yeux). Jusqu'où Frank, aujourd'hui, était-il prêt à aller pour le défendre, le protéger? Ce ne serait sans doute pas comme avant. Il songea à la vie qu'il avait menée, surtout depuis le jour où son frère l'avait renvoyé de chez lui. Il réprima tout sentiment de remords et prit le parti du mensonge. «Je dirai à Frank que j'ai perdu ma job… enfin, je trouverai bien quelque chose. Il va falloir aussi que je mette Ral dans le coup.»

* * *

Frank était penché sur une liasse de documents: factures, reçus de livraison, chèques, bordereaux. La cendre de son cigare s'écrasa sur un formulaire de banque, il souleva la mince feuille de papier et déposa une petite boule grise dans le cendrier posé devant lui : il souffla sur le reste de cendre qui jonchait ses papelards.

– Mary ! apporte-moi un café, lança-t-il sur un ton cassant.

Puis il se replongea le nez dans ses paperasses. Ses affaires avaient bonne mine, et les deux dernières années surtout avaient été des années de vaches grasses : transactions heureuses, combines sous la table, nouveaux clients mystérieux qui payent bien et ne posent jamais de questions. Il avait débuté dans le commerce sans trop y croire. Revendeur de camelote au départ, il s'était bien vite rendu compte que les grossistes et les importateurs faisaient plus d'argent que lui et travaillaient moins. Aidé d'un ami, il se mit à voyager, à acheter à l'étranger des babioles qu'il écoulait par la suite sur le marché local. D'une année à l'autre, il améliora ses contacts, trouva de nouveaux débouchés, se débarrassa de ses derniers scrupules et se tailla enfin une place dans le monde des petites affaires ; affaires juste assez grosses pour bien vivre, juste assez modestes pour être à l'abri de l'envie et de la convoitise des requins. Une maison cossue et lourdement tarabiscotée, une voiture aux allures de corbillard, une bonne femme oisive par tempérament et fidèle par intérêt, témoignaient de son aisance matérielle, de son succès social ainsi que de son mauvais goût.

Frank était assis dans un fauteuil à tubulure chromée et parlait au téléphone. Mary déposa discrètement une tasse de café sur le coin de sa table de travail. Elle fit quelques pas pour s'éloigner, mais il l'agrippa aussitôt par une cuisse qu'il pressa contre lui. Elle le caressa à la hauteur du cou et l'embrassa sur son crâne dégarni. Frank, après avoir affectueusement tapoté les cuisses de son outarde, lui posa la main sur une fesse et la repoussa à bout de bras. Elle s'éloigna lentement, esquissant un sourire béat.

– Au diable les Grecs ! dit Frank à son interlocuteur au bout du fil. À ce prix-là, je ne suis pas intéressé. Je peux en trouver en Italie pour la moitié du prix. (L'homme à l'autre bout insistait, soutenant que c'était une bonne affaire.) Dans le cul les Papapoulos ! Chaque fois que j'ai fait affaire avec eux, je me suis fait fourrer.

Frank raccrocha et retourna à ses papiers.

– *Fucking bitch!* grommela-t-il. Mary, viens ici un moment, enchaîna-t-il sur un ton rageur.

Penaude et confuse, elle s'approcha d'un pas mesuré.

– Qu'est-ce qu'il y a, mon chéri? dit-elle d'une voix mielleuse.

– Il n'y a pas de chéri! Qu'est-ce que c'est que ces factures de Continental Taxi? Il y en a pour 54 $.

– C'était pour me déplacer.

– Pour aller où? Te traîner le cul en ville pendant dont je suis en voyage.

– J'ai fait des courses.

– Je t'ai déjà dit: quand tu as besoin de quelque chose, appelle le père Jones à l'entrepôt, il va te livrer tout ce dont tu as besoin.

– Des fois, j'ai envie de sortir un peu.

– Tu as tout ce qu'il faut ici. Je paye une femme pour faire le ménage, je porte mon linge chez le nettoyeur… Tout ce que je te demande, c'est de t'occuper de moi quand je suis à la maison et de m'attendre quand je n'y suis pas. Madame a envie de sortir… Non, mais pour qui te prends-tu?

Elle aurait aimé lui dire qu'elle s'ennuyait, qu'elle était fatiguée de tourner en rond, jour après jour, dans cette grande maison, que son désœuvrement la rendait neurasthénique; mais elle avait peur de l'indisposer, de le faire sortir de ses gonds. Elle se contenta de baisser la tête en pleurant doucement.

– Tu ne vas pas chialer en plus, dit-il sur un ton impatient. De quoi te plains-tu? Je t'ai ramassée dans la rue, le cul sur la paille; aujourd'hui, tu veux jouer les grandes dames. J'ai des nouvelles pour toi! Si tu n'es pas bien ici, si tu t'emmerdes, fais tes bagages et retourne d'où tu viens. Les femmes comme toi, je peux en ramasser autant que je veux.

Même si Frank répétait toujours la même chose, chaque fois ses propos l'accablaient. Elle se laissait abreuver d'injures. Si elle répliquait, trouvait des explications, se défendait le moindrement, il ajoutait le geste à l'injure et les coups pleuvaient. C'est vrai qu'il l'avait ramassée dans la rue, mais elle aurait souhaité un sort plus commode. Elle était détenue à résidence surveillée, avec la crainte qu'il se lasse de l'entretenir. Au cours de toutes ces années, elle avait gagné des dizaines de kilos et perdu à peu près tous ses amis. Elle était prisonnière de sa médiocrité, de sa lâcheté, une prison qu'elle avait choisie et construite sur les promesses d'une vie facile. Maintenant, elle devait faire un choix : ou accepter, sans dire un mot, les caprices d'un tortionnaire impitoyable et égoïste, ou quitter son bourreau qui la gardait prisonnière. Certes, elle pouvait partir à la recherche d'une autre vie plus facile, c'est-à-dire une vie comportant tous les avantages qu'elle avait déjà, moins les inconvénients. Mais elle avait assez vécu pour savoir que la vie, c'était donnant, donnant. Elle n'avait rien à offrir, sinon la résignation et le renoncement. Frank la gardait auprès de lui pour meubler sa solitude et agrémenter ses insomnies vicieuses. Elle aussi avait des insomnies à partager, une solitude à garnir. Toutes les prisons se valent. Celle qu'elle avait librement choisie d'habiter devait bien ressembler aux autres qui l'attendaient si elle quittait cette maison.

— Ne te fâche pas, mon gros, dit-elle en pleurnichant, chaque fois que tu es méchant avec moi, je me sens perdue.

— Alors, prends le message ! Arrange-toi pour ne pas me mettre en maudit.

Elle choisit le silence comme excuse, l'étourderie comme explication.

— J'agis souvent sur un coup de tête. Après, je m'aperçois que j'ai mal fait.

— Si tu as envie de sortir, dit-il en baissant légèrement le ton, tu n'as qu'à m'en parler. Nous sortirons tous les deux, nous irons au cinéma, au restaurant… N'importe où. Mais ne viens pas me chanter la chanson des bonnes femmes qui en ont assez de rester à la maison, qui ont envie de sortir, qui ont le droit, elles aussi, de vivre leur vie. Ça, si tu veux vivre ta vie, je n'ai pas d'objection. Vis-la à ta façon. Mais pas avec un pied à terre dans cette maison ; ça, jamais.

— Tu sais bien que je n'ai pas envie de te quitter, dit-elle en appuyant sa joue sur la poitrine de Frank.

– Moi aussi, je veux te garder, dit-il en caressant ses longs cheveux roux.

Mary tendit ses lèvres suintantes de larmes salées, de chaude salive, et Frank les goba avidement. Leurs langues se croisèrent dans une escarmouche de chair vorace. Frank la pressa contre lui. Elle posa la main sur le sexe gonflé de sang de son ami. Ce qui la rassura sur son avenir immédiat. Il n'était donc pas dégoûté d'elle, il éprouvait encore du désir. Le baromètre de la passion était en hausse. Le beau temps s'annonçait et les lourds nuages de tout à l'heure se dissipaient grâce à la magie de l'instinct du désir. Debout, appuyé sur la table de travail, au milieu des factures, des bordereaux, des reçus de livraison, il la pénétra avec force et rage, agrémentées d'invectives obscènes qui le libéraient de ses aigreurs. Elle joua le jeu jusqu'à l'extase; toujours donnant, donnant. La colère de Frank disparut en même temps que son sexe se contracta.

– Bon. Maintenant, dit-il calmement, laisse-moi travailler.

Infliger le remords après avoir arraché le pardon demeurait pour Mary la forme ultime de vengeance. Une vengeance bien douce, en somme, bien subtile, qui se traduisait le plus souvent par des attentions délicates, forçant Frank à avouer presque sa méchanceté sur un ton mitigé de repentir; pour elle, toutefois, c'était suffisant. Elle n'aurait pas supporté non plus que le remords imposé fût si cuisant qu'il fît regretter à Frank le pardon qu'il venait de lui accorder.

À l'heure du lunch, Mary prépara à Frank une superbe pizza garnie au style «clean-the-kitchen», une sorte de croûte surchargée de tout ce qui lui tombait sous la main: pepperoni, piment, champignons, jambon, fromage, sauce tomate, anchois, olives. C'était le mets préféré de Frank, dont il s'empiffrait avec une royale satisfaction, arrosant le tout de trois ou quatre grands verres de bière bien froide. Quand elle le convoqua à ce banquet du midi, il mit de côté ses papiers et se précipita dans la cuisine, par l'odeur alléché. Au milieu de la table, une grande roue de couleur incertaine dégagea un fumet de pâte cuite, de viande rissolée, de fromage gratiné. Il se pencha au-dessus de la pizza pour en humer le parfum exotique.

– Ah! ma chérie, dit-il, toi tu as le tour de me faire plaisir. (Première phase du remords qui s'installe.) – Qu'est-ce que je ferais si je ne t'avais pas? (Prise de conscience, à la seconde phase, des principaux éléments qui devraient le conduire au remords.) – Des fois, je me demande si je ne suis pas injuste avec toi...? (Troisième et dernière phase d'un remords qui ne devrait pas dépasser ce stade de l'aveu interrogatif.)

Mary triompha sans gloire, ayant vaincu sans péril, et se contenta de ce vague repentir de Frank. Elle regarda Frank engouffrer de larges pointes d'une tarte visqueuse; il avait de la sauce tomate collée au coin des lèvres, du fromage gratiné accroché à sa moustache. Pour se rendre jusqu'au gosier, cette pâte gluante flottait dans de grandes lampées de bière que Frank avalait bruyamment. Elle le sentit pris au piège. «Tu seras bientôt si gros, si gras, que tu auras du mal à marcher, pensa-t-elle, avec un plaisir tout intérieur. Tu vas devenir impotent, peut-être même impuissant (elle avait lu quelque part que les gens obèses sont menacés d'impuissance). Tu n'oseras plus me jeter à la rue parce que tu ne pourras plus me remplacer. Tu vas devenir affreux, gonflé comme une oie trop grasse. Tu vas me supplier de prendre soin de toi, de te garder auprès de moi; alors là, pendant que tu resteras confiné à la maison, à moitié informe, je prendrai la voiture, j'irai en ville et je coucherai avec des jeunes hommes que je paierai, avec ton argent, pour me faire l'amour.»

– Tu ne manges pas? demanda Frank.

Elle ne répondit rien et continua de le regarder avec curiosité. Elle avait l'impression qu'il grossissait à vue d'œil.

– Cesse de me regarder comme ça, dit-il, tu me gênes.

Elle fit quelques pas dans la cuisine.

– À quoi penses-tu? ajouta-t-il d'un air inquiet.

– À rien. Je me dis tout simplement que c'est agréable de te faire à manger; tu dévores avec un tel appétit... c'est vraiment encourageant.

– Surtout quand tu fais de la pizza... tu es imbattable.

– Mange, mon gros... si tu savais comme ça me fait plaisir, ajouta Mary sur un ton proche de la moquerie.

– Je ne pourrai pas avaler tout ça, dit-il. Prends-en au moins un morceau.

– Si, si, je suis certaine que tu peux tout manger… Moi, je n'ai pas faim. Je mangerai plus tard.

– Bon, comme tu voudras.

Le téléphone sonna. Frank décrocha l'appareil fixé au mur de la cuisine. Le comptable l'appelait de l'entrepôt. Il paraissait embarrassé. Deux individus venaient d'arriver et voulaient parler à Frank. L'un des deux se nommait Bernie et prétendait être son frère. Le comptable attendait les instructions.

– Oui, c'est mon frère, dit Frank sans hésitation. Mais je ne veux pas lui parler pour le moment. Installe-les tous les deux dans la chambre du gardien de nuit, à l'arrière de l'entrepôt. Dis-leur que je passerai demain, dans le courant de la journée. En attendant, conseille-leur de rester bien tranquilles et de m'attendre.

Mary attrapa au passage des bribes de conversation.

– Si j'ai bien compris, dit-elle, c'est ton frère ?

Mary craignait un peu la présence de Bernie dans les parages. Elle l'avait faussement accusé de vol. Il pouvait rappliquer pour se venger. Elle tenta de se rassurer à la pensée que Frank exerçait un réel ascendant sur son jeune frère, qu'il le dominait, qu'il pouvait le contenir si Bernie voulait pousser l'audace jusqu'à s'en prendre à elle. Elle espérait une seule chose : ne pas avoir à l'affronter.

– Ne t'inquiète pas. Il ne mettra pas les pieds ici. Je l'ai installé dans l'entrepôt, dit Frank.

– Qu'est-ce qu'il vient faire ici ? demanda Mary, l'air contrarié.

– Il cherche du travail. Ne te mêle pas de ça, veux-tu ?

* * *

Une pluie chaude et drue tombait, pareille à l'eau qui gicle d'une pomme de douche. La rue ruisselait de tous ses feux. Les voitures roulaient à vitesse réduite dans un bruissement monotone, mêlant aux bruits de la ville un frémissement lugubre. Des femmes, abritées sous des parapluies de soie multicolores, se pressaient à petits pas serrés ; des hommes, le col relevé, sautaient pour éviter les flaques d'eau qui se formaient, ici et là, le long des trottoirs et autour des puisards de rue ; deux adolescents de sexe opposé se serraient l'un contre l'autre dans l'encoignure d'une boutique de chaussures ; à la porte des restaurants, des clients pris au dépourvu cherchaient à attirer l'attention d'un taxi en maraude. Un commis d'épicerie, dans sa veste de coton blanc, s'arrêta un instant sur le seuil de l'établissement, regarda au ciel comme pour voir d'où venait la pluie, mit les deux mains sur la tête et s'élança dans la rue en courant. Une auto freina pour l'éviter. D'un bond de gazelle, il mit pied sur le trottoir d'en face ; deux enjambées de plus, il se retrouva à l'abri dans un casse-croûte crasseux qui annonçait son mépris pour l'art de bien manger. Une jeune fille avait posé sur sa tête un journal et courait vers une destination inconnue. Une vieille dame piétinait d'impatience sur le trottoir, devant la portière verrouillée d'une voiture, tandis que, face à elle, de l'autre côté, un jeune homme aux gestes maladroits fouillait dans ses poches à la recherche des clés. Un ivrogne, déjà bien imbibé, les deux mains dans les poches, s'appuyait à la vitrine d'un marchand de tabac, sans se soucier le moins du monde de la flotte qui lui tombait dessus. Une ambulance fila à toute vitesse dans un hululement de chouette en rut.

À la gare d'autobus, Henri sauta dans un taxi. Il tira de sa poche la photo de Bernie ainsi qu'un petit bout de papier sur lequel Johnny avait griffonné une adresse. Cette adresse, il la connaissait par cœur ; la photo, il l'avait examinée des centaines de fois. Depuis la rencontre, dans un bar de la rue Sainte-Catherine, avec ce mystérieux informateur, il n'avait plus dans la vie qu'un seul but : se trouver face à face avec les assassins de Dominique et les abattre sans merci. Il ne savait pas encore quelle sorte de châtiment il leur ferait subir, ni comment il s'y prendrait au juste pour arriver à ses fins. Il était au moins certain d'une chose : il irait jusqu'au bout de sa mission, dût-il y engloutir tous ses biens, compromettre son avenir, risquer même sa vie. Tout le reste n'avait plus d'importance. Une seule chose comptait : la vengeance.

Le temps était maussade et il commençait à se faire tard. Henri pensa : « J'irai à cette adresse demain matin. » Il remit la photo et l'adresse dans sa poche. Le taxi traversa la ville sous la pluie et déposa Henri à l'hôtel.

La chambre était modeste, mais confortable et propre. Des reproductions d'un peintre inconnu, dans un encadrement en plastique, étaient accrochées aux murs de la pièce. Tout autour, des objets presque familiers : deux lampes, un fauteuil, une commode, le téléphone et une bible. Henri enleva son veston, dénoua sa cravate et s'étendit sur le lit. Il avait quitté Montréal en coup de vent ; sans donner d'explication à personne, avait fait sa valise, passé à la banque et sauté dans l'autobus. Maintenant, il était seul, dans cette ville inconnue, face à deux individus cruels qu'il ne connaissait pas, qu'il n'avait jamais vus.

Un courage, une témérité inexplicables l'envahirent tout entier. Pour la première fois de sa vie, il se sentit prêt à relever avec hardiesse n'importe quel défi, à plus forte raison un défi qui lui procurait en même temps une fascinante consolation. « Ces deux vauriens ne m'échapperont pas, pensa-t-il. Je vais les observer, les suivre ; et, le moment choisi, je les frapperai sans leur donner la moindre chance. Exactement comme ils ont dû faire avec Dominique. » Il ferma les yeux, imaginant des scènes d'une violence extrême. Il en sortait toujours indemne, vainqueur, et profondément réconforté. La haine, la vision d'une vengeance sauvage, s'installèrent en lui comme le repos de la nuit après une dure journée d'un implacable labeur. « Quand je les aurai exterminés, se dit-il, j'irai dormir quelque part au soleil ; après, je ne serai plus du tout le même homme. Tout deviendra possible. »

De toute façon, la mutation d'Henri était déjà amorcée. Le petit comptable de Brazeau & Fils était complètement transformé. Il était devenu, bien malgré lui, un chasseur de têtes. Ce nouveau rôle, il l'improvisait à mesure qu'il le jouait. Sans connaître le dénouement du scénario qui se déroulerait dans les prochains jours, il campait avec une fierté nouvelle un personnage qui le dépassait à bien des égards, mais qu'il acceptait de figurer, d'incarner jusqu'au délire. L'affolement qui s'était emparé de lui après la mort de Dominique se changeait en fureur démoniaque. La rage, la colère, calmaient sa douleur de père ; la haine, la soif de vengeance, le réconciliaient avec lui-même, avec la vie. La rancune chassait le désespoir, comme le vent violent de l'hiver chasse de la plaine les noirs corbeaux de malheur. La promesse d'un châtiment impitoyable le libérait de son angoisse.

Cette première nuit à l'hôtel s'avéra difficile. Il n'arrivait pas à fermer l'œil. Toutes sortes d'idées lui trottaient dans la tête : À quoi occupera-t-il ses premières journées dans cette ville ? Combien de temps devra-t-il attendre avant de passer à l'action ? S'attaquera-t-il à ces individus tout seul, cherchera-t-il à se faire aider ? Que fera-t-il lorsqu'il les apercevra pour la première fois : attaquer ou réfléchir ? Il se leva, fit quelques pas dans la chambre, s'approcha de la fenêtre. Les rues désertes de la ville, inondées de pluie, étaient pareilles à de larges ruisseaux sombres et sinistres. « Dormez en paix, sales individus ! car vos nuits sont comptées. Que votre sommeil soit un avant-goût de la mort, que vos cauchemars vous initient aux tourments de l'enfer. » Ces vœux funestes le remplirent d'une étrange sérénité, à la fois douce et morose.

Il fouilla dans sa valise et tira de sa trousse de toilette les somnifères que le médecin lui avait prescrits quelques jours auparavant. Il sentit qu'il n'arriverait pas à dormir sans ça. Il se glissa sous la douche pour se détendre un peu et avala deux petites capsules. Le médecin l'avait bien mis en garde contre l'abus des somnifères, mais les instants qu'il vivait lui paraissaient si cruciaux qu'il remettait instinctivement à plus tard tous les conseils reçus. Il ramassa ses idées une dernière fois avant de s'endormir : « Ce que je suis en train d'entreprendre est trop important. Il faut absolument que j'évite de me laisser distraire par toutes sortes d'exhortations et d'autres avis. Si je rate mon coup, la vie n'aura plus aucun sens. À quoi bon vivre si n'importe qui est laissé libre de décider de la mort de ceux qui nous sont chers ? Je ne veux pas changer le monde. Tout ce que je désire, c'est vivre en paix avec moi-même. Et ma paix, aujourd'hui, est liée à ma vengeance. Toute ma vie est tissée de gestes insignifiants, d'actions banales. Je ne veux plus être le jouet des événements. Encaisser, encaisser, sans rien dire ni rien faire, finit par étouffer l'âme et assécher l'esprit. Ceux qui réagissent coup pour coup sont toujours plus difficiles à détruire. Les sociétés elles-mêmes, d'ailleurs, pour se défendre, se protéger, ont créé des systèmes fondés sur les représailles. Pourquoi moi, dans mon univers intime, un univers, en somme, qui n'intéresse personne d'autre que moi-même, n'aurais-je pas le droit d'user aussi de représailles pour protéger et défendre cette petite société privée qui gravite autour de moi ? Dieu, pourtant inattaquable, invulnérable et infiniment miséricordieux, a quand même prévu une vengeance suprême et éternelle en vouant à la géhenne tous les réprouvés et les pécheurs de la terre. J'ai été créé à son image et à sa ressemblance… » Henri fut surpris par le sommeil à cet instant de sa réflexion.

Au matin, le réveil d'Henri fut pénible. Il s'étira longuement avant de trouver les forces nécessaires pour quitter le lit. Les somnifères l'avaient littéralement assommé. Il eut beau se plonger la tête dans l'eau froide du lavabo, se frictionner violemment les tempes, il resta un long moment dans un état de demi-sommeil. Au sortir de sa torpeur, il descendit à la salle à manger de l'hôtel et enfila café noir sur café noir. Ses aigreurs d'estomac réapparurent. Il commanda un grand verre de lait et un bol de céréales.

Si la veille Henri eut vraiment le sentiment qu'il savait où il allait, malgré qu'il se soit posé un certain nombre de questions secondaires, en ce matin du premier jour de sa mission, toutefois, il ressentit quelque inquiétude. Les ondes de choc de la solitude et de l'isolement vibrèrent en lui si violemment qu'il se demanda tout à coup ce qu'il faisait dans cet hôtel, dans cette ville. Tout lui parut insensé, ridicule. Il avait quitté son pays, sa ville, sa maison, sa femme, ses amis, pour poursuivre et punir deux individus qui ignoraient jusqu'à sa propre existence. Il était parti sur un coup de tête, et maintenant ce coup de tête se concrétisait. Il n'était plus en face d'une idée, d'un projet de vengeance ; c'était la vengeance même, brutale, sanglante, irrémédiable qu'il devait maintenant organiser et réaliser. Il ne devrait compter sur personne d'autre que lui-même. Le poids d'une pareille gageure le plongea dans un profond abattement. Il n'était plus certain d'avoir le courage nécessaire pour mener jusqu'au bout son entreprise, même si, en son for intérieur, une force étrange le poussait à agir, l'empêchait de reculer.

Pendant qu'il mangeait du bout des lèvres et sans grand appétit des céréales déjà ramollies d'avoir trempé dans du lait trop chaud, il pensa à Rollande, qu'il avait abandonnée stupidement sans rien lui dire. «Elle va s'inquiéter et paniquer, se dit-il. Elle aura sûrement besoin d'aide durant ces quelques jours. De toute façon, elle aura toujours besoin d'aide. Tout compte fait, je ne peux pas l'aider vraiment. Il faut que je fasse quelque chose, sinon je n'aurai jamais l'esprit tranquille.» Il quitta la salle à manger et se dirigea vers un téléphone public. Il expédia à Marcel Primeau un télégramme en ces termes : «Veille sur Rollande, assure-toi qu'elle ne manque de rien. Ne t'inquiète pas pour moi. – Henri.» Dès qu'il eut enfermé dans des mots cet appel à l'aide de Marcel, il se sentit un peu soulagé, mais surtout libéré d'une étouffante culpabilité.

Le soleil cherchait à se frayer un chemin à travers les nuages bas et lourds. La ville était baignée d'une lumière chaude et humide. Henri sauta dans un taxi et se fit conduire à l'adresse indiquée par son singulier informateur. Arrivé sur les lieux, il fut pris soudain d'une curieuse sensation de danger, comme s'il se présentait à un duel sans témoin et sans arme. «Il faut que je tienne le coup, se dit-il. Pas question de reculer.» Comme il n'y avait presque personne dans les rues à cette heure, il se sentit du même coup moins menacé. Le péril qu'il craignait, au début, sembla se dissiper peu à peu. En fait, il n'était pas vraiment venu dans le but d'engager les hostilités. C'était, tout au plus, une mission de reconnaissance. Les coordonnées correspondaient aux indications qu'on lui avait fournies. Au coin de la rue, un vaste entrepôt de tôle ondulée s'étendait jusqu'à une ruelle qui le séparait d'une cour entourée d'une haute palissade. Sur la façade du bâtiment, une enseigne sur laquelle était inscrit : TRANS-AT INC. IMPORT-EXPORT. À côté de l'entrepôt, une construction de briques rouges, flanquée d'une aire de stationnement, abritait les bureaux de l'administration. Henri arpenta le trottoir, de l'autre côté de la rue, allant et venant, les yeux fixés sur la petite porte qui donnait accès à l'intérieur de l'entrepôt. Il espérait voir surgir un homme jeune, trapu, aux traits déjà familiers, parce que maintes fois observés sur la photo qui traînait au fond de la poche de son veston. Cette photo, il ne jugea même pas utile ou nécessaire de la regarder.

« Je dois m'armer de patience, se dit Henri. Si je me manifeste trop vite, je risque d'éveiller leurs soupçons. Je dois jouer de finesse et les prendre par surprise. » Il se refusa à précipiter un affrontement dont l'issue lui paraissait hasardeuse. Il restait là, debout sur le trottoir, farouchement décidé à attendre son heure. Rien ne pressait maintenant. Il ne cherchait pas non plus à s'encombrer de plans bien définis, de stratégies compliquées. Il se fierait plutôt à l'inspiration du moment.

Les employés de l'entrepôt commencèrent à arriver, et tout le quartier se mit à bourdonner d'activités. Le coup d'envoi de cette étrange chasse à l'homme était donné.

8

— Où sont-ils ? demanda Frank au comptable qui pianotait sur une vieille machine à calculer manuelle.

— Qui ?

— Les deux gars qui sont venus pour me voir, hier.

— Dans la chambre du gardien de nuit, à l'entrepôt, répondit le comptable en faisant un geste pour se lever de son siège.

— Ne te dérange pas. J'y vais.

Frank traversa l'entrepôt en se faufilant entre les caisses, les boîtes, les conteneurs. Il emprunta un petit escalier en fer qui conduisait à la mezzanine, et pénétra sans frapper dans la chambre-abri où Bernie et Ral dormaient à poings fermés.

— Debout là-dedans, les voyageurs ! lança Frank avec bonne humeur.

Bernie se dressa en sursaut, se frotta les yeux et aperçut Frank debout près de la porte, le sourire aux lèvres. L'air réjoui de son frère aîné le rassura. Il sauta à bas du lit à moitié réveillé et d'un geste embarrassé lui tendit la main.

— Je suis content de te voir, dit Bernie en souriant à son tour.

— Moi aussi, p'tit frère.

Les deux hommes restèrent un bon moment main dans la main, à se regarder, à s'échanger des sourires gênés. Chacun chercha en vain les mots appropriés dans de telles circonstances. Frank eut un geste d'affection viril en feignant d'administrer un bon coup de poing à l'abdomen de son frère. Bernie joua le jeu et fit semblant d'esquiver.

– C'est ton ami ? demanda Frank en montrant du doigt Ral qui dormait encore.

Bernie secoua violemment son camarade pour le réveiller.

– Lève-toi, gros plein de marde ! On a des tas de choses à faire aujourd'hui, dit-il sur un ton enjoué.

Les trois hommes étaient d'agréable humeur. L'atmosphère qui régnait dans cette chambre sans fenêtre, au confort rudimentaire, était propice malgré tout à bien des accommodements. Frank semblait disposé à les aider, moyennant bien sûr certaines conditions. Les deux autres, en retour, ne demandaient pas mieux que d'être à la disposition de leur bienfaiteur.

– Bon, dit Frank sur un ton qui devenait plus sérieux, venons-en aux choses pratiques. J'imagine que vous êtes venus ici pour travailler. Moi, je veux bien vous aider, mais j'ai besoin de gars fiables, de gars sur qui je peux compter. Je ne vous paierai pas à rien faire.

Frank avait le ton ferme de l'entrepreneur audacieux, du chef d'une petite entreprise qui a risqué jusqu'à son dernier sou dans une affaire et qui n'a pas de scrupule à être aussi exigeant pour les autres qu'il l'est pour lui-même. Il déclina sans reprendre son souffle : les conditions et la nature du travail, le salaire, les liens d'autorité, les règlements de la maison.

– Si ça vous convient, dit-il, vous pouvez commencer aujourd'hui même. Autre chose, vous pourrez demeurer ici. Je ne vous ferai pas payer de loyer. En attendant que j'engage un autre gardien de nuit, je vous demanderai d'avoir l'œil ouvert. Cette tâche est déjà prévue dans le salaire que je viens de vous offrir. Vous entrerez par une petite porte qui donne sur la ruelle. Je vous fournirai la clé. Avez-vous des questions ?

Ral et Bernie se regardèrent sans dire un mot. Ils furent surpris par le ton de Frank. Les consignes que ce dernier venait de leur dicter étaient fermes, claires et directes. Ils n'osèrent pas poser de questions et comprirent que c'était à prendre ou à laisser. Ils n'étaient pas non plus dans une position pour poser leurs conditions ni pour négocier quoi que ce soit. Frank ne leur donna pas, d'ailleurs, la chance de demander des explications. Brisant le silence, il enchaîna :

– Toi, dit-il en s'adressant à Ral, tu vas rester ici et attendre le père Jones. Il te dira quoi faire. Toi, Bernie, tu vas venir avec moi. J'ai à te parler.

Les deux frères sortirent et Ral resta seul. Dans cette pièce minuscule, vaguement meublée de deux lits de camp, de boîtes vides en bois, d'un lavabo ébréché, Ral eut l'impression d'être pris au piège dans un décor qui sembla éveiller en lui de sombres souvenirs. Des murs, partout des murs ; des murs hauts, plats et menaçants par leur opacité étouffante. Il secoua la tête comme au sortir d'un mauvais rêve. Tous ces murs ressemblaient à ceux contre lesquels il s'était tant de fois frappé la tête et meurtri les poings ; des murs d'une résistance opiniâtre, d'une implacable solidité. Il se revit soudain en train de crier, de gémir, dans un autre lieu où le silence et les hommes sont aussi infranchissables que les murs. Dans cette petite chambre sans fenêtre, il eut peur de revivre ces instants de mort en sursis qu'il avait connus dans le passé. Un passé récent, encore collé à sa mémoire, trop près de lui pour s'en échapper totalement. Il entendit en lui cette voix monotone de l'homme en blouse blanche qui lui disait : « Si tu te prends en charge, si tu cesses de boire, si tu prends tes médicaments tous les jours, tu pourras fonctionner normalement. Autrement, tu seras obligé de revenir nous voir. Et, de fois en fois, tes séjours vont se prolonger. » Il avait complètement oublié de se prendre en charge, de prendre ses médicaments, d'arrêter de boire. Il était là, claustré entre des murs hostiles. Où était Bernie ? Que faisait-il ? Allait-il l'abandonner ? Il eut envie de fuir, d'échapper à ces murs qui le terrorisaient, courir à travers les rues, mais il était incapable de sortir de cette prison tout seul. Sa volonté déficiente le figeait sur place. La crainte de se retrouver tout seul, dans cette ville inconnue, le forçait à accepter de mauvaise grâce son sort misérable. Il se mit à frapper à grands coups sur tout ce qui se trouvait à la portée de ses pieds : boîtes, chaussures, sacs, valises. Sa peur se transforma en rage effrénée. Il se jeta sur le lit en frappant avec ses poings, de toutes ses forces, sur l'oreiller.

Frank précéda Bernie dans un petit bureau en désordre, envahi d'un pêle-mêle de boîtes, de papiers, de vieux journaux, de meubles hors d'usage, d'échantillons de marchandises jaunies par le temps. Frank s'écrasa dans un fauteuil à bascule et caressa sa moustache pour se donner une contenance.

– Tu sais, ça me fait plaisir que tu sois revenu, dit Frank, en continuant de jouer avec sa moustache. Ce qui s'est passé, il y a deux ans, c'est oublié. N'en parlons plus. Mais, pour éviter que ça recommence, j'aimerais mieux que tu ne viennes pas à la maison. Reste ici, fais le travail qu'on te demande et tu n'auras aucun problème. Si tu as besoin d'un peu d'argent au début, pour te dépanner, ça me fera plaisir de t'en avancer.

– Oui, bon. Disons, avoua Bernie avec hésitation, que je suis un peu à court. Ça m'aiderait si…

– Pas de problème ! interrompit Frank en mettant la main dans sa poche. Il roula quelques billets et les lui tendit d'un geste discret, à la manière d'un pot de vin que l'on glisse dans la main d'un politicien affranchi. Si vous êtes forcés de loger ailleurs, ajouta-t-il, d'ici quelque temps, j'augmenterai vos salaires.

– Avec ça, j'en ai assez jusqu'à la prochaine paye, dit Bernie en comptant les billets.

– C'est bien. Qu'est-ce qui s'est passé ? Comment se fait-il que tu as quitté Montréal comme ça, à quelques heures d'avis seulement ? Tu n'as pas fait de bêtises, j'espère.

– Oh non ! répondit Bernie avec l'aisance d'un menteur expérimenté. J'avais une bonne job dans un garage, mais le propriétaire a fait faillite et je me suis trouvé dans la rue. L'ouvrage est rare de ce temps-ci. J'ai cherché un peu autour, mais je n'ai rien trouvé.

Bernie se sentait en verve. Il aurait pu raconter n'importe quoi. Si Frank voulait savoir le nom du garage, s'il voulait connaître tous les antécédents du propriétaire, lui, Bernie, était prêt à inventer une histoire des plus vraisemblables sur ce sujet sans broncher, sans hésiter. Tout était prêt dans son esprit, bien organisé, avec une foule de détails à dérouter le plus perspicace des enquêteurs.

– Ton copain, dit Frank, il a l'air un peu bizarre. Tu ne trouves pas ?

– C'est un gars bien correct. C'est sûr, il fait peur quand on le voit pour la première fois, mais c'est un bon gars. Il est fort comme un cheval, puis dur à l'ouvrage à part ça.

– Qu'est-ce qu'il faisait à Montréal?

– Il travaillait avec moi au garage. On est parti en même temps.

Frank posa sur son jeune frère un regard scrutateur. Ce dernier avait l'air si sincère, il était si spontané qu'il ne vint même pas à Frank l'idée que Bernie pût mentir. Mais il y avait quelque chose dans les yeux de Bernie, dans sa voix, dans sa façon de baisser la tête en parlant, qui intriguait Frank. Son jeune frère lui cachait sûrement quelque chose. Cela étant, ce n'était pas une raison pour le soumettre à la question du grand frère, le forcer à parler, lui arracher les mots de la bouche. Si Bernie avait envie de se confier, il le ferait. Frank lui tendit tout de même la perche:

– Comment t'es-tu débrouillé ces dernières années?

– Pas si mal. J'ai fait des tas de choses intéressantes.

– Tu n'as pas de petite amie?

– Penses-tu! Il y a bien trop de femmes pour s'attacher à une seule, répondit Bernie qui cherchait à impressionner son grand frère.

– Tu vis tout seul?

– Oui. J'avais un appartement meublé. J'ai été obligé de le laisser. Après avoir quitté le garage, j'ai eu peur de rester à ne rien faire. C'est pour ça que je t'ai fait signe.

«Pas besoin d'insister, pensa Frank, s'il veut me raconter sa vie, il me la racontera une autre fois.»

– Ici, comme je l'ai dit tantôt, vous allez faire de la livraison et classer de la marchandise en entrepôt. Vous travaillerez de huit heures le matin à six heures le soir, du lundi au vendredi.

– Moi, ça fait bien mon affaire, dit Bernie.

– Tu sais, ma business va très bien. J'ai pas mal grossi depuis deux ans. J'ai de bons clients et j'offre un bon service. Si je vous fais confiance, je m'attends en retour que vous soyez à l'ouvrage sérieusement.

– Ça, tu peux compter sur nous.

Frank enchaîna avec de nouvelles consignes, des conseils d'ordre pratique. Il prenait bien des précautions pour éviter de se retrouver dans l'obligation de mettre son frère à la porte une autre fois. Il connaissait les faiblesses de Bernie : son instabilité chronique, son insouciance, sa cruauté maladive qui le poussait souvent à commettre des actes blâmables. Un peu pour cette raison, il sentit peser sur lui le poids d'une responsabilité inévitable, une sorte d'obligation paternelle qu'il n'arrivait pas à saisir, à définir très clairement, mais qui exerçait sur lui une pression agaçante. Quand Bernie ne donnait pas de nouvelles, qu'il se débrouillait tout seul, ailleurs, Frank était tranquille et ne se préoccupait jamais de savoir comment les choses allaient pour son jeune frère. Si ce dernier rappliquait, demandait de l'aide, alors là, ce n'était plus la même chose. Il se sentait obligé. Il savait que Bernie était vulnérable, à la merci de la moindre infortune. Durant de nombreuses années, avant de quitter Montréal pour les États-Unis, il avait guidé les pas de son jeune frère, l'avait aidé à s'adapter et à se défendre dans un monde qui semblait le répudier, le rejeter. Il avait été plus qu'un grand frère, jouant le rôle de père, de protecteur, de conseiller. Déjà, à cette époque, Frank prévoyait que son frère aurait du mal à se tailler un petit bonheur tranquille dans ce monde, dans une société qui n'était pas faite pour lui et pour laquelle il avait été si mal préparé, aussi bien à l'école qu'à la maison. À l'école, on ne l'aimait pas. Il était agressif, cruel, paresseux. À la maison, sa mère criait toujours après lui, son père le fuyait ou l'ignorait, sa sœur le ridiculisait. Il n'avait que Frank pour le rescaper, le prendre sous son aile protectrice. Frank l'avait pris en pitié et avait tenté aussi d'en faire son allié. Plus tard, il s'était fixé comme objectif de se rapprocher de son jeune frère, de s'en faire un ami et complice. Mais Bernie était trop malléable pour être un complice sûr, trop vulnérable pour être un allié puissant, trop instable pour être un ami loyal. Il prit alors ses distances, tout en demeurant un ardent défenseur de Bernie. Il intervenait à la moindre occasion, le couvrait, le justifiait, prenait sa défense.

À la longue, cette protection trop envahissante se transforma en tyrannie cruelle. Bernie ne comptait plus que sur son frère aîné. Il se conduisait de coupable façon sans vergogne, sans scrupule, sachant, de toute façon, que Frank viendrait à sa rescousse. Loin de l'aider, ce secours exagéré entraîna Bernie sur la pente facile de la licence et du désordre. Longtemps, Frank se demanda s'il n'était pas un peu responsable de la conduite de son frère, même si ce dernier l'avait bien des fois trompé et déçu par ses agissements. Aujourd'hui, il était prêt à lui donner une autre chance, mais pas la même sorte de protection qu'il lui avait accordée par le passé. Il se voulait plus ferme, plus exigeant.

– Je te préviens, dit Frank, si tu cours après le trouble, ne compte pas sur moi pour te sortir du trou. Quand tu étais plus jeune, j'ai pris soin de toi. Maintenant, tu vas être obligé de t'organiser tout seul. Je n'ai pas l'intention de te couvrir comme je l'ai fait dans le passé. Tu es assez vieux pour prendre soin de toi.

– J'ai beaucoup changé, tu sais. Je ne fais plus de folies comme avant.

Malgré tout, Frank continuait à entretenir certains doutes à l'endroit de son frère : son départ précipité de Montréal, ses accointances douteuses avec cet individu aux allures de brute, son incapacité à trouver un travail stable, à se caser définitivement, sa gêne financière inexplicable. Bernie disait avoir travaillé régulièrement, mais il n'avait pas un sou vaillant.

– Je veux bien te croire. Mais, si tu veux rester ici, continuer à travailler pour moi, il va falloir que tu prouves que tu as vraiment changé.

La méfiance de Frank désarçonna Bernie qui se trouva bien vite à court d'arguments. Pourtant, depuis son arrivée, il avait fait montre d'une irréprochable bonne volonté. Il comprenait mal que son frère fût si soupçonneux. Après tout, ce dernier n'avait rien à lui reprocher. Il avait accepté, de bonne foi, toutes ses conditions. Bien sûr, il avait menti sur l'emploi de son temps, au cours des dernières années, mais tout ce qu'il avait dit était crédible. Il n'y avait rien d'exagéré dans ce mensonge, somme toute inoffensif. Pourquoi Frank le traitait-il comme s'il allait commettre quelque coup pendable?

– Tu sais, dit Bernie, je ne suis pas venu ici pour te causer des ennuis.

– Ce n'est pas la question, dit Frank en haussant les épaules.

– Je suis prêt à faire tout ce que me demanderas.

– Je sais, je sais. J'ai une business qui marche bien parce que je m'en occupe beaucoup. Comme je voyage souvent, je n'aurai pas le temps de vous surveiller, toi et ton copain. Tout ce que je veux, c'est ne pas avoir d'ennuis.

– Je comprends ça.

Frank se leva, prit Bernie par le bras et l'emmena jusqu'à l'entrepôt. Il lui fit visiter les lieux, le présenta aux employés, lui expliqua le fonctionnement du commerce, ajoutant ici et là quelques détails sur les techniques d'achat et de vente. Bernie manifesta de l'intérêt, même de la curiosité, ce qui rassura Frank qui ne demandait pas mieux que de faire confiance, une fois de plus, à son jeune frère.

Bernie retourna dans la chambre-abri. Ral était étendu sur le lit, la tête enfouie sous l'oreiller, comme s'il cherchait à se protéger du bruit et de la lumière.

– Tu es encore couché, gros paresseux, lança Bernie.

Ral ne bougea pas. Bernie s'approcha du lit et souleva l'oreiller.

– Veux-tu bien me dire ce que tu fais là?

– Tu n'aurais pas dû me laisser tout seul, dit Ral en se levant brusquement.

– Qu'est-ce qui te prend?

– Je ne peux plus rester ici! cria Ral. J'étouffe. Tous ces murs autour de moi... ça me fait peur. J'ai envie de foncer dedans.

– Calme-toi, c'est en attendant... Tu sais bien qu'on ne va pas rester ici tout le temps.

– Tu n'as pas d'affaire à me laisser tout seul... On est venu ensemble, on doit rester ensemble. Si tu penses travailler de ton bord, et moi du mien, j'aime mieux m'en aller, dit Ral en s'agitant de plus en plus. Moi, je ne connais pas ton frère. Je suis venu ici parce que tu m'as demandé de venir avec toi. Si tu me laisses seul, je casse tout ici-dedans, puis je te casse la gueule. Si vous voulez vous arranger tous les deux, toi et ton frère, je vais sacrer le camp. Si vous ne voulez pas de moi... attention, hein! Vous ne m'enfermerez pas ici. Je suis capable de me défendre.

Ral était surexcité et disait n'importe quoi. Ses yeux brillaient de peur, ses mains tremblaient. Bernie resta calme. Il connaissait bien Ral. Il avait été témoin, plus d'une fois, de ses crises de nerfs, toujours passagères, toujours sans suite. D'ailleurs, il savait comment y remédier.

– Ne t'énerve donc pas, Ral, tu sais bien que je ne t'abandonnerai pas. Tiens, mon frère t'a même fait une avance sur ta paye, dit Bernie toujours aussi à l'aise dans le mensonge. Il tira de sa poche quelques billets qu'il remit à Ral. Penses-tu que Frank t'aurait donné de l'argent s'il n'était pas intéressé à te garder?

Ral respira profondément et ravala sa rage et sa peur. Le geste que venait de faire Bernie le tranquillisa.

– Ce soir, enchaîna Bernie en se frottant les mains, on se paiera une soirée qui va péter le feu: des femmes, du scotch, tout ce que tu voudras.

Ral retrouva le sourire. L'allure enjouée de son ami le rassura. Bernie faisait des projets, il parlait d'une soirée qui promettait des moments de vifs plaisirs. Le beau rêve qu'il avait caressé dans l'autobus commençait à se réaliser, par tranche, par étape. Il avait eu raison, pensa-t-il, de suivre son ami dans cette ville. Il avait eu tort de douter, un seul instant, de cette amitié qui les unissait. Une union fragile, capricieuse, aux lendemains incertains, mais une union qui les plaçait, tous les deux, à l'abri de l'intolérable solitude. Bernie était là. Les murs, à présent, ne se dressaient plus contre lui.

* * *

Henri sortit vers midi pour aller déjeuner dans un petit restaurant en face de l'hôtel. Il en était au deuxième jour de cette singulière chasse et n'avait pas encore engagé les hostilités de façon convaincante, ayant consacré la majeure partie de son temps à la réflexion, à l'élaboration de tactiques aussi vagues que naïves. Il s'était engagé dans cette opération sans plan, sans stratégie bien définie. De plus, il y était mal préparé psychologiquement, mal équipé techniquement. Il n'avait pas encore aperçu les deux hommes qu'il recherchait. Il n'avait aucune preuve, du reste, qu'ils étaient déjà installés dans la ville. Le désir de les repérer, de les épier, de les attaquer résolument, se mêlait à la crainte de les affronter. Pourtant, il n'était pas venu jusqu'ici pour exercer sa veulerie, mais pour répondre au vibrant appel de la vengeance qui lui hurlait au cœur. Reculer carrément, rentrer à Montréal, tout abandonner, c'eût été une catastrophe personnelle, l'anéantissement de l'homme nouveau qui commençait à naître, à prendre forme en lui. Attendre sans agir, tourner en rond, ne l'avançaient pas pour autant. Il eut peur de lâcher, de succomber à la tentation de pardonner pour n'être pas obligé de punir. Il pensa : «Ce serait tellement plus facile de présenter l'autre joue, de dire : "Vous avez frappé la gauche ; eh bien, maintenant, frappez la droite."» Passer l'éponge, accepter son sort misérable, courber l'échine sous le poids de la bonne conscience, lui paraissaient plus faciles, plus conformes à son tempérament. La vie lui avait si bien enseigné la docilité, la soumission, le sens de la discipline, que la révolte qui l'habitait lui semblait mauvaise conseillère. Il se sentit menacé par une sorte de révolte à rebours. Sa propre révolte menaçait d'éclater contre lui-même s'il n'allait pas jusqu'au bout de sa vengeance.

Une heure plus tard, Henri quitta le restaurant et poussa une pointe jusqu'à l'entrepôt de la TRANS-AT. Il resta un long moment en faction au coin de la rue, en face de l'immeuble, dans l'espoir de voir surgir les deux individus qu'il pourchassait.

Ces instants qu'il vivait plongèrent Henri dans un passé lointain et désolant. Bien des fois, il avait voulu se venger.

Chaque fois, c'était la même chose : il avait peur, il reculait. Planté là, au coin de la rue, il vit une scène de son enfance se reconstituer dans son esprit, évoquant un souvenir lourd et déprimant. À l'école, un jour, un voyou arrogant l'avait humilié devant ses camarades de classe : il lui avait fait sauter les lunettes sur le nez, l'avait jeté par terre, puis avait donné des coups de pied sur ses livres et ses cahiers éparpillés aux quatre vents. Henri s'était relevé impuissant, dépité et honteux. Tout le monde, autour de lui, riait avec méchanceté. Il jura, sur-le-champ, de faire payer à ce sale voyou ces ricanements de cruauté. Tous les soirs, pendant des semaines, après l'école, il alla se poster derrière un gros orme, en face de la sortie des élèves, attendant sa victime. Mais, chaque fois, c'était le même scénario : Henri se blottissait derrière son arbre et, sans bouger, regardait passer devant lui le jeune fanfaron aux mèches rebelles, à la démarche orgueilleuse. Chaque soir, Henri rentrait chez lui plus humilié que la veille. Comme son désir de vengeance était plus grand que son courage, il se contenta de nourrir une vive rancœur contre le petit fier-à-bras, mais évita de passer à l'action.

Aujourd'hui, l'occasion était belle de mesurer son audace, son courage. Allait-il reculer, rentrer à sa chambre d'hôtel, plus humilié que le jour précédent ? Laisserait-il fuir ces deux individus comme il avait regardé passer devant lui, sans rien faire, le matamore de la petite école ? Au fond, son manque de cran, son hésitation à agir, s'expliquaient par la faiblesse de ses ressources, de ses moyens. « Il est beaucoup plus facile de faire montre de courage quand on a la force, la puissance physique, de son côté. À vouloir vaincre sans être le plus fort, on périt sans gloire. Même si je les avais tous les deux devant moi… qu'est-ce que je pourrais faire ? se demanda Henri. Les attaquer à mains nues ? J'en serais incapable. » L'embuscade, même la plus grossière, lui parut préférable à la plus insolente des bravades. « S'il le faut, je prendrai les grands moyens », se dit-il.

Henri quitta le quartier des entrepôts, des usines, et s'engagea dans la principale rue commerciale de la ville. Il fureta dans les grands magasins, dans les boutiques, et s'arrêta enfin chez un armurier. Des armes de tous calibres scintillaient dans des comptoirs vitrés : pistolets automatiques, de type parabellum, revolvers à chargeur, de type Browning ; des noirs, des chromés, des longs, des courts. Ces objets de mort et de violence avaient l'air sinistre dans leur boîtier de velours sombre. «Je n'arriverai jamais à tirer quelqu'un avec ça», pensa-t-il. Toutes ces armes lui parurent lourdes, encombrantes. «Le temps de sortir ça de ma poche et de viser… les autres auront eu le temps de me descendre deux fois.» Un commis s'approcha et offrit son aide et ses conseils. Henri ressentit un profond malaise. Comment expliquer ce qu'il était venu faire ici ? Sûrement pas avouer qu'il cherchait une arme capable d'abattre deux hommes à la fois, d'un seul coup. Il se ressaisit. D'un air détaché, jouant l'amateur d'armes à feu intéressé à enrichir sa collection, il demanda au commis s'il n'avait pas quelque chose de léger, très précis, discret, facile à transporter. L'expert déposa sur le comptoir deux pistolets automatiques à chargeur, d'un modèle récent et hautement perfectionné. Henri n'avait ni le temps ni la compétence pour discuter des propriétés particulières de chacun des pistolets. Il n'était pas en mesure non plus de poser des questions intelligentes. Il choisit celui qui lui paraissait le moins rébarbatif. L'homme lui expliqua brièvement le mécanisme de fonctionnement, lui donna des conseils sur l'entretien de l'arme et lui proposa une petite boîte de munitions. Henri eut hâte d'en finir.

– Ça va, ça va… Je prends celui-ci, dit-il.

Dans la rue, Henri eut l'impression que les passants fixaient la petite boîte qu'il serrait sous le bras, devinaient ses intentions, lisaient sur ses lèvres le murmure de ses pensées. Il se sentit épié, poursuivi par la multitude qui cherchait à le piéger, à l'empêcher d'agir. La sueur perlait sur son front. «Le commis a sans doute deviné mon plan et averti les policiers. Ils vont me suivre et m'arrêter au moment où je me servirai de mon arme.» Il pressa le pas en regardant autour de lui. Il commençait à sentir des douleurs à l'estomac. Il s'arrêta un moment et reprit son souffle. «C'est ridicule, se dit-il. Allons donc ! personne ne sait ce qu'il y a dans cette boîte, personne ne sait ce que je suis venu faire dans cette ville. » Il s'appuya à la devanture d'un magasin et regarda les gens passer devant lui : pas un seul ne tourna la tête pour le regarder. « Comme c'est bête ! Le monde entier se fiche pas mal de mes malheurs et de mes intentions. Quelle idée ! Rien ni personne ne peut m'arrêter. Tout ce dont j'ai besoin, c'est du courage et un peu de chance. Du courage, je sens que je commence à en avoir un peu plus, d'heure en heure, de jour en jour. Hier, tiens, j'aurais été incapable de m'acheter une arme. Aujourd'hui, ça n'a pas été facile, mais j'y suis quand même parvenu. Ce soir, demain, je vais me retrouver, franchir une autre étape, puis le moment venu, j'agirai lucidement, de sang-froid, aussi simplement que s'il s'agissait de planter un clou dans un deux par quatre. » Il leva la tête et aperçut un coin de ciel bleu, sans nuage, au-dessus des buildings. « De la chance, il suffit que j'en aie un peu, que ces deux voyous soient à ma merci juste le temps qu'il me faut pour agir. C'est tout ce dont j'ai besoin. Après, c'est sans importance. » Il sauta dans un taxi et se fit conduire à son hôtel.

Assis au bord du lit, dans sa chambre, Henri tourna l'arme dans ses mains plusieurs fois. Il était fasciné par l'objet. C'était la première fois de sa vie qu'il tenait un pistolet et, lorsqu'il glissa l'index sous la gâchette, il lui sembla qu'il était en compagnie d'un ami plus fort que lui, un ami capable de venir à son secours. Cet instrument transformait sa faiblesse physique en une puissance manuelle, en un prolongement de lui-même qu'il n'avait jamais imaginé. Il tenait dans ses mains l'outil dont il avait besoin pour agir désormais, avec force et efficacité, sur la matière inerte et vivante : faire sauter un cadenas, abattre un chien enragé, forcer une caissière de banque à lui remettre le contenu de la caisse, intimider et faire reculer tous les fanfarons prétentieux de la terre. Il pouvait maintenant faire face à toute éventualité. Aussi longtemps qu'il tiendra dans la main cette arme offensive, son courage ne l'abandonnera pas. Il posa les lèvres sur le pistolet, puis le pressa contre sa poitrine. « Je suis le plus fort », se dit-il. Il s'étendit sur le lit et se laissa glisser dans une vague sérénité, une sorte de calme bienfaisant. «Comme tout est facile quand on se sent le plus fort, pensa-t-il. La force, c'est aussi grisant que le pouvoir. Je me sens comme le président ou le premier ministre d'un pays. Je peux donner des ordres et me faire respecter. Je pourrais même, si je le voulais, forcer des êtres à commettre des actes répréhensibles pour mon plaisir ou mon intérêt.» Dans l'ivresse de sa nouvelle condition d'homme fort, il se surprit à imaginer des actions courageuses dont il était le héros glorifié. Tous les gens qu'il avait connus, auprès de qui il avait vécu, ne le reconnaissaient plus. Il n'était plus, à leurs yeux, le comptable minable et piteux qu'il avait toujours été. L'outil de destruction qu'il tenait dans la main servait à construire un homme nouveau, transformé, comme une maison qu'on est en train de démolir ressemble à une maison en construction.

L'après-midi passa très vite, et Henri sursauta en consultant sa montre. «Mon Dieu! déjà sept heures, se dit-il. Il est temps que je m'occupe de mes deux gars.» Il mit le pistolet dans la poche de son veston et sortit. Quelques instants plus tard, il se retrouva à son poste d'observation habituel, en face de l'entrepôt. Le quartier, si bruyant le jour, était tranquille à cette heure. Les employés de la TRANS-AT avaient quitté les bureaux depuis longtemps, et l'immeuble abandonné avait l'aspect sinistre d'un funérarium désaffecté. Armé, Henri était plus sûr de lui, plus confiant, presque audacieux. Il traversa la rue et, par les fenêtres du rez-de-chaussée, jeta un coup d'œil dans les bureaux de l'administration. Personne. Du côté de l'entrepôt, il n'y avait pas de fenêtres, mais les lieux semblaient tout aussi déserts. Il revint sur ses pas et s'installa dans les marches d'un petit escalier extérieur qui conduisait à une ancienne résidence de bourgeois cossus transformée en maison de pension. Sur l'un des battants de la porte d'entrée, un écriteau offrait des chambres à louer. «Je devrais quitter mon hôtel et venir habiter ici, se dit-il en apercevant la pancarte. Ça m'éviterait de me déplacer à tout bout de champ.» Henri était impatient et anxieux. Il n'arrivait pas à rester en place. Il se leva et fit les cent pas sur le trottoir, allant d'un coin de rue à l'autre, les yeux rivés sur l'entrepôt. «Je me demande si je ne perds pas mon temps à surveiller cet endroit. Comment savoir s'ils sont là?» Le soleil disparut derrière les maisons, les buildings, une ombre rafraîchissante accentua la grisaille de la rue.

La petite porte de l'entrepôt s'ouvrit tranquillement. Un homme, grand, mince, portant chemise et cravate, sortit le premier. Trois autres le suivirent sur le trottoir. Henri resta médusé, pétrifié sur place. Il reconnut, du premier coup d'œil, Bernie Paquette. La photo ne trompait pas. C'était bien lui. Mais il en attendait deux, ils étaient quatre. Il chercha à découvrir lequel des trois autres était le compagnon de Bernie. Sûrement pas l'homme à la cravate. L'un des deux autres, toutefois, avait des allures louches : court, la démarche lourde, les épaules carrées, habillé de la même façon que Bernie. Il crut alors qu'il s'agissait de Ral. Le quatuor s'arrêta pour discuter et s'ébranla enfin en direction du bas de la ville.

Henri glissa la main dans la poche de son veston. Quand sa main toucha le métal froid de l'arme, il eut un geste brusque et essuya sa main droite sur le revers de son veston. «Je ne peux pas les descendre dans la rue. C'est trop risqué. Je vais attendre un moment plus propice», se dit-il.

Au bout d'un moment, les quatre hommes, qu'Henri suivait à distance, entrèrent dans un restaurant chinois. L'endroit était outrageusement décoré de dragons rouges et noirs, de lanternes chinoises ornées d'idéogrammes aux traits gras, de bouddhas ventrus. Henri entra après les autres et alla s'asseoir au fond du restaurant, dans une stalle aux banquettes rembourrées et aux dossiers élevés. Il prit place de manière à observer, sans être vu, les quatre individus. Bernie lui faisait face directement. Il put examiner ce dernier tout à loisir. «C'est donc lui, l'enfant de chienne!» pensa Henri. Il le perça du regard comme un chat qui cherche à hypnotiser une souris. Les yeux sournois de Bernie, son menton carré, son nez large et aplati, exaspérèrent la haine et la colère d'Henri. «C'est bien une face de tueur», se dit-il. La serveuse se présenta pour prendre sa commande, mais Henri n'en fit aucun cas. Elle insista. Il ordonna, sans la regarder, un plat sans importance qu'il n'avait pas l'intention de manger du reste, puis reprit son observation acharnée. « En tout cas, se dit-il en s'adressant mentalement à Bernie, j'ai sur toi, mon petit gars, un avantage que tu n'auras jamais sur moi, du moins pas avant d'être totalement à ma merci. C'est que moi, vois-tu, je sais qui tu es, je t'observe, je te suis partout, je peux te descendre n'importe quand sans que tu t'en aperçoives, tandis que toi, tu ignores que je suis là, à quelques pieds de toi. Tu ne me vois pas, tu ne penses pas que je puisse te tuer. Tu ne sais même pas que j'existe, tu es inconscient du piège que je te prépare. Déjà, sans que tu le saches, tu es voué à mon bon plaisir. Quand j'aurai décidé ce que je fais de toi, de ta peau, cela va t'arriver sans que tu puisses te défendre, sans que tu puisses prendre la moindre précaution. C'est pour ça, vois-tu, que je suis le plus fort. »

Henri tendit l'oreille afin de saisir quelques éclats de la conversation qui se déroulait à l'autre bout du restaurant. Il entendait des voix, mais n'arrivait pas à comprendre ce qui se disait. Les propos que pouvait tenir un individu comme Bernie, les mots que pouvaient s'échanger tous ces personnages réunis par hasard autour d'un bol de riz excitaient la curiosité d'Henri. Il était seul dans son coin, et cette solitude lui pesait. Il se sentait isolé, un peu perdu dans cet endroit sinistre, menaçant. Quelques fragments de conversation, un mot, une phrase, l'eussent tiré de cet isolement, de ce vide affreux dans lequel il flottait depuis son arrivée dans la ville. Il pouvait bien croire qu'il avait sur Bernie et son compagnon un avantage marqué du fait qu'il les épiait sans être épié lui-même. Il avait oublié qu'ils avaient peut-être des contacts, des relations, des amis. Cela rendait sa tâche plus difficile. « S'ils doivent constamment se tenir en bande, je n'y arriverai pas », se dit-il.

Les quatre hommes se levèrent et sortirent. Henri les regarda du coin de l'œil, sans tourner la tête. Il sortit à son tour. Dehors, la nuit était tombée, et la rue s'égayait de lumières et de bruits. Il se mêla aux piétons sans les perdre de vue. « S'ils montent dans un taxi ou si je perds leur trace, je saurai bien les retrouver un autre jour », se dit-il. À présent qu'il avait la certitude d'être sur la bonne piste, rien ne pressait plus. Il prendrait tout le temps qu'il faut pour mettre au point un stratagème afin de compenser par la ruse le manque d'audace qui l'empêchait d'agir dans de telles circonstances. Tout affrontement direct avec ses ennemis, même s'il était armé, lui paraissait impensable. « Il faut que je les tire dans le dos. » Il fut surpris de la lâcheté de ses intentions. « Après tout, ils ne sont pas dignes d'un geste de courage de ma part. » Henri prenait son rôle de bourreau au sérieux. « Une exécution a toujours lieu sans risque, sans bravoure, sans générosité. Seuls les héros éprouvent un plaisir morbide à afficher leur audace. Je ne suis pas un héros. Ma peur me conseille la prudence, et ma haine, la cruauté. Maintenant qu'ils ont pris l'habitude de tuer, faudra bien qu'ils s'attendent à mourir. »

Bernie et ses trois compagnons s'arrêtèrent pour bavarder à la porte d'un bar qui semblait fort animé. Le conciliabule dura quelques instants et le groupe se disloqua ; Bernie et Ral entrèrent dans le bar, les deux autres continuèrent leur chemin. Henri resta à l'écart. « C'est bien mes deux gars. Ils ne m'échapperont pas. Faut voir, maintenant, si c'est le bon endroit pour passer à l'action. » Henri les suivit dans le bar.

L'endroit était sombre et enfumé. Une clientèle presque exclusivement mâle s'entassait dans les vapeurs obscures et suffocantes de ce haut lieu du désœuvrement. Ral et Bernie avaient pris place à une table au fond de la pièce. Henri s'assit au bar. À ses côtés, deux hommes portant une casquette des Red Sox discutaient de baseball avec animation. Autour de lui, c'était le va-et-vient incessant des flâneurs oisifs qui étiraient leur journée en buvant du whisky et en s'étourdissant au son d'une musique casse-oreilles. Henri commanda un gin tonic qu'il but, pour commencer, par petites gorgées, puis qu'il enfila à grandes lampées. Il faisait chaud dans la boîte, et le drink allongé de glaçons lui procura une bienfaisante sensation de fraîcheur. Il en commanda un deuxième et le but plus lentement en faisant rouler dans sa bouche une petite boule de glace.

L'un des deux hommes à casquette de baseball se pencha sur Henri.

– Il est trop vieux. Il n'a plus les mêmes réflexes au bâton… Est-ce aussi votre avis ?

– Comment ? demanda Henri qui n'avait rien compris de ce que l'autre venait de lui dire.

– Je dis que Yastrzemsky est un joueur fini. Il faut l'échanger pour un jeune de talent.

– Je suis bien de votre avis, dit Henri en détournant la tête pour éviter toute discussion sur le sujet.

Henri décocha un regard agressif en direction des deux silhouettes estompées de Ral et Bernie qui se dessinaient à travers la fumée. «Je vous ai à l'œil», se dit-il. Il mit la main dans la poche de son veston et saisit l'arme d'une poigne solide. «Avec un peu de chance, j'en aurais fini de ces deux-là avant la nuit.» Il se fit servir un autre drink. Il commença à prendre goût au gin, et le charivari que l'alcool déchaîna dans sa tête le poussa au bord de l'euphorie. Jusqu'à présent, il ne connaissait de l'ivresse que les récits exagérés du lundi matin, rapportés par ses compagnons de travail pour attirer l'attention des secrétaires. Cette fois, il vivait l'expérience de sa propre ivresse, une ivresse presque joyeuse. Il aurait bien aimé, lui aussi, avoir un auditoire attentif à qui raconter ce qu'il ressentait. Sa solitude le limita à rassembler ses souvenirs, des souvenirs lointains, convoqués à une séance de retour en arrière. «Quel souvenir que ma première brosse ! J'avais seize ans. Un Jeudi saint, à part ça. Fallait avoir du culot pour se soûler un jour pareil. Avec Ti-Gilles, Braoule et le gros Lauzon, nous avions fait la visite des sept églises, une longue marche d'indulgences plénières à travers la ville. Nous suivions le même itinéraire que quatre belles filles, un peu pimbêches c'est vrai, mais très attirantes. Je me souviens. Il y en avait une avec un béret marine qui m'excitait à en être malade. Elle m'avait regardé avec tendresse, deux ou trois fois, en sortant des églises. J'avais envie de la prendre dans mes bras, de l'embrasser. Elle avait sans doute été trop bien élevée dans la crainte du péché et des mauvaises fréquentations pour quitter ses compagnes et me donner la chance de la retrouver, seule, quelque part au coin d'une rue ou dans un parc. Je me trouvais trop laid et trop cave pour faire les premiers pas. J'avais peur de l'effaroucher. Tant et si bien qu'il ne se passa rien. Beau cave que j'étais ! J'aurais dû foncer dans le tas, la prendre par le bras et l'emmener de force avec moi. Mais non ! Comme toujours, j'ai hésité, reculé, de peur d'essuyer un refus. Après la visite des églises, nous avions fini la soirée dans une résidence de l'avenue de l'Esplanade où la jeune sœur du gros Lauzon faisait du baby-sitting. Gabrielle était jolie, et j'avais toujours eu un faible pour elle. Malheureusement, elle ne s'intéressait pas à moi. Encore tout excité par l'image de ma belle inconnue au béret marine, j'ai dû, une fois de plus, me retenir pour ne pas sauter au cou de Gabrielle. Tout mon corps brûlait de désir. Je guettais chacun de ses gestes, je la suivais partout dans la maison, j'aurais voulu lui toucher, lui parler. Plus j'essayais d'attirer son attention, plus je devenais ridicule. Dieu que j'étais maladroit ! Braoule a fouillé dans le meuble-bar et a brandi trois bouteilles d'alcool. C'était ma chance. Je pris les bouteilles et je bus à même le goulot comme un fou. Cette fois, j'étais persuadé qu'elle s'intéresserait à moi, qu'elle comprendrait que je me soûle parce que je l'aime, parce qu'elle me cause du chagrin en refusant mon affection. Là, j'ai bu, ce n'est pas possible ! Une gorgée n'attendait pas l'autre. Mes camarades riaient sans rien comprendre. J'attendais que Gabrielle me prenne dans ses bras pour me consoler, me supplier de mettre fin à cette beuverie. La tête me tournait. Je me vois encore, assis par terre au milieu du salon, donnant un spectacle odieux. J'ai dû en dire des stupidités. Et Gabrielle, au lieu de s'apitoyer sur mon sort, s'est fâchée et nous a mis tous les quatre à la porte, nous menaçant d'appeler au secours. J'ai été malade comme un chien. Soutenu par mes amis, j'ai vomi, je crois bien, à tous les vingt pas, sous les longs escaliers extérieurs de l'avenue de l'Esplanade. Je ne me souviens plus dans quel état j'étais quand je suis rentré chez moi, ni comment mon père m'a accueilli, mais je me souviens que le lendemain je n'étais pas beau à voir. C'était le Vendredi saint et j'ai jeûné malgré moi toute la journée. Maudit que j'ai été malade ! »

– Barman, un autre verre, demanda Henri qui commençait à être passablement éméché.

«Bon! il ne faut pas que je perde mes deux gars de vue, par exemple.» Henri leva la tête pour s'assurer qu'ils étaient toujours là. «Parfait! Partez pas sans moi, on a des comptes à régler tous les trois, pensa-t-il. Oui, en tout cas, c'était une belle brosse, une vraie brosse d'homme qu'on se tape quand on est jeune pour noyer une affaire de cœur ou pour se prouver à soi-même qu'on n'est plus un enfant. Mais la boisson ne m'a jamais aidé à séduire les filles ni à devenir un homme. Quelle vie! Quelle jeunesse plate! J'ai dû attendre jusqu'à l'âge de trente ans avant de connaître ma première expérience sexuelle avec une femme. Le pire, c'est que je l'ai épousée. Que de temps perdu! Que de chances ratées!» Il s'abandonna à la houle sombre des regrets. «Si j'avais accompli seulement la moitié de ce que j'ai toujours voulu entreprendre, je ne serais pas réduit, aujourd'hui, à me torturer de remords. Je n'ai vraiment pas eu de chances, ou bien j'ai eu des chances et je n'ai pas su en profiter. De toute façon, le résultat est le même. Quand je pense à toutes les femmes que j'ai aimées, que j'ai désirées en secret. Quand je pense à mes vingt ans, à toutes ces belles années perdues à me cacher derrière mes peurs, mes faiblesses, à me réfugier dans le doute, dans le scrupule. J'attendais stupidement que le bonheur, le plaisir, me tombent dessus sans que je fasse le moindre effort pour les provoquer, les saisir au passage. Quel désastre!»

– Garçon! un autre gin… sans tonic

«Pendant ce temps, les autres s'amusaient ferme, avaient du succès. Prends Ti-Gilles, Marcel… tout leur réussit depuis toujours. Ils sont bourrés de fric, font des voyages tous les ans, ont deux, trois maîtresses en même temps. Quand ils me racontent leurs aventures, je reste là comme un beau niaiseux à les écouter comme si cela ne me concernait pas, comme si je n'avais pas le droit, moi aussi, d'empoigner la vie par le gros bout du bâton.»

– C'est assez! C'est assez! cria-t-il malgré lui.

Deux filles, assises au bar à la place des amateurs des Red Sox qui venaient de quitter, le regardèrent en souriant.

– Vous ne comprenez rien, leur dit Henri en français.

Il se replongea dans son verre. Ce cri d'impatience lui avait échappé. Emporté par l'exaspération, la colère, il avait hurlé sa révolte comme un rêveur qui, accablé par un cauchemar, crie son désespoir en dormant.

Les frustrations de son passé se bousculèrent dans son esprit comme une foule en délire venue protester contre le mauvais sort, la malchance, la faiblesse. Il n'avait rien à proposer que le regret, rien à offrir que la vengeance. Les regrets étaient faciles, il n'avait qu'à se réfugier dans le mécontentement et les excuses, tandis que la vengeance, plus exigeante, commandait l'action, l'affrontement, peut-être même le danger. Il se sentit désemparé, partagé entre la molle complaisance des regrets et la dure réalité de la vengeance. « J'ai passé la moitié de ma vie, se dit-il, à regarder les autres monter dans le train du succès et du bonheur, et l'autre moitié à m'en mordre les doigts. Cette fois-ci, j'entends bien faire quelque chose. Si je ne peux pas monter dans le train, je le ferai sauter. »

Une de ses deux voisines de tabouret, une blonde capiteuse, empaquetée dans une robe légère aux couleurs vives, se tourna vers Henri.

– Voulez-vous de la compagnie ? lui demanda-t-elle d'une voix chaude comme une haleine.

Estomaqué par une telle proposition, Henri resta bouche bée. Personne ne lui avait jamais fait une offre pareille. Surpris, décontenancé, il haussa les épaules en guise de réponse. Ce geste ne découragea pas les filles qui répliquèrent d'un sourire sceptique. Il n'avait pas envie de coucher avec ces filles, ni avec aucune femme. Son corps était depuis trop longtemps installé dans une morne torpeur. De fâcheuses expériences passées se regroupèrent dans sa mémoire pour lui rappeler qu'il ne devait pas se lancer dans une affaire qui risquait fort de mal tourner. La peur de l'aventure l'avait toujours tenu à l'écart des plaisirs dérisoires de la débauche, de même qu'elle l'avait toujours détourné des familiarités oiseuses qui ne mènent nulle part. Quand on traîne dans la vie la secrète certitude d'avoir tout raté, on écarte du même coup les occasions de l'infirmer. D'ailleurs, il n'était pas entré dans ce bar à la recherche d'un divertissement frivole, mais pour se livrer avec application à un acte d'une extrême gravité. Il se jugeait, du reste, bien au-dessus des bassesses du libertinage. «Pour qui me prennent-elles? se dit-il. Je n'ai pourtant pas une tête à courir les filles à gogo. Payer une femme pour un petit quart d'heure de plaisir bâclé, c'est juste bon pour ces deux voyous. Si elles pensent que je suis de cette trempe-là, elles se trompent.»

– Il ne manque pourtant pas de clients dans ce bar, lança Henri en se penchant vers la blonde aux yeux souillés de rimmel.

– Tu n'as pas envie de t'amuser un peu? dit-elle d'un ton frondeur.

– Je ne suis pas certain que ça m'amuserait beaucoup.

– Si tu n'essayes pas, tu ne le sauras jamais.

Henri vida son verre d'un trait et en commanda un autre. Une idée saugrenue lui traversa l'esprit. «Quelle belle occasion de me venger! Les surprendre tous les deux au milieu de leurs ébats, les descendre en plein plaisir, au moment où leur corps tressaille de jouissance, les arracher à la vie, les précipiter aux enfers pour l'éternité en pleine reconstitution d'un viol organisé. C'est ça! Il faut qu'ils meurent comme ils ont tué: honteusement, sans merci, en revivant leur crime pour une dernière fois.»

– Écoutez, dit Henri en s'adressant à ses deux voisines, vous voyez les deux gars assis au fond, près du mur, ce sont des amis à moi. J'aimerais bien leur faire une petite surprise. Vous allez les inviter à vous suivre. Dites-leur n'importe quoi: que vous les trouvez de votre goût, que vous aimeriez faire l'amour avec eux.

Henri mit la main dans sa poche et déposa une liasse de billets verts sur le bar.

– Tenez, je vous paye d'avance et vous leur donnez un bon service. Bien sûr, vous ne parlez pas de moi. Vous ne dites rien.

En professionnelles avisées, elles se consultèrent un moment à voix basse. La blonde compta les billets, puis les remit à sa compagne qui les compta à son tour.

– Tu dis que tu es prêt à nous donner un supplément. Mais quand est-ce qu'on te reverra ? demanda la blonde.

– Ici même, quand vous voudrez.

Un trou de silence se creusa dans la conversation. Les filles hésitaient, se regardaient sans dire un mot. Henri guettait leur réaction.

– Eh bien ! qu'est-ce que vous décidez ? dit-il.

– Je ne sais pas… Je me demande si ce n'est pas un piège.

– Il n'y a pas de piège là-dedans ! Je vous paye, vous faites votre métier. Un point, c'est tout.

– Tout ça me paraît bien étrange.

– Allons donc ! faire l'amour avec eux ou avec moi… Qu'est-ce que ça change puisque vous êtes payées pour ça ?

– D'accord, dit la jolie blonde, on finit nos verres et on y va.

Henri regarda, impassible, son verre vide. Sa tête se mit à tourner. Les bouteilles, alignées derrière le bar, le long d'un miroir mural, avaient l'air de faire un tour de manège. Il ferma les yeux. Il eut alors l'impression que tout son corps flottait dans l'espace. Il secoua la tête pour retrouver ses esprits et rouvrit les yeux. Tous les objets autour de lui exécutaient un ballet incohérent dans un brouhaha de musique et de bruit. «Je ne suis pas venu ici pour me soûler, se dit-il. De quoi ai-je l'air maintenant ? Il faut que je me dégrise.» Il commanda un seltzer qu'il but à petites gorgées en faisant la grimace. Aussitôt après, il commença à avoir mal au cœur. Les deux filles avaient rejoint Ral et Bernie, et la conversation semblait bien engagée. «Pourvu qu'elles ne me laissent pas tomber, pensa Henri. Les deux autres ne se doutent pas du piège qui les attend. C'est sûrement la meilleure façon d'en finir avec ces voyous.»

Au bout d'une heure, les deux filles sortirent du bar accompagnées de Ral et de Bernie. Henri les suivit dans la rue d'un pas hésitant. Il avait trop bu, mais l'air frais de la nuit le revigora rapidement. Le quatuor marchait lentement, deux par deux ; on eût dit des petits couples du Renouveau conjugal au sortir d'une séance de découverte mutuelle. Henri était nerveux, son cœur battait dans sa poitrine comme une fève sauteuse du Mexique. À mesure que le moment crucial approchait, sa détermination et son audace semblaient vouloir l'abandonner. Il pressa l'arme au fond de sa poche pour se donner un peu de courage. Les deux couples s'arrêtèrent en face d'une maison à deux étages, en pierres grises. Au-dessus de la porte, une petite enseigne de néon rouge portait un seul mot, un mot de cinq lettres évocateur et suggestif : ROOMS. Les deux filles et leurs compagnons disparurent dans la maison, et Henri, au pas de course, se précipita vers l'entrée. Il les vit s'engager dans un petit escalier aux marches couvertes d'un tapis sale et usé. Une fois qu'ils eurent quitté le palier du premier étage, Henri les suivit à pas feutrés. Tout en haut, il entendit des rires, puis une clé dans la serrure, une porte qui se referme. Il fit quelques pas dans le couloir étroit et sombre. Une chaleur humide accentuait l'odeur de moisi qui se dégageait de ce sinistre tunnel. Il y avait deux portes de chaque côté du corridor, et Henri alla coller l'oreille à chacune d'elles. Derrière la porte du fond, à droite, il crut entendre des voix familières, des voix qui faisaient naître en lui le pressentiment qu'il approchait de son but.

« Cette fois, je les tiens, se dit Henri. Mais qu'est-ce que je fais ? Je défonce. Non, je n'y arriverai pas. Je frappe et, quand on ouvre, je me précipite dans la chambre en tirant au hasard, sauvagement. Mais s'il y a une chaîne de sécurité… Ou si les gars sont armés et qu'ils me descendent le premier… Non, ce n'est pas le meilleur moyen. Mais c'est quoi le meilleur moyen… ? Hein, c'est quoi ? » Henri s'appuya la tête contre le mur. « Je n'ai pas fait tout ce chemin pour rien. Il faut que je trouve une façon d'en finir. Je ne peux pas les laisser faire, bon sang ! Non, je vais attendre qu'ils aient fini leurs petits numéros. Dès qu'ils ouvrent pour sortir, je fonce dans la chambre, l'arme au poing. Je les force à se placer face au mur et je les tire dans le dos. Pendant ce temps, les filles vont peut-être se sauver et alerter la police. Faut que je les en empêche… Mais j'aimerais bien aussi descendre les deux gars pendant qu'ils font l'amour. Ce n'est pas facile! À moins que je ne les oblige à retourner au lit et à tout recommencer. C'est trop ridicule!» Henri était désespéré. Dans son esprit s'agitaient en désordre des projets plus insaisissables les uns que les autres, des idées chimériques bourdonnaient dans sa tête comme des manifestants, au cours d'un défilé, qui essayent tous de parler en même temps.

Henri sursauta d'effroi. La porte d'en face, de l'autre côté du corridor, s'ouvrit brusquement. Il resta figé sur place. Un homme et une femme sortirent à pas pressés et s'éloignèrent en le regardant avec suspicion. Un autre couple déboucha du haut de l'escalier et entra dans la chambre voisine.

«Avec tout ce va-et-vient de bordel, qu'est-ce que je fais ici? se dit Henri. Je vais finir par attirer l'attention et ameuter toute la maison.» Il fut pris soudain d'une violente nausée. Son corps tremblait sous de grands frissons de chaleur, et ses cheveux étaient mouillés de sueur. Il eut envie de vomir et porta la main à sa bouche. Il prit une grande respiration pour contrer un dernier haut-le-cœur et tomba assis par terre, le dos appuyé au mur, à côté de la porte. Incapable de se relever, il se mit à quatre pattes. Le rai de lumière qui fusait sous la porte répandit une lueur blafarde sur ses mains crispées. Il prit panique, rassembla ses forces dans un suprême effort, se releva péniblement et sortit de la maison en titubant comme un homme qu'on vient d'abattre d'une balle à l'abdomen et qui cherche un endroit pour mourir.

Henri était plié en deux, une main appuyée au mur de la maison, cherchant à résister aux vagues nauséeuses qui lui montaient à la gorge. Pour échapper aux regards indiscrets des passants, il trouva refuge de l'autre côté de la rue, dans un terrain vague qui servait de stationnement. L'endroit était désert et il courut se cacher derrière la guérite du surveillant pour vomir sa peur, son angoisse et son gin. Quelques minutes plus tard, il se sentit mieux et alla s'asseoir sur la murette de béton qui bordait le terrain. Un goût âcre et désagréable lui restait dans la bouche. Il cracha avec dégoût. «Maudit gin! J'en ai trop bu. Ils ne s'en sortiront pas comme ça, se dit-il. Je les attendrai aussi longtemps qu'il le faudra.» Il sortit l'arme de sa poche afin d'être prêt à s'en servir rapidement. «Leur tirer dans le dos ou autrement, cela n'a plus d'importance. Il faut que j'en finisse au plus sacrant.» Henri craignait que sa santé ne tienne pas le coup. Les douleurs à l'estomac le faisaient de plus en plus souffrir, et il appréhendait le moment où il serait terrassé, immobilisé par la maladie. En temps normal, il aurait abandonné la lutte aux premiers signes de souffrance physique. Le désir de vengeance qui vibrait en lui était si intense qu'il se sentit prêt à aller jusqu'à la limite de ses forces. Sans se l'avouer consciemment, il était engagé dans une chasse décisive, déterminé à traquer ses proies jusqu'à leur dernier souffle de vie. Affolé, meurtri, épuisé physiquement, il se livra à la chance et au hasard dans l'espoir de sortir de cette impasse.

Les deux couples sortirent de la maison et s'arrêtèrent un instant sur le trottoir. Henri se leva brusquement. Ses jambes flageolaient tellement qu'il faillit s'écrouler. Il serra son arme d'une main nerveuse. Les deux filles partirent de leur côté, et les deux hommes prirent la direction contraire. Henri saisit son arme à deux mains, pressa la gâchette et deux coups de feu retentirent dans la nuit calme. Deux petits nuages de poussière apparurent sur la pierre molle de la maison d'en face. Ral et Bernie regardèrent, éperdus, autour d'eux. Un autre coup de feu éclata. Les deux hommes s'enfuirent en courant sans regarder derrière eux. Ils tournèrent le premier coin de rue les talons aux fesses. Henri tenta de les rejoindre, mais ses jambes avaient du mal à le soutenir et les deux individus prirent sur lui une avance insurmontable. Juste avant de les perdre complètement de vue, alors qu'ils s'engageaient dans une ruelle, Henri tira une dernière fois.

9

Ral et Bernie se retournèrent à tous les vingt pas pour s'assurer qu'ils n'étaient pas suivis. Chaque visage devenait suspect, chaque regard paraissait louche. Ils avaient laissé la camionnette de la TRANS-AT un coin de rue plus haut et descendaient la Commercial Street, très animée en cette fin de journée avec ses boutiques, ses grands magasins, ses restaurants. Ils entrèrent dans un « steak-house ». L'endroit était propre, bien éclairé et peu achalandé. Ral se dirigea vers une table, au centre de la pièce.

– Non ! cria Bernie. On va s'asseoir au fond pour avoir le dos au mur. Comme ça, on va les voir venir. Ils ne nous prendront pas par surprise.

– Tu crois que nous sommes suivis ?

– Je n'en sais rien… On ne peut pas prendre de risque. Ils l'ont fait une fois, ils sont capables de recommencer.

Les deux hommes étaient songeurs, inquiets. Les coups de feu tirés en leur direction, la veille, les avaient ébranlés. D'abord, ils avaient fui Montréal avec la certitude qu'en quittant le réseau discrètement, sans faire d'histoire, personne ne prendrait la peine de se mettre à leurs trousses. Cette cachette leur paraissait sûre.

– Tu penses que Johnny est dans le coup ? demanda Ral.

– C'est certain.

– Je me demande comment il a fait pour savoir qu'on est ici.

– J'ai ma petite idée là-dessus, dit Bernie en ayant l'air d'avoir longtemps réfléchi à cette question.

– Si Johnny et son gros nègre sont ici pour nous descendre, ils sont mieux de ne pas manquer leur coup une autre fois, parce que moi…

– Tu sais bien qu'ils ne vont pas faire le travail eux-mêmes, dit Bernie d'un ton agacé. Johnny n'est pas fou. Il doit payer quelqu'un pour ça.

– Les deux filles qui nous ont ramassés au club… elles sont peut-être dans le coup.

– Je me le demande.

– C'est des vraies putes professionnelles, dit Ral, mais elles ne nous ont rien fait payer. Je trouve ça un peu étrange.

– Oui, moi aussi, dit Bernie en faisant un effort pour se rappeler en détail chaque instant de cette nuit. Je pense qu'à un moment donné la blonde qui était avec moi m'a dit quelque chose. Ça ne m'a pas frappé sur le coup…

– Qu'est-ce qu'elle a dit ?

– Je n'en suis pas certain. C'est quelque chose comme : « C'est payé » ou « Quelqu'un a payé ». Dis donc, tu n'as pas remarqué un homme au bar, en sortant ?

– Non, je n'ai vu personne.

– Je suis certain qu'il y avait quelqu'un. Mais il faisait noir et je n'ai pas pu voir de quoi il avait l'air.

– Si les filles pouvaient nous le décrire, ou si elles voulaient parler. Peut-être qu'elles en savent plus long qu'on pense… On pourrait trouver le gars de Johnny et lui faire la job.

– C'est facile à dire. Mais, si les filles travaillent pour lui, elles ne voudront pas parler.

– On trouvera bien le moyen de les faire parler.

– À moins que…

– … Que quoi ? demanda Ral qui suivait le moindre murmure sur les lèvres de Bernie.

– Ah non ! ça ne sert à rien. Tout ce qui nous reste à faire, c'est retourner au club et essayer de savoir qui était l'homme assis au bar quand on est sorti. Je suis certain que c'est lui qui a payé les filles et qui a voulu nous tuer.

Les deux hommes mastiquaient leur bifteck en silence. Bernie était furieux et désolé à la fois. « C'est sûrement Katy qui a dit à Johnny que j'étais ici, pensa-t-il. Elle était la seule personne à le savoir. J'ai trop parlé la dernière fois que nous avons couché ensemble. Elle est au courant de beaucoup de choses. Si elle se met à parler, je vais avoir des problèmes. Pourquoi a-t-elle fait ça ? » Il le savait, mais n'osait pas se l'avouer. Plus d'une fois, il avait senti que son jeu n'était pas fort auprès de Katy, qu'elle n'hésiterait pas à le laisser tomber, à le dénoncer s'il le fallait, en échange de tout ce qu'elle recevait des gars du milieu et que, lui, Bernie, était incapable de lui donner : l'argent, la sécurité, la protection. L'indiscrétion de Katy lui paraissait plus tenir de la trahison que du simple bavardage. Pourtant, il l'aimait quand même, sa petite boulotte aux yeux noisette. Quand ils étaient ensemble, elle l'écoutait, s'intéressait à lui, à ses joies, à ses peines. Elle lui posait même des questions sur ce qu'il avait fait les jours précédents, sur ses projets. « Je ne peux pas croire qu'elle faisait juste semblant de s'intéresser à moi. » Dans un geste de rage mêlé de chagrin, il planta avec force son couteau dans la planchette qui lui servait d'assiette à steak.

– Qu'est-ce qui te prend ? demanda Ral en reculant pour éviter les éclaboussures de sauce.

– Je suis en beau calvaire !

– Contre moi ?

– Non, dit Bernie sur un ton plus calme. Contre moi-même.

Les deux amis sortirent du restaurant.

La panse bien gonflée de bifteck, de tarte aux pommes, de crème glacée et de café noir, Ral et Bernie mâchouillaient un cure-dent à la menthe en fixant du coin de l'œil chaque client qui entrait. Ils étaient maintenant assis à la même table du petit café sombre à l'air vicié où, la veille, deux filles aguichantes leur avaient tendu un piège doux et agréable, mais qui avait bien failli leur être funeste. Ils s'estimaient chanceux d'avoir échappé, cette fois, au traquenard d'un ennemi invisible, insaisissable ; un ennemi dissimulé, tenace, qui avait échoué d'une façon inexplicable, il est vrai, lors de sa première tentative, mais qui reviendrait sûrement à la charge avec d'autres ruses plus subtiles, plus astucieuses. Quant à lui, Bernie était résolu à contrer les manœuvres de Sioux de ce chasseur sournois. Il riposterait en passant franchement à l'attaque, et ce, de la manière la plus brutale, la plus cruelle. Il sortit une arme et la montra discrètement à Ral.

– Je n'ai pas eu le temps de m'en servir contre Johnny, mais le premier qui me regarde de travers, je te jure, je vais lui plomber le ventre assez vite qu'il n'aura pas le temps de savoir ce qui se passe.

– Tu devrais me le laisser. J'aimerais ça lui serrer les ouïes, juste un petit peu, dit Ral en agitant les dix doigts dans un geste qui imite l'étranglement.

– Toi, occupe-toi de faire parler les filles, dit Bernie en mettant l'arme dans la ceinture de son pantalon, sous sa chemise. Elles connaissent sûrement le gars qui était au bar hier soir. Faut qu'elles nous le montrent, qu'elles nous disent qui il est, où il est.

– Tu penses qu'elles vont revenir? Je crois qu'elles ont été envoyées par Johnny pour donner un coup de main au gars qui a été payé pour nous descendre. S'il a choisi un autre moyen de nous attraper, il va plus se servir des filles.

– Non, répliqua Bernie, je suis pas mal sûr que c'est des filles de la place. Tu n'as pas remarqué, hier soir, elles avaient l'air de connaître tout le monde. En tout cas, attendons encore un peu.

Le café commençait à se remplir. Les clients arrivaient par groupe de deux ou de trois. La plupart étaient des habitués, saluaient le barman d'un geste nonchalant et se dirigeaient vers les tables. Les tabourets du bar étaient toujours inoccupés. Bernie vida son verre. Il était encore un peu ébranlé. Il n'avait jamais frôlé la mort d'aussi près qu'à cet instant où les balles lui avaient sifflé aux oreilles. Le danger continuait de planer au-dessus de sa tête comme un inlassable rapace. « J'ai été pris par surprise. Maintenant, je suis sur mes gardes. Celui qui veut me descendre a besoin de s'y prendre de bonne heure. » Il fanfaronnait pour se donner de l'assurance. Il faisait aussi confiance en la force physique de Ral, une force de frappe qui pouvait se révéler utile dans de telles circonstances. Il y avait toujours cette arme, glissée dans sa ceinture, qui devenait un moyen de riposter drôlement expéditif, à condition de s'en servir au bon moment et sans hésitation. « Je n'aurais pas eu peur de tirer sur Johnny si je l'avais eu devant moi. Il a bien trop peur de m'affronter, il fait faire ses commissions par les autres », se dit-il pour se convaincre qu'il n'était pas poltron. Cependant, il n'arrivait pas à se débarrasser totalement de cette angoisse logée au creux de l'estomac et qui ressemblait à une peur viscérale, la peur de mourir stupidement d'une balle-surprise dans la nuque ou dans le dos.

Ral, le visage impassible, attendait calmement que les événements le forcent à agir. Il ne se posait pas de questions. Tout était clair : Bernie était là, maître de la situation, prêt à donner des ordres que lui, Ral, exécuterait pour le meilleur ou pour le pire. Il était bien dans ce café brumeux. Il y avait des femmes, du scotch, de la musique. Sans doute, une menace étrange pesait sur lui et son compagnon, mais toute sa vie avait été traversée de menaces inexplicables. Il était toujours vivant, buvant du scotch et espérant des jours meilleurs.

Furtivement, deux filles sortirent de l'ombre et s'approchèrent d'une serveuse debout près du bar. Bernie les reconnut tout de suite en les apercevant.

– Elles sont là.

– On y va, dit Ral d'un air décidé.

– Non, attends un peu. Faut voir si le gars d'hier est encore là. Il va sûrement aller leur parler.

La blonde s'éloigna tranquillement, tira un tabouret et s'assit au bar. Elle se fit servir un drink, puis sa compagne vint la rejoindre. Au bout d'un moment, deux jeunes gens en goguette se plantèrent debout derrière les filles. Elles ne bronchèrent pas. Les jeunes cherchèrent à engager la conversation, mais la blonde parut ennuyée et leur décocha un regard dédaigneux. Les garçons n'insistèrent pas et sortirent du café.

– Si on attend trop, dit Ral, elles vont se ramasser des clients et sacrer le camp pour la soirée.

– Ne t'énerve donc pas. Tu vois bien qu'elles attendent quelqu'un.

Une demi-heure s'écoula. Pendant ce temps, des hommes défilaient au bar, prenaient un verre, disaient quelques mots aux filles et retournaient à leur place ou quittaient les lieux tout simplement. Un grand gaillard aux allures de joueur de football s'approcha des filles, les embrassa simplement sur les joues et disparut dans un petit bureau, situé derrière le bar, en faisant glisser une lourde porte coulissante.

– Pour moi, on serait mieux d'y aller, dit Ral qui commençait à s'impatienter.

– D'accord, allons-y... Attends un peu, dit Bernie avec hésitation. Faut les aborder comme s'il ne s'était rien passé.

– Faut savoir au moins qui les a payées.

– Ne va pas trop vite. Laisse-moi parler en premier. Si ça ne marche pas, tu t'en occuperas.

Les deux hommes s'approchèrent du bar et Bernie s'adressa à la blonde :

– Salut ! tu vas bien... Belle soirée, n'est-ce pas ?

La fille le regarda d'un air étonné.

– Tu me reconnais ? dit Bernie. Nous étions ensemble hier soir.

– Qu'est-ce que tu veux ? dit la fille en prenant un air irrité.

– On voudrait te parler. Est-ce qu'on peut s'asseoir ?

La blonde haussa les épaules et lui tourna la tête.

– Si vous êtes libres, dit-il, toi et ton amie, on pourrait aller ailleurs. On pourrait aller prendre un verre quelque part. On a de l'argent pour payer. Veux-tu prendre quelque chose ?... Garçon ! deux scotchs... Es-tu certaine que tu ne veux rien ? Tu ne vas pas passer la soirée sur le même verre...

Bernie épuisa rapidement toutes les ressources de son imagination en essayant de déclencher la conversation. Il se fit tendre, mielleux, sympathique, puis son ton changea et devint un peu plus sec.

– Tu peux me regarder, je ne te mangerai pas. Tu étais plus jasante que ça hier.

– Je ne suis pas libre, c'est tout.

– Tu attends quelqu'un?

– Si je ne suis pas libre, c'est parce que j'attends quelqu'un, lui répondit vertement la fille.

– Allez donc prendre l'air, lança l'autre fille, une petite noiraude aux yeux ronds comme des billes.

Piqué au vif, Bernie devint rouge comme un homard qu'on a plongé dans l'eau bouillante. Il refoula sa colère pour éviter de sauter à la gorge de ses voisines et regarda Ral qui attendait le moment de passer à l'action.

– Écoute-moi bien, blondinette, dit Bernie qui éprouvait de plus en plus de difficulté à contenir sa fureur, tu peux vendre ton cul à qui tu voudras, je m'en sacre. Mais tu vas me dire qui t'a payée pour coucher avec nous autres.

– Qu'est-ce que tu racontes? dit la fille sur un ton plus conciliant.

– Pas d'histoire, hein! Le gars qui t'a payée... on veut savoir qui il est, de quoi il a l'air.

– Je ne sais pas ce que tu veux dire.

La jambe gauche de Bernie se mit à trembler de rage. D'un geste brusque, il saisit la blonde au poignet. Elle fit un mouvement pour se libérer. Ral se leva et vint se placer derrière les deux filles.

– Tu ferais mieux de parler, dit Bernie, parce que tu ne sortiras pas d'ici sur tes deux jambes.

– Je n'ai rien à te dire, dit la blonde d'une voix tremblotante.

L'autre fille se retourna sur son tabouret et donna une poussée à Ral qui faillit perdre l'équilibre. Celui-ci répliqua en laissant partir une gifle du revers de la main. Le sang gicla et la fille s'affaissa, inanimée, au pied du bar. Sa compagne devint hystérique et se mit à crier. Bernie la saisit à la gorge et la repoussa. Ral l'empoigna à son tour par un bras et serra si fort qu'elle tomba à genoux.

– Tu fais mieux de parler, charogne ! lança Ral en serrant les dents. Où est ton gars ? Montre-le-moi tout de suite ou je te casse un bras.

La fille continua de hurler, de gémir, en se débattant comme un poulet pris à la patte.

– Lâche-moi, gros écœurant, dit-elle en avançant la bouche pour mordre les doigts qui la serraient.

De sa main libre, Ral la saisit par les cheveux et lui renversa la tête en arrière. Elle se laissa aller et s'étendit de tout son long, sur le dos. Ral lâcha prise. Elle se protégea la figure de ses deux mains. Enragé, frustré de n'avoir pas réussi à la faire parler, Ral lui botta les flancs à grands coups de pied.

Sur ces entrefaites, le gaillard aux allures de joueur de football et deux gorilles, ex-boxeurs à la figure massacrée, sortirent du bureau situé derrière le bar et se ruèrent sur Bernie. Celui-ci n'eut pas le temps d'esquiver et reçut une puissante droite sur l'oreille gauche. Étourdi, il culbuta sur une chaise et tomba à quatre pattes. Ral se retourna vivement et fonça sur le joueur de football. Les deux hommes s'échangèrent des coups violents au corps et à la figure. Un des gorilles saisit Ral par le cou et les deux tombèrent à la renverse. Bernie se releva péniblement, mais à peine était-il debout qu'un autre coup de poing, appliqué d'aplomb sous l'œil droit, le renvoya au plancher. L'arme sortit de sa ceinture et glissa au pied de l'un des boxeurs qui s'en empara aussitôt. Ral continuait de lutter au plancher, sans grand succès. L'échauffourée prit fin lorsque l'ex-boxeur, l'arme au poing, mit en joue les deux hommes vaincus et penauds.

– Tenez-vous tranquilles, dit l'homme armé, ou je vous flanque une balle dans la tête.

Les deux autres fiers-à-bras saisirent Ral et Bernie, et les poussèrent face au mur, les bras au-dessus de la tête. Le joueur de football les fouilla avec précaution pour s'assurer qu'ils n'étaient plus armés.

– Qu'est-ce qu'on en fait ? demanda le gorille aussi à l'aise avec une arme qu'un ivrogne avec un verre.

– Surveille-les pendant que je m'occupe des filles.

Des clients s'étaient rassemblés auprès du bar et assistaient à la scène.

– Reprenez vos places, dit le joueur de football, la bagarre est terminée.

Aidé du barman et de l'autre gorille, il transporta les filles dans le petit bureau et retourna dans le bar. Le café avait retrouvé son calme et la musique tonitruait de nouveau comme si rien ne s'était passé.

– On ne peut pas les laisser aller comme ça, dit le joueur de football en remettant dans son pantalon ce qui lui restait d'une queue de chemise en lambeaux.

– Je ne peux pas les descendre sur place, dit l'ex-boxeur d'un air embarrassé.

– On va leur trouver une place pour passer la nuit, dit l'autre en se dirigeant vers le téléphone.

Bernie, les deux mains appuyées contre le mur, éprouvait de douloureux picotements à l'oreille. Encore ébranlé par les coups qu'il venait d'encaisser, il avait du mal à se figurer exactement ce qui s'était passé. Pris par surprise, il n'avait pas eu le temps de riposter. Ral venait d'être rapidement maîtrisé et cela ajouta à son abattement. La confiance qu'il avait en la force physique de Ral s'éclipsa, et toutes les malédictions d'une lutte interminable contre des ennemis insaisissables pesèrent sur lui d'un poids accablant. Il tournait en rond au milieu d'une piste semée d'embûches insidieuses contre lesquelles il se butait sans cesse. Le cercle d'infortune et de souci où la sorcellerie du hasard le retenait allait-il enfin se rompre ? Une ombre de résistance survivait en lui, mais elle était trop faible, trop ténue pour qu'il puisse surmonter, vaincre l'hostilité d'un monde acharné et impitoyable. Des moments périlleux survenaient les uns après les autres : funeste présage d'un instant fatal qui le guettait, le narguait avec insolence. Chaque échec, chaque maladresse de sa part retardait sa fuite, ralentissait sa course contre la fatalité. Il sentait déjà l'haleine glaciale de la mort violente qui approchait, invisible, imprévisible. Un tueur se trouvait peut-être dans ce café morbide, prêt à intervenir, à mettre un terme à sa vie, à cette vie dans laquelle il n'avait pas encore eu le temps de mordre à pleines dents. Était-ce la fin d'une existence alourdie de mésaventures et de déconvenues, une existence qu'on lui avait prêtée, un jour, sans se soucier de ce qu'il pouvait en faire, qu'on ne l'avait pas aidé à organiser, à maîtriser? Une coulée de froid le fit frissonner. «Je ne veux pas mourir», se dit-il tout simplement. Il n'avait aucun plan pour échapper à la mort, sinon ce vœu naïf, impuissant, qu'il exprimait à tout hasard. Il s'abandonna au désir de vivre et ferma les yeux en se livrant à une prière profane comme si son âme avait été aussi mortelle que son corps.

Ral, lui, tentait d'échapper à la détresse qui commençait à envahir son esprit troublé. Le mur en simili-bois qui lui faisait face l'oppressait, l'étouffait. Des murs… toujours des murs qui réfléchissaient, telle une glace maléfique, son passé démentiel. Toute vision d'une mort violente, imminente, était brouillée par la hantise de la folie qui le tourmentait plus que la mort elle-même. Pour Ral, la vie cessait lorsqu'il était claquemuré dans une cellule au plancher de néant; alors, son âme et son corps se dissolvaient dans la démence et toutes les voluptés de l'existence s'évanouissaient dans un tourbillon de ténèbres. Il promena autour de lui un regard désespéré. Il aperçut Bernie le visage figé, les jambes écartées, appuyé contre le mur comme un arc-boutant fragile et dérisoire. «Bernie ne va pas se laisser faire. Il ne va pas me laisser tomber. Il doit bien avoir un plan en tête pour nous sortir d'ici, se dit Ral. On ne va pas moisir dans ce maudit trou toute la nuit. Faut sacrer le camp avant que le gars de Johnny se montre la face.» Il essaya d'attirer l'attention de son compagnon qui se trouvait à quelques mètres de distance.

– Psst, Bernie! Bernie! lança-t-il d'une voix étouffée.

L'autre n'entendit rien ou fit mine de ne rien entendre. Il pencha la tête entre ses deux bras allongés et se réfugia dans une morne indifférence.

Deux policiers en uniforme entrèrent dans le café et s'arrêtèrent devant le bar. En les apercevant, l'ex-boxeur abandonna Ral et Bernie, glissa l'arme derrière son dos et disparut au fond du café. Le joueur de football se dirigea à la rencontre des agents et le trio échangea quelques mots sur un ton amical en jetant, de temps à autre, un regard de coin aux deux olibrius qui faisaient toujours face au mur.

– C'est pour ça que tu nous as téléphoné, dit le plus âgé des deux policiers en faisant un signe de tête en direction des deux hommes.

– Oui. Je ne sais pas d'où ils viennent. Je ne les connais pas.

– Qu'est-ce qu'ils ont fait ?

– Un peu de trouble. Ils cherchaient la bagarre.

– Qu'est-ce que tu veux qu'on en fasse ?

– Ce que tu voudras. Ils traînent dans le coin depuis quelques jours. Ils ont un drôle d'accent, ça doit être des étrangers. Si des fois vous voulez les interroger, ils ont peut-être quelque chose d'intéressant à raconter. Enfin, je n'ai pas voulu les laisser partir avant de t'en parler.

– Est-ce que tu portes plainte ?

– Pas question ! Tout ce que je veux, c'est qu'ils ne remettent plus les pieds ici. C'est tout.

– On peut toujours voir ce qu'ils ont à dire, enchaîna le policier aux tempes grisonnantes.

Dans la voiture de police qui les emmenait au poste, Ral et Bernie étaient partagés entre un soulagement immédiat (ils venaient d'échapper de justesse, pensaient-ils, à des représailles barbares qui auraient pu leur être fatales) et une aggravation de leur situation personnelle déjà passablement précaire (une fois tombés entre les mains de la justice américaine, tout pouvait arriver : enquête, extradition, des témoins qui parlent, un passé qui surgit). Ils roulaient à toute vitesse dans des rues inconnues où le doute et l'inquiétude se croisaient à chaque carrefour. Au terme de cette course folle, au milieu de policiers hostiles et vindicatifs, de nouvelles difficultés, de nouveaux conflits les attendaient.

Le lendemain, Frank buvait son café lorsque le téléphone sonna. Il décrocha d'un geste impatient. Il venait d'avoir avec Mary une autre dispute matutinale et son humeur était encore tout imprégnée d'irritation et de contrariété. Il eut une longue conversation avec son interlocuteur et raccrocha dans un élan de colère. Il lança quelques jurons de son cru et passa à la salle de bain.

Une heure plus tard, il se retrouvait au poste de police en train de défendre son jeune frère auprès de l'officier de service. Les deux hommes se connaissaient depuis longtemps et Frank n'eut pas trop de mal à étouffer l'affaire. Il prit sur lui de dédouaner ses deux employés qu'il ramena dans sa Lincoln Continental d'une blancheur éclatante. Chemin faisant, Ral et Bernie s'abandonnèrent au balancement voluptueux de la luxueuse limousine.

Encore une fois, ils l'avaient échappé belle. Cette liberté retrouvée était la promesse d'une nouvelle chance, la rémission qu'ils attendaient pour s'aligner, une fois de plus, sur une échappatoire bien manigancée. Cette fois, on ne les y reprendrait plus. Ils étaient bien décidés à confondre tous leurs ennemis, à les dérouter, à les combattre sur leur propre terrain. À présent, tous les espoirs étaient permis. Bernie, assis sur la banquette avant, se retourna pour regarder Ral qui souriait béatement. En ramenant son regard, Bernie aperçut le profil têtu de son frère qui affichait une mine hargneuse. Le ronronnement du climatiseur de la Lincoln alourdissait le silence obstiné que Frank gardait depuis le départ et qu'il imposait aux autres par sa mine renfrognée. Les pneus de la voiture crissaient à chaque virage. On rentrait à l'entrepôt sur un train d'enfer.

Frank gara sa voiture en face de la TRANS-AT et entraîna Bernie dans son bureau.

– Toi, dit Frank en s'adressant à Ral sur un ton sec, tu fais mieux de commencer à ramasser tes bagages.

Le désordre des lieux où Frank se réfugiait pour brasser ses affaires se prêtait bien à la violence des propos qu'il destinait à son jeune frère.

– Je t'avais pourtant prévenu, dit Frank en pointant son frère du doigt. Si tu n'es pas capable de te conduire comme du monde, je ne veux plus te voir la face ici.

Bernie essaya de placer un mot.

– Je ne veux pas d'explications ! dit Frank. Ça fait à peine quelques jours que tu es ici et déjà tu me causes du trouble. Tu vas te battre dans les clubs, tu te fais ramasser par la police et tu dis que tu es mon frère. J'ai l'air de quoi, moi ? Hein, j'ai l'air de quoi ? Je suis obligé de te sortir du trou. Je mets toute ma réputation en jeu pour aider un petit trou de cul comme toi. Eh bien, non ! J'ai des amis dans cette ville et je ne veux pas me les mettre à dos à cause de toi. Tu vas ramasser tes affaires et sacrer le camp d'ici tout de suite.

Frank marchait de long en large dans le bureau, le visage bouffi de colère. Depuis le matin, c'était sa deuxième dispute. Il en était tout chaviré. Discrètement, il sortit d'une petite boîte en métal une pilule blanche contre l'hypertension et il l'avala péniblement.

Bernie se tenait debout, près de la porte, le regard braqué sur son frère.

– Écoute, dit-il. J'ai essayé de me défendre, c'est tout.

– Je t'ai donné toutes les chances, mais tu ne veux rien comprendre, enchaîna Frank sans écouter ce que son frère avait à dire. Comment veux-tu que je te fasse confiance ? Je dois partir, aujourd'hui, pour trois jours. Penses-tu que je suis assez fou pour te garder ici à faire des bêtises ? Je ne peux pas me fier à toi. C'est toujours la même chose : tu t'attires des ennuis et tu t'arranges pour emmerder tous ceux qui veulent t'aider. Ce n'est pas la première fois, tu le sais.

– Je n'ai pas fait exprès. J'étais bien décidé à travailler.

– J'en ai par-dessus la tête de tes excuses. Tu vas me laisser tranquille. Moi, faut que je travaille pour gagner ma vie. Fais la même chose ou va te faire prendre ailleurs.

– Bah ! si tu ne veux pas écouter ce que j'ai à dire, j'aime autant m'en aller, dit Bernie en ouvrant la porte. C'est la deuxième fois… ajouta-t-il en hésitant, que tu me mets dehors, mais dis-toi bien que c'est la dernière.

Bernie rejoignit Ral qui, assis au bord du lit, achevait de bourrer son boudin de toile. Il avait espéré jusqu'à la dernière minute que son compagnon parvînt à ramener Frank à de meilleurs sentiments, et c'est sans conviction qu'il ramassait ses guenilles et les fourrait dans le sac.

– Et puis, dit Ral, comment ça s'est passé ?

– Mal, répondit Bernie d'un ton irrité.

– Qu'est-ce qu'on va faire ?

– Partir d'ici au plus sacrant.

– Pour aller où ?

– On se débrouillera… Ce n'est pas le moment de poser des questions. Dépêche-toi.

L'atmosphère des lieux devint vite irrespirable. Cette chambre-abri poussiéreuse et blafarde, où ils avaient espéré, attendu un sort meilleur, les bravait, se moquait d'eux avec arrogance. Tous les objets sur place, si accueillants le premier jour de leur arrivée, semblaient maintenant les éconduire avec hostilité et morgue. Le silence lourd et agaçant devint bientôt angoissant lorsque des bestioles égarées vinrent cogner à menus coups mats contre le globe suspendu à un long fil au-dessus de leur tête. Bernie leva les yeux vers le plafond comme un insecte qui cherche la lumière. Surpris par une défaillance inhabituelle et passagère, ses yeux se mouillèrent de rage et de rancœur.

Les deux hommes sortirent, sans attirer l'attention, par la petite porte de l'entrepôt et se retrouvèrent sur le trottoir où une douce pluie fine et chaude les accueillit.

* * *

Henri se remettait tranquillement d'une violente crise d'ulcère qui l'immobilisait dans sa chambre d'hôtel depuis bientôt trente-six heures. Il avait essayé de se traiter lui-même, comme tout bon malade d'expérience qui croit en savoir plus sur sa maladie que n'importe quel médecin, mais les résultats s'étaient avérés plutôt lamentables. De fortes nausées l'avaient envahi, suivies d'une grande fatigue, de vomissements et de douleurs. Épuisé, souffrant, il s'était résolu à alerter la direction de l'hôtel pour demander l'aide d'un médecin. Le temps que prennent les médecins pour se rendre au chevet de leur malade accorde à la maladie tous les délais nécessaires pour achever le patient. Toutefois, il arrive, heureux hasard de la nature, que la nonchalance du toubib fouette l'instinct de conservation du moribond qui trouve finalement en lui-même la force nécessaire pour surmonter seul le mal qui l'afflige. Dans le cas d'Henri, c'est exactement ce qui s'était produit. Persuadé qu'il n'y avait aucune raison de se hâter puisque le malade vivait toujours, le médecin venait d'arriver, avec un peu plus de vingt-quatre heures de retard, auprès d'Henri qui guérissait à vue d'œil, bien malgré lui, du reste, et sans le secours de la science.

– Comment va le malade? demande le médecin en apercevant Henri, frais rasé, assis près de la fenêtre dans un fauteuil au velours usé jusqu'à la corde.

– Disons que ça va un peu mieux depuis ce matin.

– Qu'est-ce qui s'est passé?

– C'est un vieil ulcère à l'estomac qui me joue des tours de temps en temps.

Le médecin posa à Henri quelques questions d'usage, sorte de vieux clichés servant à confirmer le diagnostic plutôt qu'à l'établir vraiment. Il avait des allures d'omnipraticien en fin de carrière : la figure fripée, le nez large et rouge des philosophes de la dive bouteille, les lunettes ternies par des marques de doigts et rafistolées avec du diachylon, la langue encore pâteuse des premières libations de la journée. Il fouilla dans sa trousse et sortit un bloc d'ordonnances jauni et d'une propreté douteuse. Il griffonna quelques mots indéchiffrables et remit le papier à Henri.

– Tiens, avec ça, tu te sentiras mieux. Prends-en durant quelques jours et, si ça ne va pas mieux, tu me téléphoneras.

Henri fit semblant de lire l'ordonnance et la mit dans sa poche. La mine soûlarde du vieux doc lui inspirait peu confiance, et il ne chercha pas à s'informer sur la nature du médicament prescrit.

– Si ça me reprend, je passerai à la pharmacie.

– Non, non, dit le médecin. N'attends pas. Commence ton traitement dès aujourd'hui. Je connais ça les ulcères, ça fait quarante ans que j'en soigne. C'est toujours la même chose : les gens travaillent trop, se font du souci avec rien et mangent n'importe quoi. C'est sûrement ton cas.

– Bah ! juste un peu de surmenage, dit Henri en souriant.

– C'est ce que tu penses. Les vraies raisons, tu les connais mieux que moi. Vous autres, hommes d'affaires – parce que j'imagine que tu es venu dans cette ville pour brasser des affaires –, tout ce que vous cherchez, c'est le succès. Le maudit succès ! Comme si c'était important de réussir dans la vie. Réussir, pourquoi ? Pour l'argent ? Tous ceux qui en gagnent beaucoup n'ont pas le temps de le dépenser parce que trop occupés à travailler ; et ceux qui trouvent le temps de le dépenser finissent par se convaincre qu'ils n'en gagnent pas assez. Si tu possèdes des biens, tu t'identifies avec tes possessions et tu es toujours à la merci des circonstances. Les soucis viennent de la peur de perdre ce qu'on cherche à retenir, à conserver, à ramasser. Crois-moi, les soucis, les tracas ont tué plus de monde que la guerre et la table ensemble.

– Vous avez des chiffres là-dessus, demanda Henri d'un air moqueur.

– Je n'ai pas besoin de chiffres. Ça fait plus de quarante ans que j'assiste au suicide collectif d'une société, d'une civilisation qui se tue littéralement à travailler. Pourquoi ? Pour satisfaire des besoins artificiels, des besoins factices, inventés par des hommes sans scrupules pour assujettir leurs semblables plus faibles et neutraliser les esprits sains et libres qui recherchent la paix et la sérénité.

– Mais quelle sorte de monde proposez-vous ?

– Je ne propose rien. Mais je sais une chose, par exemple : les cimetières sont remplis de gens qui n'ont pas fini leur travail, qui n'ont pas achevé leur œuvre, qui ont perdu tous leurs biens à l'instant même où le croque-mort leur a fermé les yeux. Moi, quand je mourrai, je ne laisserai rien en plan, parce que je n'ai rien accumulé, rien entrepris ni rien réalisé.

– Vaut peut-être mieux laisser derrière soi des choses inachevées que de ne rien laisser du tout, ajouta Henri en protestant, pour la forme, contre les propos du docteur.

– Pourquoi ? Qu'est-ce que ça change ? As-tu une idée de l'éternité ?

– Une vague idée…

– La notion d'éternité rejette tout ce qui est fini comme tout ce qui est inachevé. À partir de là, toute entreprise est vaine, qu'on ait le temps de l'achever ou non. Le succès ? N'en parlons pas. C'est une invention malicieuse destinée à tromper, à étourdir les hommes en les engageant, bien malgré eux, dans une compétition chimérique et inutile.

– Alors, je me demande bien ce que nous faisons sur terre.

– Question sans intérêt. Quand nous sommes conscients d'être éternels, le temps ne peut rien contre nous.

– En attendant, j'ai des comptes à régler avec mes semblables, ici même sur la planète.

– Je ne sais pas ce que tu es venu faire dans cette ville, mais ça n'a pas l'air de marcher comme tu veux, et c'est pour cette raison que tes ulcères ont récidivé. Tu feras bien ce que tu voudras. Laisse-moi te dire une chose : la gloire, le succès, l'argent, sont des monstres qui nous tiennent en otage jusqu'au jour où nous acceptons de verser la rançon. Et la rançon, tu sais c'est quoi ? L'indifférence. Oui, mon ami. L'indifférence, c'est aussi une prise de position, un parti pris qui en vaut bien un autre.

– Mes inquiétudes et mes soucis n'ont rien à voir avec la fortune ou la gloire, ajouta Henri comme pour se défendre.

– C'est l'amour, peut-être…

– Pas du tout.

– Alors, c'est la haine.

– …

– De toute façon, dit le vieux médecin, c'est la même chose. On reste tout autant attaché à ses haines qu'à ses amours. Les unes et les autres nous conduisent aux mêmes folies, aux mêmes extravagances. On meurt et on tue par amour comme on meurt et on tue par haine.

– C'est toujours mieux que de tuer pour de l'argent ou pour la gloire.

– Sûrement. Mais, attention ! l'amour et la haine s'installent à jamais dans les replis de notre âme immortelle et l'imprègnent de l'esprit du bien ou du mal pour l'éternité. C'est effrayant de penser que l'âme puisse porter indéfiniment les taches ineffaçables des amours et des haines qui l'ont pénétrée, fécondée, durant la vie terrestre.

Le philosophe de la bouteille enchaîna d'une voix exaltée.

– Quand on a compris ça, on a compris que l'amour dure plus longtemps que le succès et la gloire, et que l'homme ferait bien mieux de consacrer ses énergies à aimer plutôt qu'à travailler.

– … Où à haïr, puisque c'est la même chose, ajouta Henri.

– Oui, c'est la même chose, sauf que la haine est animée de l'esprit du mal, ce qui signifie, pour l'âme, un éternel inconfort.

– Écoutez, dit Henri qui ne trouvait plus rien à dire, tout ça est bien intéressant, mais je me sens un peu fatigué et j'aimerais bien me reposer.

– Je te laisse là-dessus. Une autre chose : dis-toi bien que tes ulcères guériront lorsque tu te retireras de cette compétition fausse, trompeuse et chimérique à laquelle tu te livres aveuglément. Gagner, tout le monde veut gagner. C'est absurde ! dit finalement le médecin en présentant sa note à Henri.

Après le départ du médecin-philosophe, la chambre retrouva son calme plat. Henri s'appliqua à ranger ses vêtements qui traînaient ici et là dans un désordre déprimant. Du bout des doigts, d'un geste dédaigneux, il déposa dans un sac en plastique brun des chaussettes raidies à l'usage, des sous-vêtements crottés, des chemises souillées de sueur et d'éclaboussures de vomi. Il se prêta de mauvaise grâce à ce rituel dégoûtant. Il n'avait pas l'habitude des corvées écœurantes. Depuis toujours, Rollande se chargeait, seule, de ces besognes ingrates. Toutefois, la solitude le forçait à s'initier à des tâches inhabituelles qui lui répugnaient. Il fit rapidement l'inventaire des quelques vêtements propres qui lui restaient et prit nettement conscience, pour la première fois depuis son départ de la maison, qu'il devait se prendre en main et s'occuper de sa petite personne. Peu habitué à voyager et à vivre dans les chambres d'hôtel, il se sentit pris au dépourvu. « Je ne peux pas continuer à vivre dans ce trou, pensa-t-il. Et puis, à deux rues de l'entrepôt, je n'arriverai jamais à suivre les allées et venues de mes deux gars.» Il s'étendit sur le lit pour reprendre son souffle. Ses aigreurs d'estomac étaient disparues et il retrouvait graduellement ses forces. «Après ces coups de feu manqués, ils vont sûrement être sur leur garde, pensa Henri. Je devrai me montrer plus prudent et plus précis également. Je n'aurais pas dû tirer. Je n'étais vraiment pas en état.» Cette étrange mission qu'il s'était imposée sur un coup de tête lui paraissait plus lourde à accomplir à mesure que le temps avançait. Sa haine et son désir de vengeance n'avaient pas pour autant diminué. Sa volonté d'agir, son courage, sa détermination, risquaient à tout moment de l'abandonner. La vision d'une vengeance inassouvie provoqua en lui une angoisse soudaine. Il se remémora les paroles du médecin. «C'est du délire. Ce médecin est un vieux fou, se dit-il pour essayer de se distraire de cette hallucinante image d'une âme condamnée à un éternel tourment. N'empêche que les fous ont l'air d'en savoir plus sur l'au-delà que les gens trop raisonnables.» Les propos du médecin le tracassaient. Même sans bénéficier des faveurs du sens commun, l'idée que l'âme puisse être éternellement engluée de ressentiments morbides laissa dans l'esprit d'Henri un doute encombrant. «Comment alors se débarrasser de ses haines, comment effacer l'indélébile? se demanda-t-il. Peut-être que de la vengeance naît le pardon. Pourquoi pas?» Cette hypothèse lui parut commode.

Henri ferma les yeux et s'assoupit lentement. Il fit un somme agité. Il sentit passer sur sa chair un frisson d'effroi qui le fit tressaillir. Saisi d'un tremblement convulsif, il se réveilla dans un état de trouble étrange. D'un bond, il s'assit au milieu du lit et se frotta les yeux pour chasser de son esprit les images d'un rêve sinistre. Les scènes qui venaient de se dérouler dans son subconscient le plongèrent dans un profond abattement. La vision de ce cauchemar était si intense, si vivante, qu'il eut du mal à se sortir de l'enfer onirique où il était descendu quelques instants plus tôt. Les séquences de ce rêve insensé rappliquèrent dans une suite de plans saccadés comme dans un vieux film porno:

«Dans une rue imprécise, au milieu d'une foule en délire, Ral et Bernie trônaient sur une estrade parsemée de fleurs. Ils étaient en collants de velours noir, passementé, autour de la braguette, de paillettes multicolores. Des hommes, des femmes, des enfants, se bousculaient pour les admirer. Au signal d'un agent de la circulation, vêtu de rouge et de blanc, Ral et Bernie ouvrirent leur braguette et les deux pénis d'un rose violent s'allongèrent, se déroulèrent comme des serpentins. La foule applaudissait à tout rompre. Des jeunes filles nues agitaient des plumes d'autruche et caressaient ces deux phallus qui rampaient au milieu de la chaussée. Le peuple hurlait de joie et d'admiration. À l'écart, au milieu de la rue, Henri, ligoté à un poteau, grelottait de frayeur, complètement nu et dépourvu de son sexe; son corps semblait enduit d'une couche de cire molle. D'un geste solennel, Ral et Bernie attirèrent l'attention de la foule sur ce spectacle désolant. Ce fut un grand éclat de rire. Les gens montraient Henri du doigt, se moquaient de lui, puis la foule se précipita pour lui faire un mauvais parti. »

Henri s'approcha de la fenêtre et fixa un moment le soleil qui brillait au-dessus des immeubles. La lumière crue du jour l'aveugla et mit fin à ce cinéma grotesque qui l'obsédait. «Ces monstres vont-ils me poursuivre jusque dans ma tombe ? » s'inquiéta-t-il. Secoué par la maladie, troublé par ces rêves absurdes, il vivait dans cette chambre d'hôtel des instants dramatiques. Enfermé entre quatre murs, déconnecté du but qu'il s'était fixé et des hommes qu'il pourchassait, Henri s'enfonçait dans une torpeur malsaine. «Il faut que je sorte d'ici. Je vais me louer une chambre dans l'immeuble en face de l'entrepôt; au moins, là, je les aurai à l'œil. » Ce désir de changer d'air et de passer à l'action le requinqua. Il plia bagages et quitta l'hôtel.

La maison de pension était en pierres grises que le temps et les pluies acides avaient noircies. L'aspect extérieur lui rappelait la demeure de son oncle Antoine, dans un quartier huppé de Montréal, où, dans son jeune âge, il allait durant les Fêtes. L'endroit était sympathique et il sentit qu'il y serait mieux qu'à l'hôtel.

Le locateur, un gros blond, accueillit Henri avec ménagement. Les deux hommes passèrent dans un petit bureau qui donnait sur le hall d'entrée. Les battants vitrés de la porte, le papier peint à grands motifs de fleurs rouge vin en velours, donnaient à ce petit boudoir transformé en bureau un air vieillot qui évoquait les soirées galantes du début du siècle dans les résidences bourgeoises. Henri promena un regard nostalgique sur le plafond haut, orné de moulures à torsades et endimanché d'une couche récente de latex blanc.

– Prenez le temps de vous asseoir, cher monsieur, dit le propriétaire de l'immeuble en apercevant Henri flanqué de sa valise marron. Au fait, vous venez pour une chambre, si je comprends bien.

– C'est ça.

– Est-ce pour tout de suite?

– Oui, si c'est possible.

– Malheureusement, je n'ai plus rien à louer. Plus rien du tout. Sauf que, demain ou après-demain, il devrait y avoir un ou deux départs.

– C'est embêtant, dit Henri. Je viens de quitter mon hôtel et j'espérais m'installer ici durant quelques jours.

– En pleine période des vacances, chaque année c'est pareil: ça ne dérougit pas. Depuis la mi-juin, c'est complet presque tout le temps. Faut bien en profiter pendant que ça passe.

– Vous n'avez pas un petit coin? Je ne prends pas beaucoup de place, vous savez: un endroit pour mettre ma valise et un lit pour dormir.

– Je viens justement, il y a une heure, de louer ma dernière chambre libre. Je ne peux vraiment pas vous accommoder.

– Si je revenais demain?

– Vous auriez de bonnes chances, dit l'homme d'un ton encourageant.

– Je suis prêt à vous faire une avance. Si une chambre venait à se libérer, vous pourriez me la réserver, dit Henri en se levant pour fouiller dans sa poche.

Au même moment, il aperçut, à travers la vitre de la porte à battants, Ral et Bernie qui passaient dans le hall. Il resta tout interdit pendant un petit instant.

– Vous m'excuserez, dit Henri en agrippant sa valise, je reviendrai demain.

Il quitta le bureau en vitesse et se dirigea vers la sortie. Arrivé sur le pas de la porte, il eut juste le temps de voir les deux hommes monter dans un taxi et disparaître dans la circulation.

«C'est trop bête, se dit-il. Je les avais à la portée de la main.» Néanmoins, il sentait que l'étau se resserrait sur eux tranquillement. «Maintenant, je sais où vous logez, où vous travaillez... Vous ne m'échapperez pas facilement.» Henri essaya d'attraper un taxi en maraude, mais sans succès. «De toute façon, je ne pourrais pas les suivre, ils ont une trop grande avance sur moi.» Il partit à pied en direction du centre-ville. Le soleil oblique de cette fin de journée estivale allumait d'une clarté étincelante le vitrail des gratte-ciel. La démarche indolente des passants accablés par la touffeur qui montait du macadam surchauffé incita Henri à ralentir sa course. Il s'arrêta un instant pour reprendre son souffle. Il n'avait pas encore retrouvé complètement ses forces depuis sa dernière crise d'ulcère, et la fatigue commençait à le gagner. Après s'être reposé quelques minutes, il poursuivit sa route sur quelques mètres et entra dans une agence de location de voitures.

*　*　*

À la fenêtre de la chambre qu'il venait de louer, au deuxième étage de l'immeuble situé en face de la TRANS-AT, Bernie, un peu en retrait pour ne pas être vu de l'extérieur, observait chaque geste, chaque mouvement des employés qui quittaient l'entrepôt. Il connaissait presque tout le monde et procédait au décompte du personnel afin de s'assurer que le dernier employé avait bien quitté les lieux.

– Qu'est-ce qu'on fait? demanda Ral, étendu sur le lit les bras en corbeille au-dessus de la tête et les yeux rivés au plafond.

– J'attends que tout le monde soit parti de l'entrepôt.

– Pour quoi faire ?

– Bon, ça y est. Le vieux John se décide à sacrer le camp. J'avais peur qu'il traîne là toute la nuit. Maintenant, il ne reste plus personne.

– Veux-tu bien me dire ce qui t'intéresse dans ce maudit entrepôt ? Tu sais bien qu'on ne peut pas y remettre les pieds.

– Attends. J'ai un plan, dit Bernie en se dirigeant vers Ral.

– J'espère que cette fois-ci ça va marcher.

– Ne t'inquiète pas. Regarde, dit-il en montrant à Ral un petit trousseau de clés. On va partir avec la camionnette.

– Où as-tu pris ça ?

– Je les ai volées avant de partir.

– Où veux-tu qu'on aille ? On est cassé comme des clous.

– Je t'ai dit que j'avais un plan. D'abord, Frank est parti pour trois jours. On va aller chez lui, à quelques milles d'ici, en banlieue. Mary, sa maîtresse, doit être à la maison. On va la forcer à nous remette un peu d'argent et des bijoux. Je sais qu'elle en a un plein coffret. Elle, je lui dois un chien de ma chienne. Elle m'a déjà accusé de l'avoir volée, alors que ce n'était même pas vrai. Eh bien, on va la voler pour de bon.

– De quoi a-t-elle l'air ? demanda Ral avec convoitise.

– Elle est pas mal du tout.

Ral sentit naître en lui un désir sauvage mêlé de visées lubriques. Il se voyait déjà en train de déshabiller la maîtresse de Frank, de la prendre dans ses bras, de lui faire subir les derniers outrages. L'idée qu'elle pût se débattre, se défendre avec rage, résister à ses avances, l'excitait encore davantage. Il avait un appétit féroce pour les femmes en état de panique ; il éprouvait du plaisir, de la jouissance, à les serrer avec force, à les molester, à les neutraliser. La brutalité devenait son ultime moyen de séduction.

– En tout cas, Ral, on ne se laissera pas faire, dit Bernie d'un ton décidé. Ça fait assez longtemps qu'on se fait écœurer, on va se défendre.

Bernie était bien décidé à passer à l'attaque quoi qu'il arrive. « Je n'ai plus rien à perdre », se dit-il. Le dur coup que Frank venait de lui porter en le mettant à la porte sans lui donner l'occasion de s'expliquer le déprimait profondément. La seule personne au monde en qui il avait confiance, son frère, refusait de lui donner une dernière chance. Un vide immense se creusait autour de lui. Comme il se sentait seul, désormais, au milieu des tribulations d'une existence misérable, la violence et la cruauté lui semblaient être le suprême recours. Il croyait avoir essayé tous les autres moyens, mais c'était toujours la même chose : l'égoïsme des gens, leur indifférence, leur hostilité, le poussaient, chaque fois, sur la voie de la barbarie et de la brutalité.

– J'en ai plein le cul ! cria-t-il. Johnny essaye d'avoir ma peau, Frank veut se débarrasser de moi. Eh bien, ils vont le payer cher. Je vais tous les écraser comme des punaises.

Bernie allait et venait dans la chambre. Le poing levé, la voix brisée par l'émotion, il n'arrivait plus à trouver les mots pour exprimer sa fureur. Il se laissa aller à une longue litanie de jurons puisés dans les placards de la sacristie.

– Hostie… de tabernacle… de calice… je vais leur faire sauter les gosses… les ciboires.

– Compte sur moi pour te donner un coup de main. Je ne te laisserai pas tomber. Moi aussi, cette bande de trous de cul me fait chier, dit Ral pour rassurer son compagnon qui frémissait d'indignation.

Puis le silence s'installa. Les deux hommes s'avancèrent à la fenêtre. Le crépuscule tombait lentement sur la ville comme une suie lourde et sinistre. La camionnette bleu sombre, rongée par la rouille, les attendait dans le stationnement de l'autre côté de la rue, comme une bouée de sauvetage dérisoire tendue à deux naufragés de la désespérance.

– Penses-tu que le gars qui a voulu nous descendre est encore dans la ville ? demanda Ral.

Bernie était songeur. Il ne répondit pas. Seul le plan qu'il avait en tête comptait : rafler l'argent et les bijoux chez Frank, puis fuir n'importe où. Cette fuite sans issue ni repos, pleine d'inattendu, l'attirait tel un gouffre mystérieux. Il courtisait l'imprévu et le hasard afin d'échapper au déterminisme implacable auquel il semblait voué.

– Allons-y, dit Bernie. Plus vite on aura quitté cette ville, mieux ce sera. Puis il boucla sa valise. Traîne tes bagages, lança-t-il à Ral, on n'aura pas le temps de repasser par ici.

La camionnette de la TRANS-AT s'immobilisa en face d'un riche bungalow de style ranch juché sur un tertre gazonné. Au milieu de la pelouse, une rocaille de fleurs suintait sous la fine pluie d'un arrosoir mécanique qui oscillait avec la régularité d'un métronome. Ral et Bernie descendirent du véhicule et firent le tour de la propriété en jetant un regard indiscret dans chaque fenêtre du rez-de-chaussée. Seule une sombre veilleuse, posée sur une petite table du salon, éclairait l'intérieur du bungalow.

– On dirait qu'il n'y a personne, dit Ral à mi-voix.

– Mary doit être au sous-sol.

Les deux hommes revinrent sur leurs pas et sonnèrent à la porte. Mary, toujours méfiante quand elle était seule à la maison, ne répondit pas. La sonnette se fit entendre de nouveau. Inquiète et curieuse, la rouquine monta du sous-sol en vitesse et regarda dans la rue par la fenêtre de sa chambre. Elle aperçut la camionnette, très visiblement identifiée par le mot TRANS-AT qui se découpait en grosses lettres blanches sur le bleu sombre de la carrosserie. « Tiens, il est arrivé quelque chose à l'entrepôt. J'espère que ce n'est rien de grave », se dit-elle en se précipitant vers la porte.

Les deux hommes firent irruption en bousculant Mary qui alla s'écraser dans un fauteuil. Elle avait le souffle coupé par la peur.

– Tu es seule ? demanda Bernie.

– Qu'est-ce que tu veux ? Qu'est-ce que vous voulez ? répondit-elle d'une voix haletante.

– On vient te rendre visite, ma grosse, dit Bernie sur un ton sarcastique. Ça fait longtemps que je ne t'ai pas vue. Je commençais à m'ennuyer. La dernière fois, on s'est laissé un peu trop vite.

Pendant ce temps, Ral fit le tour de la maison. Il scruta chaque pièce afin de s'assurer qu'il n'y eut personne.

– Je suis tout simplement venu chercher les bijoux que tu m'as déjà accusé d'avoir volés, dit Bernie. Tu n'as pas d'objection, j'espère, car si tu en avais je serais obligé de les prendre de force.

– Fais attention à ce que tu vas faire, parce que Frank va s'occuper de toi si tu me touches.

– C'est déjà fait. Il s'est occupé de moi. Alors, si tu veux, ne mêle pas mon frère à cette affaire. C'est une question à régler entre toi et moi.

– Tu sais pourquoi je t'ai accusé de vol à ce moment-là, dit-elle dans un effort pour se disculper.

– Parce que je t'avais pogné le cul. Eh bien, aujourd'hui, ma belle, j'ai décidé de prendre les deux : les bijoux et puis ton cul.

– Et si je refuse…

– Ça ne changera rien. Je vais les prendre pareil, mais en plus tu vas manger une hostie de volée.

Mary chercha à rassembler toute la résistance qu'elle put opposer aux intentions agressives de Bernie. Elle se sentit coincée. Ses faibles moyens de défense la forceraient sans doute à céder d'une manière ou d'une autre. Mais elle n'était pas prête à laisser aller ses bijoux, ce précieux pécule qu'elle avait amassé au cours des années dans l'espoir d'échapper, un jour, à l'esclavage de Frank. C'était son seul bien, sa seule richesse. Elle tenta de limiter les dégâts en faisant diversion aux visées crapuleuses de Bernie.

– J'ai un peu d'argent liquide. Je suis prête à te le donner si tu me promets de t'en aller, dit-elle d'une voix suppliante.

– Combien as-tu ?

– Je ne sais pas au juste, mais tu peux tout prendre.

Elle se leva et se dirigea vers la chambre à coucher. Les deux hommes la suivirent. Elle fouilla dans une commode et remit à Bernie une liasse de dollars américains.

– C'est tout ce que j'ai, dit-elle.

– Ce n'est pas si mal, dit Bernie en comptant les billets. Où sont tes bijoux ?

– Laisse-moi au moins mes bijoux, c'est tout ce qui m'appartient. Prends tout ce qu'il y a dans la maison, mais laisse-moi mes bijoux, dit-elle d'une voix émue.

– Je t'ai dit que j'étais venu chercher les bijoux. Ne fais pas d'histoire. Où sont-ils ?

Elle fondit en larmes et se jeta sur le lit. Bernie glissa les doigts dans la tignasse rouquine de Mary et lui releva la tête brusquement. Elle grimaça de douleur, puis se roula sur le dos dans une tentative pour le faire lâcher prise. Il prit la femme à la gorge et se campa dessus à califourchon. À bout de force, les yeux mouillés, le visage en tumulte, elle resta étendue sans bouger. Il plongea les mains dans son peignoir et lui caressa les seins.

– Veux-tu de l'aide ? demanda Ral qui assistait à la scène.

– Non, ne t'occupe pas de ça, répondit Bernie. Va faire un tour et laisse-moi tranquille.

Mary pinça les lèvres, retint son souffle ; l'angoisse lui crispa le visage. Une vive épouvante passa au fond de ses yeux. Son corps, écrasé sous le poids de la violence, succomba aux effluves troublants, chargés de fièvre, d'une étreinte démoniaque.

– Prends-moi ! Tire de moi tout le plaisir que tu voudras, mais laisse-moi le peu de biens que j'ai ramassés de peine et de misère. C'est tout ce qui m'appartient, dit-elle en écartant les jambes.

Son corps ne lui appartenait plus depuis longtemps. Elle le livra sans résistance à la fureur de cet homme aveuglé par son vice et goûtant avec démence les voluptés fugaces d'un plaisir arraché de force. Elle devina une présence en elle sans vraiment la sentir, comme on s'étonne du bistouri du chirurgien dans les chairs engourdies par l'anesthésie. Trop accablée pour s'abandonner à la colère ou aux remords, elle fit le vide dans son esprit en se libérant de toute pensée, de toute réflexion. Elle espéra seulement que son cauchemar prît fin au plus tôt.

Bernie se releva, s'enculotta en vitesse et lança sur un ton calme et persistant :

– Les bijoux ! Où sont les bijoux ? Dépêche-toi, je suis pressé.

– Tu ne penses pas que tu en as eu assez ? Tu as pris mon argent, mon corps. Tu n'auras rien d'autre.

Il prit Mary par le bras et la traîna jusqu'au salon où Ral l'attendait, vautré dans un divan moelleux.

– Tiens, dit Bernie, emmène-là au sous-sol et occupe-toi d'elle. Pendant ce temps, je vais essayer de mettre la main sur les bijoux.

Bernie retourna dans la chambre à coucher et mit la pièce sens dessus dessous. Il vida les tiroirs de la commode sur le lit, éparpilla sur le plancher le contenu des placards, des tables de chevet. Il prenait un plaisir presque enfantin à ce remue-ménage. Les sacs, les boîtes, volaient aux quatre coins de la chambre. Il prit une boîte ronde à chapeau. Elle contenait des feuilles de papier de soie froissées. Il secoua la boîte dans le vide, et un petit coffret de bois d'ébène tomba sur le plancher. Il l'ouvrit. Des bagues, des bracelets d'or, des pendentifs sertis de diamants chatoyaient de mille reflets irisés, pareils au trésor d'Ali Baba. Il prit dans ses mains un collier à trois rangs, et les perles roulèrent entre ses doigts. Il sourit en voyant toute cette bijouterie étalée devant lui. Qu'une femme comme Mary puisse éprouver de la satisfaction ou de la fierté à se parer de bijoux semblables le dépassait. Pour Bernie, tous ces objets de décoration n'avaient de valeur que dans la mesure où ils pouvaient être échangés contre de l'argent liquide. «Il doit y en avoir pour plusieurs milliers de dollars. Eh bien, la grosse, tu te préparais un beau voyage», se dit-il en se gonflant d'une double satisfaction : remplir ses poches et venger l'affront qu'elle lui avait fait subir en l'accusant faussement de vol. Il ramassa une pochette de daim qui avait servi d'emballage à souliers, y déposa les bijoux, puis il étrangla l'ouverture du sac en tirant sur les cordons à coulisse. «On va se payer des maudites belles vacances avec ça», pensa-t-il en sortant de la chambre.

Arrivé en haut de l'escalier qui conduit au sous-sol, Bernie cria :

– Ral, dépêche-toi. On s'en va.

L'autre ne répondit pas. Bernie insista :

– Grouille-toi ! On est pressé.

Enfin, Ral apparut. Les deux hommes sortirent de la maison et sautèrent dans la camionnette.

Ils roulèrent à vive allure. Sur la route conduisant au centre-ville, ils croisèrent une voiture de police ; Bernie sentit l'inquiétude lui monter à la figure. La camionnette était facilement repérable, et la moindre erreur risquait de les ramener derrière les barreaux. Bernie se cramponna au volant. Une fois dans la ville, chaque feu rouge lui parut interminable. Les voitures qui s'arrêtaient aux intersections en même temps que la camionnette avaient quelque chose de menaçant, de dangereux. Ral brisa le silence qui devenait de plus en plus oppressant.

– Qu'est-ce qu'on fait, maintenant ?

– On quitte la ville tout de suite.

– Pour aller où ?

– En vacances, dans le Sud. On a assez d'argent pour vivre jusqu'à Noël.

– As-tu les bijoux ?

– J'en ai une pleine poche.

Malgré la tournure favorable des événements, Ral semblait nerveux, soucieux. Il ne connaissait pas dans tous les détails le plan de Bernie et n'osait pas non plus assommer son compagnon de questions trop précises. Ramené par les récents incidents à la conscience lucide de dangers imminents, il se confia au hasard et à la débrouillardise de Bernie.

La camionnette s'arrêta dans le stationnement du terminus des autobus. Les deux hommes se dirigèrent avec leurs bagages dans la petite gare pour consulter l'horaire des départs vers le New Jersey et la Virginie. Une heure plus tard, ils étaient à bord d'un luxueux autocar qui les emportait vers une destination pleine de promesses aussi vagues qu'envoûtantes. Ral, toutefois, n'avait plus cet entrain qui l'avait si manifestement animé au départ de ce long voyage, quelques semaines plus tôt, quand il avait quitté Montréal. Il était préoccupé :

– Je pense que je l'ai serrée un peu trop fort… dit-il.

– Qu'est-ce que tu veux dire ?

– La rougette ! Un moment donné, je l'ai…

– Tu l'as étouffée ?

– …

– Penses-tu l'avoir tuée ? demanda Bernie.

– Je n'en sais rien. Quand je l'ai laissée, elle ne respirait pas fort.

– Oublie ça. Demain, on sera au bord de la mer, en plein soleil.

L'autocar fonçait dans la nuit sur l'autoroute du soleil. À quelques mètres derrière, les phares d'une Pontiac noire balayaient le mastodonte bleu et gris. Henri monta le son de la radio afin de se garder éveillé. Il consulta sa montre. Il passait minuit. «J'espère tenir le coup jusqu'à la fin du voyage», se dit-il en se frottant les yeux.

10

La mer semblait avoir été créée exprès pour les vacances et le bonheur de l'homme. Les flots déposaient un ourlet blanc d'écume sur le long ruban de sable jaune, presque blanc, de la plage. Dans le ciel bleu flottaient des filaments de nuages pareils aux franges d'un voile soigneusement drapé au bord de l'horizon. Pieds nus, le pantalon roulé jusqu'à mi-jambe, Henri marchait sur la plage, les doigts de pied enfoncés dans le sable humide laissé par le reflux de la mer. Une sensation de bien-être l'envahit tout entier. La brise légère qui soufflait du large transportait un parfum de liberté, de quiétude, qui le grisait tel un grand bonheur imprévu. Toutes ces années passées dans la grisaille du quotidien se promenaient dans sa mémoire comme un mauvais souvenir. Qu'il fût condamné à battre le pavé de l'insignifiance, jour après jour, dans une ville inhumaine quand il y avait ailleurs du sable chaud, de l'eau de mer, des odeurs d'algues marines, le révoltait. Son petit lopin de banlieue, ses plants de tomates et ses radis lui firent penser à ces jouets ridicules qu'on donne avec insistance à un enfant pour l'empêcher de pleurer ou pour le détourner d'un désir interdit. Comment avait-il pu, pendant si longtemps, ignorer que la vraie vie ressemblait à cet instant de douceur exquise qui l'envahissait ? Pourquoi, pendant des années, s'était-il réfugié dans la peur et l'angoisse ? Pourquoi avait-il fui devant le risque, renoncé au succès matériel qui ouvre à l'homme des espaces infinis, l'élargit de sa prison de misère, l'autorise à goûter aux voluptés mystérieuses du vice tout en se donnant bonne conscience ? Henri n'osa pas admettre qu'il pût être le seul responsable de son impuissance, de ses faiblesses. Était-ce la faute de Rollande qui s'était fixée à lui, avait grimpé, rampé sur sa vie comme un lierre étouffant ; la faute de Dominique qui l'avait enfermé dans une paternité maladive et aveuglante ; ou bien celle de Marcel et de l'entreprise qui l'avaient forcé à s'enterrer vivant dans une fausse sécurité ? Non. C'était trop facile et trop ingrat aussi de faire porter tout le poids de sa défaite à ses proches et à son entourage qui, depuis toujours, l'aimaient bien, le comblaient d'une affection mielleuse et gluante, le préservaient des périls de l'ambition. Rollande, Marcel et tous les autres l'avaient maintenu, c'est vrai, dans une illusion tranquille de paix terne et ennuyeuse, mais c'était pour mieux le protéger contre lui-même. Aujourd'hui, s'il était là, les deux pieds dans l'eau chaude et salée, mais la tête et le cœur plongés dans le ressentiment stérile, c'était la faute à qui ? Qui le sortait de son univers et mettait en relief l'échec irréversible de sa vie ? Qui ramenait en lui le feu dévorant du remords ? Henri pensa aux deux voyous qu'il avait suivis jusqu'ici dans ce motel. Ceux-ci l'avaient agressé, et cette agression opérait en lui des transformations profondes. Leur cruauté apparut à Henri comme un reproche à sa bienveillance de père et d'époux ; leur crime, une critique à son innocence de comptable ; leur violence, une objection à sa quiétude de banlieusard. Ils incarnaient par leurs vices toutes les forces mystérieuses liguées contre lui depuis des années pour l'empêcher de goûter aux satisfactions comme aux tendresses que prodigue à l'homme enfin comblé une existence ponctuée d'exploits fabuleux, de succès enviables, de bonheur mouvementé. C'étaient eux les vrais coupables. Ils devaient payer pour tout : son passé raté, son présent bouleversé, son avenir perturbé.

À la terrasse exiguë du motel, des barbecues fumants exhalaient des odeurs de poulet frit et de bifteck grillé. C'était le rendez-vous traditionnel du mardi qui réunissait tous les clients de l'établissement à un dîner amical organisé dans le but évident de favoriser les contacts personnels et d'encourager, au besoin, les rencontres intimes et secrètes tant recherchées des vacanciers solitaires. Des tables à pique-nique étaient disposées, ici et là, sur la terrasse où déjà plusieurs clients avaient pris place. Une animation bon enfant régnait autour des feux de charbon de bois ravivés par les excès de graisses fondantes qui coulaient des cuisses bien dodues de poulets engraissés aux hormones. Henri arriva de la plage encore grisé de soleil et de vents chauds. Il n'avait rien pris depuis le matin et un fumet envahissant, suspendu dans l'air chaud et tranquille de cette fin de journée, le mit en appétit. Il se servit une généreuse portion de grillades et s'installa, un peu à l'écart, à la dernière table libre. Mais Henri eut très vite de la compagnie. Deux hommes en jeans, le torse nu, se placèrent devant lui. Il reconnut Ral et Bernie.

La bouche sèche, la gorge serrée, Henri eut du mal à faire descendre sa première bouchée. Se retrouver ainsi à un mètre de distance des hommes qu'il pourchassait depuis si longtemps provoqua en lui une vive émotion. Le cœur battant, il chercha à dissimuler le malaise qui le gagnait en se plongeant le nez dans son assiette. « Ça ne sert à rien d'essayer de les éviter, il va bien falloir que je les affronte à un moment donné, pensa Henri. L'important, c'est qu'ils ne se doutent de rien. » Pris d'une dévorante curiosité, il leva brusquement les yeux en direction de ses vis-à-vis. Bernie lui parut, au premier coup d'œil, grotesque et inquiétant; quant à Ral, il lui sembla nerveux et tendu. Un trio de musiciens sud-américains se mit à pousser la sérénade en se déplaçant entre les tables. Aussitôt, le rythme enlevant d'une samba entraîna quelques convives à la danse, et l'atmosphère devint tout à la gaieté et à la bonne humeur. Henri entra dans ce jeu de la détente et sourit discrètement.

Bernie brisa la glace en s'adressant à Henri en français.

– Je vous ai vu ce midi en train de lire *Le Journal de Montréal*… Vous venez du Québec?

Henri hésita… Il n'avait pas le goût d'engager la conversation. Il avait envie de se lever et de partir. Mais il eut peur,

en quittant les lieux trop brusquement, d'éveiller des soupçons. Il choisit de répondre.

– Oui, je suis de Montréal.

– Ah! nous aussi. Ça fait longtemps que vous êtes ici?

– Une dizaine de jours, dit Henri en effaçant d'un mensonge calculé toute trace de sa présence récente dans la ville
qu'il avait quittée en même temps que Bernie quelques heures
plus tôt.

Bernie eut envie de se plaindre d'être tombé sur un motel
du troisième âge, mais se ravisa quand il aperçut les deux
entailles profondes qui cernaient la bouche d'Henri, les cheveux blancs et les rides durement creusées au front de ce dernier.

– Est-ce que vous êtes seul? demanda Bernie en caressant
le secret espoir que cet homme entre deux âges soit venu se
terrer au bord de la mer avec une jeune maîtresse rongée par
l'ennui et en mal d'aventure.

– Oui, j'ai décidé de prendre quelques jours de repos.

– C'est la place pour ça. Ça manque un peu de vie, vous
ne trouvez pas?

– Ça dépend. Si on aime la mer et le soleil, c'est l'endroit
idéal. Avez-vous l'intention de demeurer ici quelques jours?
demanda Henri en dissimulant le plus possible son trop grand
intérêt pour une telle question.

– On va voir. Sûrement pas plus que deux ou trois jours.

«Le temps presse, pensa Henri. Si je laisse passer une
aussi belle occasion, elle ne se représentera peut-être jamais.»
Mais il n'avait aucun plan d'action précis. Il ne se sentait pas
le courage non plus d'affronter Ral et Bernie, de les attaquer
de sang-froid. Il traînait encore le poids encombrant de l'échec
qu'il avait essuyé la nuit où il avait tiré sur eux au hasard, à la
porte de l'hôtel. «Il faut que je trouve un autre moyen. Pour
ça, j'ai besoin de gagner du temps.» Il tenta d'inciter Bernie à
prolonger son séjour.

– Vous savez, il y a beaucoup d'action en ville. C'est plein
de bars. Si vous allez sur le «pier», vous trouverez tout ce
qu'il faut pour vous amuser.

– On a bien l'intention d'aller faire un tour dans ce coin-là. Si on trouve ce qu'on cherche, ça se peut qu'on reste plus longtemps, dit Bernie en se tournant vers Ral.

– Mais le jour, qu'est-ce qu'il y a à faire ici ? demanda Ral.

– La plage est très belle. Elle s'étend sur plus de trois milles en gagnant le « pier », dit Henri en faisant un large signe de la main vers une des extrémités de la plage. Pour des jeunes qui sont le moindrement débrouillards, les occasions de faire des rencontres et de s'amuser ne manquent pas.

– On va vérifier ça dès ce soir, dit Bernie.

Un vieux couple à moitié nu, la peau flasque et fripée comme un survêtement trop grand, s'approcha de la table les bras chargés d'assiettes de carton bien remplies. L'homme, aussi galant qu'un évêque, s'excusa et demanda la permission de se joindre au groupe. Henri invita le couple à s'asseoir. Ral et Bernie se levèrent sans dire un mot et disparurent en direction du stationnement. La dame accapara Henri et se lança dans un long discours sur son rhumatisme, sur les bienfaits que l'eau de mer procurait aux rhumatisants et sur les souvenirs romantiques que faisait naître en elle la samba mexicaine que le trio venait de reprendre pour la cinquième fois d'affilée. Henri écoutait distraitement d'une oreille, surveillant du regard Ral et Bernie en train de jouer au shuffleboard de l'autre côté du stationnement. La vieille dame revint à la charge et sollicita l'avis d'Henri sur le confort des chambres et sur la qualité de la bouffe dans les restaurants de la ville. Par politesse, il risqua un jugement sur le premier sujet, mais évita le second pour lequel il n'avait aucune opinion. De toute façon, il avait l'esprit ailleurs. Quand il se retourna pour observer les deux hommes qui jouaient au shuffleboard, il constata qu'ils avaient disparu. Agacé par une conversation oiseuse, ennuyé par la disparition subite des deux individus, Henri prit congé de la dame et se dirigea en toute hâte en direction du stationnement. Personne. Il fit le tour du motel, scruta les coins et les recoins du bar, revint à la terrasse. Ral et Bernie restèrent introuvables. Henri rentra dans sa suite qui donnait sur la plage.

La mer grondait. Invisible, enveloppée dans un linceul de nuit opaque, elle postillonnait aux fenêtres de la chambre des embruns glacés et ténus comme une buée vaporeuse. Étendu sur le dos au milieu du lit, perdu dans des songeries inachevées, Henri refaisait l'itinéraire de ce voyage extravagant aux frontières de la vengeance et du pardon. Encore sous le choc d'un tête-à-tête qu'il n'avait pourtant ni recherché ni souhaité, Henri était tourmenté par cette mission tragique qu'il s'était donné comme charge d'accomplir rapidement mais qui traînait en longueur. Plus le temps passait, plus cette mission lui semblait difficile. Allait-il céder au chantage des idées humanitaires qui lui traversaient l'esprit? Aurait-il encore la force de résister à la tentation du pardon? Comment allait se terminer ce voyage insensé? Le dénouement imprévisible de cette chasse incessante l'obsédait comme le tic-tac d'une bombe à retardement. Il se surprit à caresser le même secret désir du bourreau qui, pris de scrupules, espère que le condamné à mort se suicidera ou sera gracié avant l'heure funeste. « Si seulement ils étaient victimes d'un accident mortel, cela m'arrangerait drôlement. Autrement, je serai obligé d'aller jusqu'au bout », pensa Henri. Il s'était laissé entraîner par l'appel de la vengeance jusqu'au point de non-retour, et cette ombre d'hésitation et d'incertitude qui s'installait en lui n'était pas assez forte pour qu'il renonçât à la lutte qu'il avait choisie. Les événements des dernières semaines l'avaient trop marqué. Ils avaient fait sourdre en lui une rancœur si violente, si inattendue, que seul l'accomplissement d'un acte irrévocable, mûri dans les profondeurs de la haine, pouvait le libérer de cette amertume insoupçonnée qui le hantait. Il y avait en lui une telle tension de la peur d'échouer dans son projet qu'il vivait dans un songe, dans un monde abstrait. Il avait le sentiment d'avoir rompu avec les vivants. Dès qu'il se retrouvait seul avec lui-même, il se réfugiait dans un univers hermétique, presque irréel, où il pourchassait sans relâche Ral et Bernie. Des ardeurs inassouvies, un orgueil subit et nouveau, le fouettaient furieusement. Même s'il était surpris par des velléités de pardon et de rémission, sa volonté d'agir, d'aller au-delà de lui-même, exaltait en lui l'âpre besoin de vengeance qu'il ressentait. « Ils m'ont échappé ce soir. Demain, je saurai bien les retrouver… quand ils iront rôder autour de la piscine ou s'étendre au soleil sur la plage. »

Henri était obsédé par ce court entretien qu'il venait d'avoir autour de la table de pique-nique. Cet échange de propos anodins le rapprochait de Ral et Bernie, modifiait par le fait même la nature des sentiments qu'il avait entretenus jusqu'ici à l'égard des deux hommes. Lancé, au début, à la poursuite de deux individus qu'il ne connaissait pas, qu'il n'avait jamais rencontrés, Henri eut l'impression de pourchasser un mythe, une idée ; mais voilà que maintenant le gibier se démythifiait, s'incarnait, avait une voix, une haleine, un souffle. La façon de se venger allait prendre une nouvelle tournure. « J'aurais aimé poursuivre cette conversation, se dit Henri. Il me semble que j'avais des tas de choses à leur dire, à leur demander. Je sens que je n'ai plus envie de me venger de la même façon depuis que je leur ai parlé. » Henri sentait le besoin de reprendre la conversation, de pousser celle-ci jusqu'à la limite du tolérable. « Il faut que je les fasse parler… Il faut qu'ils parlent absolument. Je veux savoir… Je vais les forcer à dire des choses que j'ai envie d'entendre. Ce serait trop stupide de les expédier dans l'autre monde sans les obliger à prendre conscience de ce qui leur arrive. Les salauds doivent savoir pourquoi ils meurent, sinon leur mort n'a aucun sens. » Henri s'endormit tout habillé, bercé par le murmure infini de la mer qui emplissait la chambre.

À midi, un soleil de plomb brûlait de tous ses feux les épaules encore blanches et trop sensibles des estivants fraîchement débarqués pour quelques jours de vacances. Henri, assis au bord de la piscine à l'ombre d'un large parasol, sirotait une limonade en lisant le *Monitor*, mince tabloïd local bourré d'annonces de restaurants, de boutiques, de bars et de cinémas. À tout moment, il levait les yeux au-dessus de son journal dans l'espoir de voir surgir Ral et Bernie. Il ne les avait pas revus depuis le dîner, la veille au soir, et il craignait qu'ils ne fussent déjà partis. « S'ils ont filé, je suis fait. Je ne pourrai jamais savoir où ils sont passés.» Il songea à consulter le registre du motel. «Ils ont dû faire comme moi et s'inscrire sous un faux nom… S'ils sont partis, ça ne m'avancera pas de le savoir. De toute manière, Bernie semblait intéressé à demeurer ici encore deux ou trois jours.» Cette douce chaleur de juillet mêlée à la brise légère qui venait de la mer, l'ombre bienfaisante du parasol, le poussèrent sur la pente facile du farniente. Il se laissa glisser dans l'oisiveté comme un collégien qui fait l'école buissonnière pour la première fois. Sa patience s'ajusta au rythme lent du doux temps des vacances. «Ils finiront bien par se montrer le bout du nez», se dit-il.

Henri poursuivit la lecture de son journal. Il avait perdu presque tout contact avec l'actualité des dernières semaines et chercha en vain quelques nouvelles internationales. Il dut se contenter de fades comptes rendus d'événements régionaux et locaux. Par contre, les annonces avaient quelque chose de surprenant et d'inhabituel à ses yeux. Son regard s'arrêta sur un placard publicitaire d'une demi-page gauchement illustré d'un dessin montrant une femme aux prises avec un assaillant piteux, maladroit et presque complètement maîtrisé par la fière amazone. Le texte de l'annonce disait:

LA BOUTIQUE DU SELF-DEFENSE

Tout pour vous défendre en cas d'attaques
dans la rue – au foyer – en auto.

Des dizaines de gadgets utiles et infaillibles.
Vestes pare-balles – avertisseurs – grenades fumigènes –
bombes aérosol – entraves – bracelets métalliques de
toutes sortes.

«Décidément, ces Américains pensent à tout», se dit Henri. À la page voisine, un grand magasin offrait à moitié prix des maillots de bain, des sandales et des serviettes de plage. Il se laissa gagner par la fièvre du magasinage. «Si je dois passer encore quelques jours sur la côte, je ferais mieux de m'équiper en conséquence.» Il passa une chemise légère, sauta dans sa voiture et fila vers la ville.

* * *

Assis à la terrasse d'un *Quick Lunch*, Ral et Bernie se partageaient une pizza «jumbo» bien garnie.

– Qu'est-ce qu'on va faire avec tous les bijoux? demanda Ral en se taillant une large pointe dans la galette enduite de fromage fondant.

– Ne t'inquiète pas. On trouvera bien le moyen de les vendre.

– À qui? On n'a aucun contact dans le coin.

– On devrait pouvoir les passer sur le marché de New York ou de Philadelphie. Ce n'est pas un problème, dit Bernie avec assurance.

– As-tu l'intention de rester ici longtemps?

– On est bien, au bord de la mer. Où veux-tu aller?

– Je ne sais pas, ailleurs. Je trouve ça ennuyant où on reste. C'est rien que des petits vieux.

– Et puis après? C'est l'occasion de faire une passe. Tu as vu tous ces vieux déchets… Ils sont bourrés d'argent jusqu'aux oreilles. On a la chance de se remplumer.

– On n'a même pas d'auto.

– Puis? Le stationnement est rempli, ajouta Bernie pour qui tout devenait simple et facile. Veux-tu bien me dire ce qui te tracasse? On a de l'argent, on n'est pas pressé. Tu as l'air d'un enfant d'école qui en est à son premier coup. Détrousser une vieille bonne femme, voler une auto… ce n'est pas la fin du monde.

– Moi, je commence à avoir mon voyage.

Ral était irritable. Il y avait trop de monde, trop de bruit, trop de soleil. La cohue l'énervait. Il se sentait fatigué, déprimé. Ce grand rêve d'une vie d'aventures qu'il avait imaginé, il n'y songeait déjà plus. Il était préoccupé par son état, son équilibre. Les événements des derniers jours l'avaient secoué. Cette chambre-abri derrière l'entrepôt aux murs menaçants, les coups de feu tirés en sa direction, les bagarres, et cette fille qui avait cessé de respirer quand il l'avait saisie à la gorge, tout ça le tourmentait. Il avait retrouvé sa liberté depuis un mois à peine, et on lui avait dit en le laissant partir : «N'oublie pas tes médicaments… Ne prends pas de boisson.» Il avait fait le contraire. Avec le résultat que tout le monde lui semblait hostile, menaçant. Il aurait voulu se voir très loin, en montagne ou au fond des bois, isolé. Plus personne autour qui le surveille, le regarde. Seul avec lui-même, avec sa peur, avec Bernie.

C'était l'heure où les gens reviennent de la plage, et les clients faisaient la queue à la terrasse du *Quick Lunch*. Le chuchotement de la foule bourdonnait dans la tête de Ral comme une rumeur malveillante et agressive.

— Allons-nous-en… Moi, je n'en peux plus, dit Ral.

— Qu'est-ce qui te prend ?

— Je ne sais pas… Je ne me sens pas bien.

Bernie devina le désarroi de son camarade et tenta de le rassurer.

— Écoute. Tant que je suis là, il ne peut rien t'arriver. Je suis ton ami. Fais-moi confiance. Si tu restes avec moi, tu ne manqueras jamais de rien. Avant longtemps on sera riche, du moins à l'aise. Nous partirons très loin d'ici avec une femme pour chacun. Nous serons bientôt au bout de nos malheurs. Ça ne peut pas toujours aller mal ! Crois-moi, tout ça va s'arranger.

Ral ne dit rien et baissa la tête. Les paroles de Bernie lui faisaient du bien, mais son angoisse restait collée au fond de lui-même comme une peur incontrôlable.

— Si ça ne te fait rien, ajouta Ral, j'aimerais mieux rentrer.

— Comme tu voudras.

Dans le taxi qui les ramenait au motel, Ral était assis sur le bout de la banquette, plié en deux, la tête enfouie dans les mains. Bernie le considéra d'un air inquiet. «S'il faut qu'il me craque dans les mains, il va devenir encombrant, se dit Bernie. Ces malades-là, on ne peut jamais prévoir ce qu'ils vont faire. S'il se met dans la tête que je suis son ennemi, il va m'égorger au moment où je ne m'en attendrai pas. Si je ne peux pas le raisonner avant qu'il soit trop tard, je vais le laisser là et sacrer le camp.» Cette dernière optioin ne plaisait pas à Bernie. Il était, lui aussi, en proie aux affres de la solitude. Il n'avait plus personne sur qui compter, plus d'amis, plus de famille. Il ne lui restait plus que ce compagnon à l'équilibre fragile qui marchait d'un pas hésitant au bord d'un précipice dans lequel lui, Bernie, risquait d'être entraîné si Ral perdait pied.

Ral bouscula tout sur son passage en entrant dans la chambre comme si un vent brûlant de crise eût soufflé dans son esprit. Il fit voler aux quatre coins de la pièce tout ce qui lui tomba sous la main : un cendrier, une petite lampe, un verre qui traînait sur la table. Il se mit à tourner en rond, le visage orageux, le regard désespéré, cherchant à saisir de ses larges mains tremblantes quelque objet à écraser, à fracasser.

Bernie, inquiet et prudent, restait là, immobile, sur le pas de la porte.

– Tiens-toi tranquille ! cria-t-il ou je m'en vais et tu vas t'arranger tout seul.

Ral surmonta sa fureur soudaine en s'administrant de grands coups de poing sur la tête comme s'il tentait par ce manège de remettre en place les pièces d'une mécanique détraquée.

– Je ne sais pas ce qui m'arrive. Je suis certain que quelqu'un veut me tuer, dit-il d'un air effrayé.

– Tu sais bien que ça n'a pas de bon sens. Personne ne veut te tuer. Tout ça se passe dans ta tête. Regarde-moi, dit Bernie en prenant son compagnon par les épaules. Je suis ton ami. Je ne te veux aucun mal.

– Je ferai ce que tu voudras, mais ne me laisse pas tout seul.

– Tu n'as rien à craindre. Repose-toi et demain on fera de nouveaux projets, dit Bernie en aidant son ami à s'asseoir sur le divan-lit. Je vais te servir un scotch. Ça va te remonter.

– Non, pas tout de suite. Faudrait que je commence à prendre mes pilules. Quand je me sens comme ça, faut que je prenne des médicaments.

– C'est une bonne idée. Puis tu vas te reposer, prendre une bonne nuit de sommeil. Demain, tout sera revenu dans l'ordre.

– Je n'aime pas ça, ici. Le bruit des vagues, la mer, le monde autour… C'est comme si j'étais sur un bateau qui est en train de couler. J'ai peur.

– Aimerais-tu mieux qu'on retourne à Montréal ?

– Je ne le sais pas. Peut-être à la campagne, dans un chalet avec des arbres partout autour.

– Je te promets que demain on fera des plans. On ira où tu voudras.

Ral prit une douche, avala un comprimé et s'endormit dans une attitude fœtale, le visage encore crispé de peur. Bernie jeta un drap blanc sur les épaules de son compagnon et sortit du studio.

Sur la plage, dans la lumière grise d'un ciel couvert de gros nuages lourds, des enfants jouaient avec des cerfs-volants et des frisbees. Bernie, la tête basse et l'air songeur, traînait les pieds dans le sable encore chaud. Il devait prendre une décision rapide : soutenir moralement et psychologiquement un compagnon déjà encombrant mais qui allait le devenir encore davantage à mesure que son état irait en se détériorant, ou bien fuir, seul avec les bijoux, en sautant dans le premier autobus en partance pour le Sud. Peser froidement et de façon rationnelle le pour et le contre lui paraissait un exercice laborieux et complexe. Il eût préféré en arriver d'instinct à une décision rapide. Les caprices subtils de la raison le rebutaient. Il préférait l'ingénuité de l'instinct qui ne trompe pas, qui évite les pièges de l'analyse. Il éprouvait plus d'aisance à suivre ses impulsions qu'à se perdre en réflexions stériles. « Si je m'aperçois qu'il est en train de capoter pour de vrai, je vais sacrer le camp. En attendant, je fais mieux de rester avec lui. Je peux en avoir besoin. C'est peut-être juste une crise en passant. Je vais voir demain comment il va. »

Le vent se mit à tourbillonner et les détritus du jour s'éparpillèrent sur la plage : contenants en carton, serviettes oubliées, canettes de bière vides ; les cerfs-volants dans le ciel, pris de panique, faisaient claquer dans le vent leurs ailes de plastique.

– Le temps est à l'orage, dit Henri en surgissant derrière Bernie.

– On dirait bien, répondit l'autre en reconnaissant du même coup l'homme avec qui il avait échangé quelques mots la veille, à la terrasse du motel.

– Vous êtes seul, demanda Henri ?

– Oui, mon ami se repose un peu. Il ne se sentait pas bien.

Les deux hommes continuèrent à marcher côte à côte sur la plage.

– Des fois, un changement de nourriture, c'est souvent ce qui arrive, dit Henri.

– C'est surtout de la fatigue. On a fait pas mal de chemin ces derniers temps.

– On part en vacances pour se reposer, et puis on s'aperçoit que c'est plus fatigant que de rester bien tranquille à la maison. Moi, en tout cas, chaque fois que j'ai pris des vacances à l'extérieur, ça m'a toujours pris une bonne semaine pour m'en remettre.

– Êtes-vous ici encore pour quelques jours ? demanda Bernie.

– Peut-être une semaine. Ça va dépendre comment ça va au bureau pendant mon absence.

– Vous faites quoi dans la vie ?

– Je suis industriel.

– Dans quel domaine ?

– Dans la chaussure.

– Vous devez faire beaucoup d'argent ?

– La concurrence est forte, mais je me tire assez bien d'affaire. Et vous, qu'est-ce que vous faites ?

– Moi et mon ami, on est mécanicien. On a un gros garage à Montréal.

– Ça marche bien ?

– Pas mal fort. Même que, des semaines, on a de la misère à fournir.

– Moi, c'est la même chose : les clients, les fournisseurs, les voyages… C'est crevant ! Ça fait des semaines de cinquante heures et plus.

Chacun cherchait dans le mensonge l'illusion d'une existence gratifiante. De plus, pour Henri, cette tromperie s'inscrivait dans son plan de vengeance. Rien n'était laissé au hasard. La satisfaction qu'il éprouvait à berner l'homme qu'il voulait détruire, anéantir, ajoutait une dimension nouvelle à la réparation qu'il espérait en obtenir. Il s'insinuait dans les bonnes grâces de Bernie en lui présentant l'image d'un succès personnel, d'une bonhomie inoffensive, d'une simplicité généreuse.

Les deux hommes quittèrent la place et allèrent s'asseoir à la terrasse du motel.

– Est-ce que je peux vous offrir quelque chose ? demanda Henri.

– Je prendrais bien un scotch.

– Garçon ! cria Henri, un scotch et un gin tonic. Vous voyez, dit-il, quand on travaille beaucoup, on devient solitaire. On ne trouve plus le temps de s'occuper des autres. Quand arrive le temps des vacances, on est tout seul.

– Vous n'êtes pas marié ?

– Je l'ai été pendant vingt ans, dit Henri sans la moindre hésitation. Mais vous savez ce que c'est : les affaires, les voyages, les dîners en ville. Ma femme en avait assez. Elle est partie un jour avec un professeur d'école qui, depuis, passe tout son temps à la maison à la servir comme un valet.

– Les femmes ne sont jamais contentes.

– Vous avez bien raison. Quand on gagne beaucoup d'argent, elles se plaignent qu'on ne s'occupe pas assez d'elles ; puis, quand on tourne autour à longueur de journée, elles nous trouvent fainéant et voudraient qu'on se tue à gagner de l'argent.

– Moi, c'est pareil. Je restais avec une fille. Chaque soir, madame voulait sortir, aller au cinéma, souper au restaurant. Quand tu as travaillé toute la journée sur des moteurs, le soir tu aimes bien te reposer un peu. Mais je ne me suis pas laissé faire, je lui ai dit : « Écoute un peu, si tu n'es pas contente, fais tes bagages et va te faire voir ailleurs. » Mais elle m'aimait trop. Elle a continué à s'accrocher après moi. Puis, un jour, je me suis écœuré. J'ai sacré le camp.

Les deux hommes exaltés par leur fantasmes, réinventaient la vie, le passé. Face à face, libres, débarrassés des contraintes d'une réalité à soutenir, à respecter, à se remémorer, l'un et l'autre donnaient libre cours à leur imagination délirante, comme si chacun avait été dans la peau d'un autre. En trichant de la sorte, Henri découvrait en lui l'homme nouveau qu'il avait espéré devenir en se lançant dans la vengeance. Comment un médiocre petit comptable sans histoire aurait-il pu entreprendre une mission pareille ? Il s'écoutait raconter son passé nouvellement créé, ses succès inventés, ses déboires forgés de toute pièce, ses aventures fabuleuses, et il en retirait une satisfaction encore plus intense que s'il les avait vécus réellement.

Bernie, lui, mentait pour mentir, trompait pour le plaisir de tromper, avec des satisfactions de roué incorrigible et des espérances de fripon impuni. Il trichait sur sa propre existence avec la même désinvolture qu'il affichait pour frauder les autres : sans remords, sans scrupules, comme pour arracher de force à la vie ce qu'elle refusait de lui consentir normalement. Le mensonge était une ruse qu'il employait pour déjouer ceux qu'il voulait duper.

Après qu'ils eurent épuisé leur passé, leur présent, Henri et Bernie rivalisèrent d'imagination dans leurs projets d'avenir. On parla de retraite dorée, de soleil du Sud, de coups d'argent spectaculaires qui devaient les mener à la fortune, à la liberté. Ils étaient intarissables de rêves et de chimères.

La nuit enveloppa la terrasse où quelques clients s'attardaient encore. Dans la clarté blême des lanternes vénitiennes qui dansaient dans le vent, suspendues à un mince fil de fer, Ral apparut les cheveux en broussaille, la démarche lente et le regard apeuré. Quand Bernie l'aperçut, il se précipita à sa rencontre.

– Comment te sens-tu ? demanda-t-il.

– Ça va mieux. Ça fait du bien de dormir un peu. Faudrait que je continue à prendre mes médicaments.

– Ne t'inquiète pas. Tout va revenir comme avant.

– Ah ! je me sens en pleine forme.

– Tant mieux, parce que j'ai des tas de projets intéressants pour nous deux, dit Bernie, le regard scintillant d'enthousiasme. Pour commencer, disons que j'ai préparé le terrain. Tu vois le vieux, là-bas, assis à la terrasse. C'est un riche industriel. Il doit avoir pas mal d'argent sur lui. On va lui faire la passe.

– C'est une bonne idée, dit Ral qui espérait ainsi échapper à ses obsessions, à ses angoisses, en se livrant au jeu de l'action.

– J'ai un plan en tête... mais il faut attendre le bon moment pour passer à l'attaque.

Les deux hommes allèrent rejoindre Henri qui sirotait paisiblement un gin tonic. Ce trio aux allures disparates semblait avoir été formé en ce lieu par une sorte de méchanceté calculée du destin. Chacun, par la supercherie du langage et du geste, cherchait à cacher la perfidie morbide de ses intentions. La conversation était teintée d'une fausse politesse, d'une courtoisie trompeuse, pleine de sous-entendus fallacieux. Henri écoutait d'une façon mesurée avec des regards profonds, un calme solennel du visage. On pouvait déceler un prodigieux effort intérieur de compréhension et de séduction. Derrière la façade d'une amicale simplicité se cachaient des calculs sournois, des arrière-pensées malveillantes.

Une bourrasque de pluie s'abattit soudain sur la terrasse, et les clients coururent se mettre à l'abri.

– On fait mieux de rentrer, dit Henri. Si ça vous le dit, je vous invite à prendre un verre à ma suite.

Ral et Bernie s'échangèrent un sourire complice et suivirent Henri à son appartement. C'était un deux-pièces et demie comprenant un studio et, au fond, donnant sur un patio à pavés roses, une vaste chambre à coucher meublée simplement. La chambre était isolée de la pièce principale et donnait accès directement à la salle de bain.

– Qu'est-ce que je peux vous offrir ? demanda Henri en tirant une bouteille d'un sac de papier d'emballage posé sur le comptoir de la cuisinette.

– Je prendrais bien un autre scotch, dit Bernie en s'avançant derrière Henri.

– Malheureusement, je n'ai que du dry gin et de la bière.

– C'est que du dry gin, ce n'est pas buvable, dit Ral qui était demeuré debout près de la porte.

– Bon, ce n'est pas grave, dit Henri. Je vais aller au bar et rapporter une bonne bouteille.

– Ce n'est pas nécessaire, ajouta Bernie.

– Oui, oui, j'insiste. J'aime bien prendre un scotch moi aussi, de temps en temps. Assoyez-vous en attendant, ça ne sera pas long. Je reviens tout de suite. Si vous avez envie de grignoter, ne vous gênez pas. J'ai toutes sortes de choses dans le frigo. Soyez bien à votre aise.

Dès qu'Henri eut refermé la porte derrière lui, Bernie tira les rideaux et réduisit l'éclairage au minimum, ne laissant qu'une faible lampe allumée sur le téléviseur.

– Qu'est-ce que tu fais ? demanda Ral.

– Le vieux sacrement est tombé dans le piège. C'est notre chance. Quand il reviendra, essaye de savoir quelle sorte de voiture il a, puis tu t'organises pour l'endormir. Tu le fais disparaître de la circulation.

– Tu veux le zigouiller ?

– On n'a pas le choix. Faut l'endormir si on veut avoir le temps de vider la place et de sacrer le camp assez loin avant qu'ils le retrouvent, dit Bernie en se dirigeant vers la porte.

– Où tu vas ? demanda Ral.

– Ramasser nos affaires dans la chambre pour être prêts à partir tout de suite.

– Tu me laisses seul avec le bonhomme.

– Ce n'est pas compliqué. Quand il t'aura dit quelle auto il a, tu lui mets la main en pleine face. Il va écraser de peur. C'est fini. Tu ramasses les clés, l'argent, puis tu le pousses sous le lit, dans la chambre, ou derrière le divan. Dans une demi-heure, on est en route pour Miami.

– J'aimerais mieux que tu restes avec moi.

– Faut se partager les tâches. On n'a pas de temps à perdre. Ça ne me fait rien si t'aimes mieux aller faire les valises. Je peux rester ici et l'attendre.

– Non, non, je vais m'en occuper, dit Ral d'un air résolu.

– Je vais faire ça vite. Je suis ici dans un quart d'heure, dit Bernie en sortant.

Ral s'approcha du téléviseur et l'alluma. L'écran projeta l'image d'un western pétaradant. Il augmenta le volume. « Comme ça, se dit-il, si le vieux se met à crier, le son va l'enterrer. » Il inspecta soigneusement les lieux : la chambre à coucher, la salle de bain, examina la disposition des meubles. Il déplaça le long du mur une petite table à café et un fauteuil trop encombrant, vérifia, sous le lit, s'il y avait suffisamment d'espace pour glisser le corps d'un homme de taille moyenne. Il tourna sur lui-même en jetant un regard dans la pièce pour s'assurer que rien ne viendrait le gêner dans sa lutte avec l'homme qu'il attendait. Il se tira une chaise et s'assit à une table ovale installée près du comptoir dans un coin qui servait de cuisinette.

La hâte, le désir nerveux que Ral avait d'échapper à cette sensation de menace qui semblait peser sur sa tête depuis son arrivée dans ce motel, justifiait en lui l'agression qu'il s'apprêtait à commettre, sans trop de conviction du reste, contre un homme qu'il ne connaissait pas, qui ne lui avait rien fait. Les risques d'un tel coup, les conséquences qui pouvaient s'ensuivre, ne lui venaient même pas à l'esprit. Il vivait l'instant présent comme un nageur en détresse qui croit pouvoir atteindre la rive plus facilement en noyant tout le monde autour de lui. Insensible, sans émotion, il attendait le moment de passer à l'acte en tambourinant de ses gros doigts noueux contre la table.

Henri rentra d'un pas précipité, tenant deux verres à la main.

– J'espère que vous serez satisfaits quand même. Ils n'ont pas voulu me vendre une bouteille. J'ai donc apporté deux doubles scotchs. Quand vous les aurez bus, j'irai en chercher d'autres, dit Henri dont l'empressement à faire plaisir cachait, derrière des apparences flatteuses et serviles, une grande nervosité. Votre ami n'est pas là ? demanda-t-il en déposant les verres sur la table.

– Il est allé à la chambre.

– Est-ce qu'il va revenir ?

– Oui, il est allé voir s'il ne resterait pas un vieux fond de bouteille de scotch.

– C'est embêtant ! Si j'avais su que vous ne buviez que du scotch, j'en aurais acheté cet après-midi. Demain, j'irai en ville et j'en rapporterai.

– Ce n'est pas important.

– Vous ne trouvez pas que c'est sombre, constata Henri. On serait peut-être mieux de faire un peu de lumière.

– Non ! la lumière me fait mal aux yeux.

Henri se dirigea vers le téléviseur dans le but de baisser le son.

– Si ça ne vous fait rien, j'écoute le film, dit Ral d'un ton arrogant.

– Excusez-moi. Vous pouvez vous installer ici si vous voulez le regarder.

– Non, j'aime mieux l'écouter. La télévision, ça me fait mal aux yeux.

– Avez-vous des problèmes avec votre vue ?

Ral ne répondit pas, prit le verre de scotch qui était devant lui et, d'un seul trait, le vida de la moitié. Il regardait Henri aller et venir dans la pièce. « Veux-tu arrêter de marcher, vieux tabernacle ! Tu m'énerves », se dit-il.

– Vous ne buvez rien ? demanda Ral.

– Ah ! bien sûr. Où est-ce que j'ai la tête, dit Henri en prenant une bière dans le réfrigérateur.

– Êtes-vous venu ici en auto ? demanda brusquement Ral.

– Évidemment.

– Quelle marque vous avez ?

– Une Pontiac noire. Pourquoi me demandez-vous ça ?

– J'aimerais vous l'emprunter. Avez-vous les clés ?

– Tout de suite, ce soir ?

– J'ai une commission à faire en ville. C'est urgent.

– Ça ne peut pas attendre à demain ? demanda Henri qui commençait à trouver louches toutes ces questions au sujet de son auto.

– Si j'en ai besoin ce soir, ce n'est pas demain, ajouta Ral d'un ton agressif.

Cette dernière réplique confirma l'attitude belliqueuse du Ral. Par prudence, mais surtout par crainte de tomber entre les mains d'une brute pareille, Henri n'insista pas. « Ils ont dû comploter quelque chose contre moi, se dit-il. Je n'ai plus le choix. C'est à moi de jouer maintenant. » Il chercha plutôt à amadouer son visiteur en se montrant compréhensif.

– Je comprends. Je n'ai pas d'objection à vous prêter ma voiture, dit-il d'un air conciliant.

– Avez-vous les clés ? insista Ral avec une inflexion de voix qui trahissait une impatience grandissante.

– Je vous les donne tout de suite, dit Henri en se dirigeant vers la chambre à coucher.

Au bout d'un moment, Henri revint dans la pièce. Il était nerveux. Il s'approcha de Ral qui le regardait malicieusement les deux coudes sur la table et les mains croisées. Henri, d'une main hésitante, glissa les clés à quelques centimètres de Ral qui dut se lever légèrement sur sa chaise et allonger le bras pour les attraper. Au même instant, Henri brandit une bombe aérosol qu'il cachait derrière son dos et vaporisa copieusement Ral en pleine figure. Ce dernier, d'un geste instantané, porta les mains au visage, se leva brusquement en bousculant la table devant lui et se mit à hurler comme un déchaîné : « Mes yeux ! Mes yeux ! » Henri recula. Ral trépignait de douleur en lançant des cris de rage. Il s'effondra sans connaissance. Henri le prit aussitôt par les pieds et le traîna dans la chambre à coucher. Étendu sur le ventre, les bras le long du corps, Ral respirait difficilement. Henri alla chercher une grosse boîte de carton qui était sur le lit et sur laquelle était écrit « Kit of Self-Defense ». Il s'agenouilla près de Ral. Il retira de la boîte un lourd attirail métallique : de belles menottes en acier chromé qu'il passa aux poignets de Ral. Fixée à la chaîne qui retenait les deux bracelets, une autre chaîne d'une cinquantaine de centimètres se fermait à l'autre extrémité sur deux entraves qu'Henri verrouilla aux chevilles de son prisonnier.

Un silence tragique emplissait la chambre. Henri se releva, prit une longue respiration pour chasser la nervosité qui l'étouffait et contempla Ral, pieds et poings liés comme un galérien exténué qu'on va jeter à la mer. Cette capture s'était déroulée si rapidement, si facilement, qu'Henri en était encore tout ébranlé. Dans une certaine mesure, son intervention se terminait comme il avait espéré. L'effet de choc qui s'ensuivit le plongea dans une profonde stupéfaction, le paralysant sur place. Il se ressaisit. «Ce n'est pas fini, se dit-il. Faut que je tienne le coup. Faut que j'aille jusqu'au bout.» Il retira de la boîte un petit feuillet d'instructions qu'il relit pour la deuxième fois, mais avec plus d'attention que lors de la première lecture.

MODE D'EMPLOI – Tenir la bombe aérosol à environ huit à dix pouces de l'assaillant et appuyer sur le bouton rouge sur le dessus de la bombe. Un seul jet suffit. Les substances chimiques contenues dans la bombe provoquent instantanément une forte irritation des yeux. De plus, un soporifique gazeux très efficace entraînera chez l'assaillant une perte de conscience quelques secondes après la vaporisation. Selon le poids et la taille de la victime, l'effet du soporifique devrait durer entre dix et quinze minutes, ce qui vous donne tout le temps voulu pour fuir ou demander de l'aide. Quant à l'irritation des yeux, elle peut se prolonger un peu plus longtemps.

MISE EN GARDE – Une fois que vous aurez fait usage de la bombe, évitez de porter vos mains à la figure ou de vous frotter les yeux. Tenez-vous également le plus éloigné possible des vapeurs qui se dégagent au moment de la vaporisation.

UN SEUL JET SUFFIT – Les produits utilisés dans la bombe aérosol peuvent devenir mortels si la victime est forcée d'en inhaler une trop grande quantité. Donc, évitez de prolonger indûment la vaporisation. Le but de ce moyen de défense est de neutraliser toute attaque dirigée contre votre personne, mais non pas de faire de vous un assassin involontaire.

MENOTTES-ENTRAVES – Les menottes-entraves pourront vous être utiles si vous êtes dans une situation où il vous faut maîtriser totalement votre assaillant pendant un certain temps.

Henri alla à la salle de bain pour se laver les mains. Il leva la tête, et le miroir au-dessus du lavabo réfléchit un visage aux traits tirés. Il eut l'impression, un moment, qu'il était en face d'un autre homme, d'un inconnu qu'il voyait pour la première fois. Qu'est-ce que lui, Henri, dans sa propre peau, faisait en ce lieu insolite ? À qui était ce visage tourmenté qui le regardait fixement dans les yeux ? Il resta songeur.

Après qu'il eut fermé le robinet, il entendit quelqu'un ouvrir la porte d'entrée. « C'est l'autre », se dit-il. Il l'avait complètement oublié. Il attrapa l'atomiseur qu'il avait laissé par terre, près de Ral, et alla se poster près de la porte de chambre.

– Ral ! lança Bernie à mi-voix, tu es là ?

– Ici, répondit Henri en faisant un effort pour changer sa voix.

La porte de chambre était entrouverte. Dès lors que Bernie parut dans l'entrebâillement, Henri appuya sur le petit bouton rouge de la bombe et un jet blanc, visqueux, enveloppa la figure de Bernie qui recula en se tenant la figure à deux mains. Il émit un gémissement de douleur, tituba et enfin s'écrasa sur le plancher. Henri le traîna aux côtés de son camarade et le mit aux fers comme il l'avait fait avec Ral.

Les nerfs tendus par suite de l'effort soutenu qu'il venait de déployer, Henri se décontracta en se laissant tomber dans un fauteuil. Il arrivait tout affolé au terme d'une longue course comme le marathonien qui, après avoir franchi le fil d'arrivée, se demande quel sens donner à sa performance. L'impuissance des deux hommes livrés à ses pieds, étendus sur le plancher, étouffait en lui ses instincts morbides. Trop de questions, de désirs, de peurs, se bousculaient dans son esprit troublé pour qu'il pût rapidement passer à l'acte final de ce drame étrange et insensé. Comment transformer des mains innocentes de comptable poussiéreux en instrument de mort violente ? L'arme reposait au fond de sa poche.

« La mort est une faillite, se dit-il. Les dettes s'effacent et le créancier reste les mains vides, privé de ses biens. » Quelle compensation pouvait-il bien retirer de la mort de ces deux hommes ? Il éprouva tout à coup une profonde indifférence, un souverain mépris pour les deux individus ligotés, haletants, sans défense. Que représentaient maintenant pour lui ces deux monstres au teint cireux ? Henri les avait pourchassés sans relâche pour venger la mort de Dominique, mais sa fille était disparue depuis si longtemps, lui semblait-il, qu'il devenait insensible à la douleur. Dans ses pérégrinations des derniers jours, son chagrin et sa peine s'étaient transformés en rage sourde et aveugle. Dépouillé de l'affection de sa fille, libéré de ses petites habitudes de la vie quotidienne, il avait eu tout le temps de s'habituer au tumulte haineux de la colère.

Pour Henri, l'heure de la vengeance avait sonné, et la petite aiguille du châtiment se baladait à l'horloge des règlements de comptes. Tout ce qui n'était pas imminent lui paraissait interminable. « Je dois agir vite, pensa-t-il, sinon je risque de tout gâcher. »

Celui qui croit les bobards manque son coup, celui qui doute corrige son tir et fait mouche. Johnny avait identifié les assassins de Dominique, mais Henri n'était pas satisfait. Un doute persistait. Il était disposé à frapper, à sévir cruellement s'il le fallait. Toutefois, il devait viser juste, être certain qu'il tenait les vrais coupables. Un réflexe de comptable : si les informations de base sont fausses, le bilan est néfaste. Au fond, Henri craignait de laisser s'échapper une aussi belle occasion de venger sa fille. « S'ils sont innocents, se dit-il, je fais quoi ? Je les laisse croupir sur place ? Johnny est un voyou comme les autres. Je ne veux pas devenir l'exécuteur des basses œuvres de cette canaille. Il faut que je sois certain de mon coup. »

Ral et Bernie commencèrent à bouger. Ils esquissèrent un léger mouvement des hanches dans une tentative pour vérifier la solidité de leurs liens. Bernie tourna la tête et aperçut Ral recroquevillé dans son attirail chromé. Il chercha Henri du regard. Ce dernier était assis dans un coin de la chambre et les observait malicieusement. Bernie fit un mouvement brusque pour se libérer de ses fers, mais une douleur vive aux poignets le fit grimacer.

– Ah ! mon vieux sacrament ! dit Bernie. Tu es mieux de me détacher parce que…

– Parce que… quoi ? demanda Henri sur un ton sarcastique.

– Mes yeux ! dit Ral. Ça brûle.

– Ce n'est qu'un début des malheurs qui vous attendent, dit Henri qui semblait prendre plaisir à les effaroucher.

– Qu'est-ce qui te prend ? lança Bernie. On ne t'a rien fait.

– C'est justement ce que nous allons voir.

Henri s'avança en direction des deux prisonniers. Il tira son arme qui refroidissait au fond de sa poche. Ral et Bernie, face contre terre, continuèrent à s'agiter. La chambre minuscule baignait dans une atmosphère de mausolée. Henri braqua le revolver sur la tempe de Bernie en appuyant juste assez pour que l'autre sentît sur sa peau perlée de sueurs froides la rudesse du métal.

– Tu es fou, tabernacle ! lança Bernie. Qu'est-ce que tu fais là ?

– Je vais te rafraîchir la mémoire, ajouta Henri. Et je veux connaître tous les détails.

– Les détails de quoi ?

– Ne me niaise pas ! Une nuit, sous le pont Jacques-Cartier, tu t'es bien amusé avec une fille avant de la plonger dans le fleuve, grinça Henri en mettant un peu plus de pression sur l'arme qui taraudait la tête de Bernie.

– Je ne sais pas ce que tu veux dire, répliqua Bernie.

Le doute qui s'empara d'Henri s'avéra insupportable. Il était incapable d'admettre qu'il avait entrepris toute cette démarche pour tomber sur des innocents. En même temps, il croyait fermement que ces deux montres avaient tout le profil de parfaits assassins. Pour en avoir le cœur net, il choisit d'insister avec force et intimidation. Il prit Bernie par les cheveux, lui releva la tête et lui planta l'arme dans la bouche.

– Tu fais mieux de dire la vérité… Je suis au courant de tout, cria Henri en retirant le revolver de la bouche de Bernie.

– Je n'ai tué personne, supplia-t-il.

– Menteur ! Tu as tout raconté à une danseuse avec qui tu as passé le reste de la nuit. Elle le répète partout.

– Une danseuse… Quelle danseuse ?

Le truand s'entêtait. Henri n'avait pas devant lui des jours et des nuits pour procéder à leur interrogatoire. De plus, les techniques de l'instruction policière lui étaient totalement inconnues. Enfin, les questions directes n'apportaient pas, pour le moment, de résultats satisfaisants. Henri modifia sa stratégie.

– Écoute-moi bien, dit-il à Bernie. Si tu veux sauver ta peau, tu me racontes tout ce que tu sais ; autrement, je vous liquide tous les deux, toi et ton complice. Ça fera juste deux innocents de moins, c'est tout.

– Ce n'est pas moi, je te jure, implora Bernie.

– Alors, c'est qui ?

– C'est lui… là, à côté, dit Bernie en désignant Ral d'un léger branle de tête. C'était son idée.

Ral bondit sur place malgré ses fers. Il tenta de se défaire de ses liens. Enragé, il cracha en direction de Bernie.

– Hostie de chien sale ! lança-t-il. Si je te pogne mon criss, je te fais sauter la tête.

– Alors, dis-moi tout, enchaîna Henri.

– Nous revenions de la Ronde. Ral aperçut le couple qui marchait devant nous. Il les poussa tous les deux sous le pont, sur un grillage en métal. Ral a essayé d'embrasser la fille, mais le gars a voulu l'empêcher. Ral l'a poussé dans le fleuve.

– Après, qu'est-ce qu'il a fait ? demanda Henri.

– Tu en sais déjà pas mal, répliqua Bernie qui hésitait à poursuivre.

– La fille ! La fille ! Qu'est-ce que vous avez fait à ma fille ? insista Henri.

– Ral a baissé la petite culotte de la fille et l'a plantée, puis il l'a poussée dans le fleuve.

– Hostie de plein de marde ! cria Ral. Pourquoi tu ne dis pas que tu t'es fait sucer comme un cochon, avant de la crisser dans le fleuve ?

– Assez ! Assez ! C'est assez ! hurla Henri.

Le silence se referma, plein de colère et de peur, un silence broussailleux où Henri tentait d'enfouir les turbulences de son âme. Il fit un effort pour chasser de sa tête des images portées en fardeau à travers l'insupportable récit qu'il venait d'entendre. Il désirait tout savoir. Maintenant, il en savait trop. Ce dernier échange avec les assassins de sa fille était accablant.

Henri quitta le motel. Un violent orage broyait la nuit, et la pluie griffait la mer. Il marcha jusqu'à la plage. Des trombes d'eau le fouettaient furieusement. Il s'assit sur une chaise longue oubliée. «Cette fois, je les tiens, pensa-t-il. C'est bien eux les assassins. Qu'est-ce que je fais? L'idéal, bien sûr, serait de les jeter à la mer et leur faire subir le même sort qu'ils ont réservé à Dominique.» Il explora à tête reposée sous la pluie toutes sortes de moyens de les éliminer. Une réflexion qui trahissait son désarroi.

Une lourde fatigue migraineuse s'empara d'Henri. Il resta prostré un long moment, la tête dans les mains. La vindicte n'est pas forcément une distraction qui guérit de tous les malaises de l'âme. Il cherchait avant tout à dompter l'agitation de ses émotions. Cela allait avec la fureur de ses sentiments. «Je n'ai pas la force de traîner ces voyous jusqu'ici, se dit-il. Et les jeter à la mer…? C'est impensable! Il faut que je trouve une autre méthode.»

Henri fureta autour de la propriété. Il entra dans un débarras où était remisée une batterie d'équipements de toutes sortes utilisés par les vacanciers durant le jour: planches à voile, bateaux à moteur, canots, pédalos et gilets de sauvetage. Il aperçut dans un coin un objet qui excita son imagination. Il l'examina attentivement, puis retourna à son motel.

Les deux prisonniers n'avaient pas bougé. Bernie s'étira le cou et s'adressa à Henri:

– Tu as promis que, si je disais tout, je pourrais sauver ma peau. Alors, détache-moi au plus crisse.

Henri ne dit rien et s'approcha de Bernie. Il dégrafa, au niveau des chevilles, une des extrémités de la chaîne qui cramponnait les menottes aux entraves. De cette manière, Bernie fut en mesure de se déplacer, même si sa démarche imitait le balancement du pingouin. Tout de même, ce retour à la verticale suscita chez ce dernier une bouffée d'espoir. Henri tenait son otage en laisse grâce à la chaîne qui retenait toujours, à l'autre extrémité, les deux bracelets des menottes.

– Où on va comme ça ? demanda Bernie.

– À ta chambre.

– C'est complètement à l'autre bout du motel.

– Allons-y, ajouta Henri en pressant le pas.

Dehors, la pluie avait cessé et on entendait au loin les dernières pétarades de l'orage. Les lieux étaient déserts. Seule une lumière molle, ombrée par un store, gardait l'œil ouvert du côté des bureaux de l'administration. Les deux hommes marchaient l'un derrière l'autre. Arrivé à la hauteur de la piscine du complexe hôtelier, Henri se demanda, pour un instant, si ce grand bassin d'eau noire n'était pas le lieu expiatoire indiqué pour engloutir à tout jamais une telle raclure. Il s'agissait simplement d'envoyer son prisonnier par le fond, et d'attendre que les petites bulles d'air viennent mourir à la surface. « C'est une solution trop banale, se dit Henri. J'ai d'autres plans. »

Une fois dans la chambre, Henri poussa son captif par terre et fixa l'extrémités de la chaîne qu'il tenait en main aux entraves qui meurtrissaient les chevilles de Bernie.

– Qu'est-ce tu fais là ? demanda avec inquiétude Bernie.

Henri sortit sans répondre. Il retourna à son studio et entreprit le même manège avec Ral. Au bout d'un moment, les deux assassins se retrouvèrent côte à côte, ligotés comme avant, mais cette fois dans leur propre chambre du motel.

Dans un état d'impatience avancée, Bernie hurla des injures et des menaces. À la suite de la promesse d'Henri, il s'attendait à être libéré. Mais les agissements de son geôlier le picotaient d'inquiétude. Ral, à son tour, vociféra des grossièretés emberlificotées, puis s'étouffa dans des râlements gutturaux. Leurs cris se mêlèrent dans une cacophonie concertante qui brisait le silence de la nuit.

Henri arracha d'un geste brusque deux larges rubans qui servaient à brider les tentures de la fenêtre de la chambre. Il bâillonna Bernie et Ral à l'aide de brides de lin rugueux qu'il noua avec force derrière leur tête. Un silence à la fois précaire et menaçant retomba dans la pièce.

Le pas feutré des heures annonçait une aube indiscrète. Henri n'avait plus de temps à perdre. Il retourna à la remise où était entreposé l'équipement des plaisanciers, il agrippa le bidon rouge qui avait attiré son attention la première fois, puis rentra au motel retrouver ses otages. La scène finale devait maintenant se dérouler à un train d'enfer.

Henri tira un drap du lit et le fixa au cadre de la porte qui séparait la chambre de la cuisinette. De cette façon, Bernie et Ral étaient hors de sa vue. Il vida le contenu du bidon rouge sur le seuil et les chambranles de la porte. Une forte odeur d'essence le saisit à la gorge. Il recula de quelques pas, craqua une allumette sur la bande rugueuse de la boîte qu'il tenait à la main, puis embrasa les lieux. Des flammes rouges et bleues se tordaient sur le sol et montaient jusqu'au plafond. Henri cria :

– Je vous abandonne à la porte de l'enfer. Adieu !

Henri se précipita à l'extérieur. Il courut jusqu'à son motel et s'effondra dans le lit. Épuisé, il plongea dans un sommeil épais, encombré de cauchemars. Il resta étendu un petit moment, le temps qu'un tapage insolite l'arrache à son repos. Des coups de poing répétés martelaient la porte du motel. Henri sursauta.

– *Get out! A fire just broke out! Get out immediately!* cria un employé du motel.

Henri se leva aussitôt, ramassa ses effets personnels et quitta les lieux. Une fumée noire occultait l'aube naissante et le vent remuait des relents d'odeurs de goudron brûlé. Henri sauta dans sa voiture et se faufila à toute vitesse entre les camions de pompiers qui emboutaillaient la sortie. Sans regarder derrière, il s'engagea sur l'autoroute. Aussitôt, le règne tyrannique de la solitude s'installa. Il s'efforça d'évacuer de son esprit les mots et les figures qui l'avaient agressé ces derniers jours. Il réussit enfin, non sans mal, à chasser de sa tête l'image des flammes qui léchaient en se tordant la porte derrière laquelle Ral et Bernie suffoquaient.

Henri roula jusqu'à l'heure du lunch, puis s'arrêta dans une aire de services, au bord de la route. Il ne se souvenait plus très bien la dernière fois qu'il avait mangé. Il avait la bouche sèche. Il prit un rafraîchissement. Ce qu'il venait de vivre le lançait sur une pente raide au bout de laquelle l'inconnu l'attendait. Ce n'était pas le moment de se brouiller avec la vie. Il commença à regretter le bord de mer, le farniente, le sable chaud et le vent du large.

Il s'enferma dans une cabine téléphonique.

– Allô !

– Rollande ?

– Oui ?

– C'est Henri… Ne dis rien ! Je serai à la maison dans la soirée. Fais les valises. Nous partons en vacances au bord de la mer.

Cet ouvrage
composé en caractères Times corps 12
a été achevé d'imprimer
sur les presses de l'imprimerie Gauvin
à Hull
le dix-sept octobre deux mille deux
pour le compte des ÉDITIONS TRAIT D'UNION.

Imprimé au Québec